黑闇異境

絕對機密

基金會宣言

人類已經存在這世上將近二十五萬年，然而只有最近的四千年可以說是真正有意義的年代。

那麼，在這二十五萬年的大多數時間中，人類究竟如何度過呢？我們蜷縮在洞穴裡的小火堆旁，害怕著那些我們所不能理解的事物。這不僅是指如何解釋太陽的東昇西落，而是所有一切神祕的事物，包含有著人類頭顱的巨鳥、又或者獲得生命的石頭。然後我們總將不了解的事物視為「神明」或是「惡魔」的顯靈，乞求它們的饒恕，也祈禱獲得救贖。

隨著時間的流逝，不了解的事物減少了，而我們能掌控的增加了。於是這個世界開始變得更易於理解，然而無法解釋的事物永遠不會消失，就如荒謬和違背常理已是宇宙不可或缺的一環。

SCP_SYSEM

SELECT

SELECT

人類沒有理由回頭躲進恐懼的陰霾中。沒有東西會保護人類，所以我們必須為了自身群體挺身而出。

當人們處在光明時，我們必須在黑暗中與之抗爭，將它們收容並隔絕在公眾的目光之外，以便其他人類可以生活在一個可以理解而平凡的世界中。

我們控管，我們收容，我們保護。

SCP 管理部門 敬啟

WARNING

項目分級

　　在此，所有需要特殊方式收容的項目、實體或現象都會被指定一個「項目分級」。這項目分級是 SCP 基金會收容標準程序的一部分，可以作為項目收容難度的簡略指標。

　　在 SCP 基金會宇宙中，項目分級是考量需要收容的程度、研究重要性、收容預算及其他方面的重大因素所做的綜合決策。雖然一個 SCPs 的項目分級會受多種因素影響，但以收容難度及收容意圖為最重要的影響因素。

SCP_SYSEM
LOREM IPSUM DOLOR SIT AMET, CONSECTETUR
ADIPISCING ELIT, SED DO EIUSMOD TEMPOR INCIDIDUNT,
UT LABORE ET DOLORE MAGNA ALIQUA, UT ENIM AD
MINIM VENIAM, QUIS NOSTRUD EXERCITATION

IN UT
massa eu convallis
bibendum. 07-22 dignissim
na /m

SAFE

收容測試 如果你把它關進收容設施裡不做任何處置,沒有發生什麼糟糕的事,那它便應該是 Safe 級。

Safe 級的 **SCPs** 能相對輕易且安全的進行收容,一般來說這是因為管理部門已對該 SCPs 進行足夠多的研究,確認其不需要投入大量資源來收容;也可能是因為該項目要經由特定或蓄意的方式才會被觸發。然而,被指定為 Safe 級的 SCPs 並不代表在利用它或觸發它時不會造成危險。

EUCLID

收容測試 如果你把它關進收容設施裡不做任何處置,你不確定將會發生什麼事,那它便應該是 Euclid 級。

Euclid 級的 **SCPs** 通常需要投入更多資源收容,或是它的已知收容方式不一定可靠。一般來說這是因為該 SCPs 還未能被研究透徹,或是它本來就難以預測。Euclid 級是最廣泛的項目等級,當一個 SCPs 難以歸入其他標準項目等級時,通常就會被歸為此類。需特別注意是,當一個 SCPs 具有感知能力、智力、能夠自主,多會歸類為 Euclid 級,因為它們具備自我思考的行動能力,並且難以預測它們接下來的行動。

KETER

收容測試 如果你把它關進收容設施裡不做任何處置,它很容易便逃走了,那它便應該是 Keter 級。

Keter 級的 **SCPs** 極難持續或確實地收容,且收容措施往往是大規模和複雜的。因為對該 SCPs 的實際理解不足或缺乏技術,而難以對抗或控制住它,使得基金會往往無法順利的收容這類 SCPs。一個 Keter 的 SCPs 不一定代表該 SCPs 很危險,而僅是其非常難以收容或是收容代價極高。

THAUMIEL

收容測試 如果它就是那個收容措施、手段或方式,那它可能就是 Thaumiel 級。

Thaumiel 級的 **SCPs** 是指基金會用於收容或抵制其他 SCPs 或異常現象的 SCPs。Thaumiel 級項目的存在都是基金會的最高機密,而它們的位置、功能及現況都只有 O5 議會及其他少數基金會人員知道。

維安權限分級

人員所被授予的基金會維安權限，即代表著該名人員被准許接觸的最高資訊層級或種類。

5 級權限
(Thaumiel 級）

5 級維安權限被授予給基金會中最高階的管理人員，並實際上給予了他們權限來不受限制地接觸所有戰略性資料、以及敏感性資料。5 級維安權限通常僅由 O5 議會成員與最為優秀的職員所持有。

4 級權限
（最高機密級）

4 級維安權限被授予給需要接觸到整個站點和 / 或區域性情報、基金會運行和研究計畫有關的戰略性資料的高階行政人員。4 級維安權限通常由站點主任、維安主任，或機動特遣隊指揮官所持有。

3 級權限
（機密級）

3 級維安權限被授予給高階的維安人員與研究人員，意即需接觸到收容項目的來源、回收情形以及長遠計劃有關的資訊的人。大多數的資深研究職員、計劃主管、維安人員、應變小隊成員以及機動特遣隊幹員都持有著 3 級維安權限。

2 級權限
（受限級）

2 級維安權限被授予給需要直接接觸收容項目相關資訊的維安人員與研究人員。大多數的研究職員、外勤特工以及收容專員都持有 2 級維安權限。

1 級權限
（保密級）

1 級維安權限被授予給，在收容項目周圍工作但並未直接、間接或從資訊層面上接觸到它們的人員。1 級維安權限通常由設施中具備收容能力，或是必須經手敏感資訊的文書人員、後勤人員或清潔人員所持有。

0 級權限
（限官方使用）

0 級維安權限被授予給非必要人員，也就是那些無須接觸基金會收容的異常項目、實體有關資訊的人。0 級權限通常由不受保護的人員所持有，像是文書人員、後勤人員或清潔人員等無法接觸運作資料的人員。

人員是依據他們與潛在危險的異常項目、實體或現象的距離來進行分級。

● 管理員
一個神秘人物,在基金會內扮演著重要但模糊的角色。可能是異常的,也可能是多人的。

A 級人員
任何情況下都不被允許直接接觸異常。

● O5 指揮部
13 個人,對基金會及其機密擁有最終控制權。許多員工甚至不知道這群人的存在。

● 站點主任
在指定地點的最高層人員,負責站點的收容和安全運作。

B 級人員
僅被允許接觸接受隔離,並被清除掉任何潛在的精神影響與模因媒介的異常。

● 研究員
來自各領域的科學家,其任務是了解無法解釋的異常現象。

● 外勤特工
基金會的眼睛和耳朵。他們受過訓練來尋找和調查異常活動的跡象,通常是秘密的。

C 級人員
可以直接接觸大多數嚴格上來說不被認為具有敵意,或帶有危險性的異常。

● 收容專員
工程師、技術人員和其他負責對新發現的 SCPs 建立初步收容並且維護現有收容單位的人員。

● 戰術反應人員
訓練有素、全副武裝的戰鬥小組,負責護送收容團隊並保衛基金會設施抵抗敵對行動。

● 維安人員
現場警備人員負責確保基金會的實體安全和資訊安全。

● 機動特遣隊幹員
來自基金會內各個領域,經驗豐富的人員所組成的團隊,被組織來應對特定性質的威脅。

D 級人員
屬於消耗性人員,被用於處理極度危險的異常事物。人員通常為監獄中那些被以暴力犯罪所判刑的囚犯,尤其是死刑犯。

E 級人員
可以直接接觸大多數嚴格上來說不被認為具有敵意,或帶有危險性的異常。

記憶消除劑指南

　　記憶消除劑是一些用來消除或修改記憶的藥物統稱。在基金會裡被廣泛地用於進行記憶修改，發揮維持其祕密層級的基石作用。記憶消除劑通常是在對某些 SCPs 項目所產生的物質，進行特殊開發的過程中伴隨而來。然而，目前則正在開發效力相同，但更便宜且更容易製造的合成性記憶消除劑。

　　記憶消除劑發揮效力的基本原理，取決於大腦中神經連結所產生的影響。所注射記憶消除劑當中的活性成分會進行一種反應，其產物會以某種程度破壞這些連結，或是將其完全摧毀；記憶消除劑的效力愈強，受其影響的連結就愈多。藥物的引入會刺激體內特定激素的分泌，進而加強其效力。可程式化的記憶消除劑有助於形成新的神經連結，方法類似聰明藥，其使用需要 [刪除內容]。

　　記憶消除劑會依據其特性、用途、效力強度，以及運用方式進行分類。

A 一般逆行性失憶
用於抹除最近和／或特定的情節記憶

雖然 A 級記憶消除劑會隨機破壞記憶，但其主要影響的是位於「記憶再穩固窗口（memory reconsolidation window）」中，五到六小時之內的記憶痕跡（engrams）。這些記憶通常在腦海中占據最重要的位置，對於高度獨特的情節記憶尤其如此，例如遇到異常現象。這些藥劑對消除剛形成的記憶是非常有效的，但對於已經形成一段時間的記憶來說，只要記憶消除員重新打開記憶再穩固窗口，先觸發想要消除的記憶後，就可以有效地清除該記憶。

B 後退式逆行性失憶
用於漸進式抹除近期記憶

B 級記憶消除劑首先破壞新形成的記憶，然後再朝較舊的記憶推進。記憶被抹除的範圍取決於劑量，七十五毫克劑量平均導致約二十四小時的記憶喪失。這些藥劑非常適合刪除時間超過六小時的近期記憶，而不必觸發特定記憶。

C 靶向逆行性失憶
用於移除任意時間點的特定記憶

C 級記憶消除劑與高解析度的神經成像和穿顱刺激結合使用。神經成像儀先定位出位於大腦內特定的記憶痕跡，並在記憶消除劑抵達那些特定的記憶痕跡時，使用精確且非侵入性的方法（通常是超音波或磁場）來活化記憶消除劑。

C 級記憶消除劑的好處在於無論記憶何時形成，它們如外科手術般精確地移除記憶，並且非常適合在 D 級人員或無效化的人形 SCPs 釋放前，清除他們在記憶中的機密資料。C 級記憶消除劑的主要缺點在於它所需要的設備攜帶不便。因此，在基金會站點裡施用 C 級記憶消除劑是最有效率的，而目前也正在開發移動式現場記憶消除診所。

D 前進式逆行性失憶
用於消除早期記憶

D 級記憶消除劑和 B 級恰恰相反。D 級先瞄準最舊的記憶，然後再向較新的記憶推進，效果取決於劑量。由於合適的應用範圍相當狹小，所以很少使用 D 級記憶消除劑。雖然在設計上，D 級記憶消除劑已經比其他類似物質的功效更強，但在使用上仍然需要極高的劑量。因此，它們的副作用風險非常高，可能導致生命的危險。應該注意的是，D 級記憶消除劑僅針對外顯記憶；內隱記憶，如個人在青年時期學到的技能，將不受影響。

E 倦怠感 Ennui
對異常現象引發心理上的順從

坦白說，在描述 E 級記憶消除劑在心理學的效用上，「倦怠感（ennui）」並不是一個正確的專有名詞，若描述為「抗懷舊（anti-nostalgia）」藥物會更準確。雖然藥劑仍然以記憶相關的神經路徑為目標，但 E 級記憶消除劑並沒有破壞記憶本身；而是僅僅弱化路徑，同時將記憶與正面或負面的任何情緒分離，消除任何會引起某記憶的刺激，從而讓記憶本身自然衰退。

E 級記憶消除劑在無法抑制異常的情況下最有效，所以為了維持常態，異常必須被視為正常。E 級記憶消除劑讓對象接受世界現在的樣子，並忘記它曾有過任何的異常。

F 神遊 Fugue
用於消除與重建對象的身分

與舊的 F 級一樣，這些記憶消除劑在對象身上引起神遊狀態（Fugue State），也就是一種解離性失憶症（dissociative amnesia）。對象將忘記他們的身分，可以由記憶消除員提供一個新的身分，或允許他們自己發展。

Ⓖ 煤氣燈 Gaslighting
使對象懷疑他們記憶的真實性

G 級記憶消除劑誘發記憶的失實化（derealisation），讓記憶顯得不真實或夢幻，進而導致對象懷疑記憶的真實性。標準 G 級記憶消除劑主要針對的是異常記憶，最恰當的施用時機是對象的記述缺乏任何實質的證據，且當無法鎖定特定記憶的時候。然而，針對非異常記憶的 G 級記憶消除劑已經被倫理委員會禁止。目前依據 O5 議會的要求而正在開發中。

Ⓗ 順行性失憶
防止形成新的記憶

H 級記憶消除劑可以防止對象形成新記憶，只要藥劑在有效期間就能阻止記憶穩固（memory consolidation）。持續時間取決於劑量，七十五毫克平均維持約二十四小時。

Ⓘ 短暫型 Transient
用於誘導暫時性遺忘狀態

I 級記憶消除劑能透過阻斷負責長期記憶的神經路徑來導致暫時性失憶症，並且能暫時防止對象回憶過去。持續時間取決於劑量，七十五毫克平均維持約二十四小時。

W-Z 記憶強化劑 Mnestics
防護逆模因或其他記憶性異常

W-Z 級是指記憶強化藥物（mnestic drugs），也就是防止或逆轉記憶消除的藥物，最常由逆模因部門使用。雖其功能與記憶消除劑相反，但兩者都是透過處理記憶的神經路徑來起作用，故有可能製造出非異常記憶強化藥物。

W 級記憶強化劑除了強化一般性的記憶以外，還可以使對象感知逆模因或保有逆模因的知識。X 級記憶強化劑恢復先前感知到逆模因的意識，或是恢復被壓抑的記憶。Y 級記憶強化劑賦予對象完美回憶在藥效持續時間內所獲得的記憶能力。Z 級記憶強化劑的單次劑量可以使對象終身在生理上不忘記任何事物。Z 級記憶強化劑是致命的，一般在數小時之內對象會癲癇發作導致死亡。

不建議將記憶消除劑與記憶強化劑合併使用。

目錄

TABLE OF CONTENTS

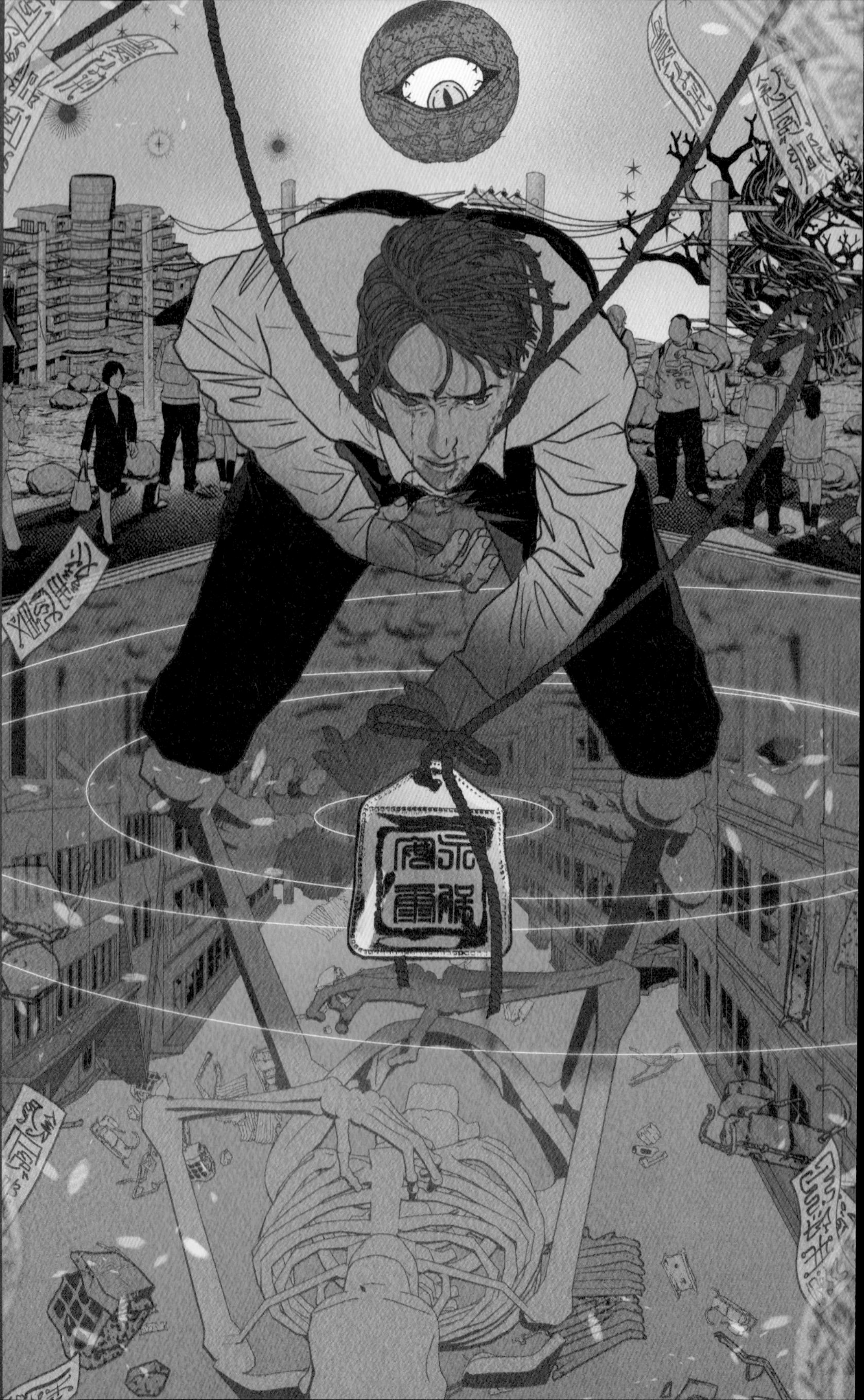

SCP-ZH-515 隱藏能力的真實樣貌。

SCP-ZH-515

平安符

報告者__ JHIH

日期__ ▉▉▉

圖像__ 肉蟻小姐

來源__ HTTP://SCP-ZH-TR.WIKIDOT.COM/SCP-ZH-515

特殊收容措施▶

所有 SCP-ZH-515 應收容於站點 -ZH-02 的大型保險箱中並雙重上鎖，任何有 ~~關 SCP-ZH-515 的實驗都須經過 4 級以上人員認可。~~

永久禁止任何 SCP-ZH-515 相關之實驗，違者將會受到降級處分。

描述▶

SCP-ZH-515 為臺灣常見樣式的塑膠製平安符袋，已知該批產品共生產二千個，已成功回收一九九七個，其餘仍在搜索中。

當持有 SCP-ZH-515 的人心臟停止跳動時將會有機率觸發其異常，使持有者在約十秒到一分鐘後恢復正常心跳。若是因外傷導致的死亡，傷口會在心跳恢復的瞬間消失，目前實驗數據表示同一個體僅可夠觸發此效應一次。

實驗紀錄顯示，若持有者超過五十歲，觸發機率會隨著年齡的增長大幅下降。異常發生後，持有者身體與原先會有微小的差異，且記憶會出現片段且零碎的缺失，每次缺失的長度和片段不盡相同，不過必定會失去一些固定的記憶。

固定會失去的記憶為：

- SCP-ZH-515 的存在
- 當事人停止心跳的原因與過程
- ██國現任總統之身分
- 台灣████市現任市長之身分
- ████國廣為人知的國情
- ██國的存在
- 英制單位的換算
- 安卓系統的存在
- ███████████，世界盛行的社群網站的存在
- 九九乘法表的存在
- 珍珠奶茶的存在

SCP-ZH-515 回收自二〇██年初時，在民眾之間流傳著████宮廟所販售的高價保命符十分靈驗，聲稱可讓人死而復生，當時發生一起大型火災的唯一生還者正好持有此平安符，這引起了基金會的注意。基金會以取締詐騙的名義對廟方進行搜索，回收了尚未售出的八百個 SCP-ZH-515，並得知所有 SCP-ZH-515 的總數。

附錄：訪問紀錄 515-7

採訪者：陳████

受訪者：丹博士、研究員 Jhih

前言：陳■■■原於二〇■■年初火災中喪命，隨後觸發了 SCP-ZH-515 並且被救出送醫，丹博士以醫師問診的名義對其進行訪問。值得注意的是，雖然陳■■■成功觸發異常並存活，卻還是有百分之十左右的二級燒燙傷及嗆傷。

< 紀錄開始 >

丹博士：午安，陳先生，睡得好嗎？

陳■■■：睡不著啊，可能是受到了太大的驚嚇了……

丹博士：請不用擔心，我們會盡力幫你治療，你不會有事的。

研究員 Jhih：聽說你不記得火災時發生了什麼事嗎？

陳■■■：是啊，我只記得我在公司上班，突然頭昏眼花，完全聽不到看不到的那種，好一點之後就已經在公司一樓門口附近了，而且旁邊還都是火！我是不是大腦也生了什麼病啊？

研究員 Jhih：目前的數值都很正常，我們會繼續幫你做檢查的，那麼請問除了這件事以外，你還有什麼不記得的嗎？

陳■■：有有有，前幾天我女兒帶了一個不認識的男人來看我，說什麼那是他老公。我女兒什麼時候結婚了我都不知道！可是我問我老婆，他說我跟女婿感情明明滿好的，常常一起打球。我說不認識他，看他很傷心的樣子我也是很不好過啊……

研究員 Jhih：瞭解了，那除此之外……

陳■■■：醫生不好意思我想問一下，這個燒傷是不是會有什麼眼睛的後遺症阿？我覺得我眼睛看東西很霧很糊，可是我也忘記是什麼時候開始的了，想說會不會是因為這個傷。

研究員 Jhih：知道了，我馬上幫你安排視力檢查。

丹博士：請放心吧先生，我們接下來會繼續找出你不記得些什麼，這樣可以幫助我們替你治療。

陳■■■：好好好，謝謝醫生。

< 紀錄節錄至二〇■■■年一月■■日 >

備註→對象除了失去部分記憶之外，被檢查出患有老年型白內障，根據資料顯示對象在兩個月前曾做過白內障治療手術。對照先前訪問其他觸發 SCP-ZH-515 的民眾，我們發現失去的記憶可以整理出一個固定的列表。另外，如果博士你只是想穿白長袍在醫院走來走去，至少也請自己進行發問。——研究員 Jhih

附錄：實驗紀錄 515-1

測試人員：研究員 Jhih

日期：二〇■■■年一月■■日

實驗說明：令五名國籍、家庭背景、年紀皆相似的 D 級人員脖子掛上 SCP-ZH-515 後進行藥物處死。

實驗結果：有四名人員成功復活，其失去的記憶除了上述固定列表外皆不相同。值得注意的是，其中一名人員在復活被發現單耳失聰，他表示並不記得自己是什麼時候、因為什麼而失去聽力的，然而卻在後續的觀察紀錄中，表現出慣用僅有單耳聽力的行為模式。此外，有一名人員失去了其在基金會工作的記憶。

除了那個列表，我們仍未發現其他失去的記憶間有什麼規律和關係，也找不到出現身體缺陷的原因，要不是可能會失去基金會的記憶，這東西或許可以做為工具使用。——研究員 Jhih

上頭不會允許我們帶著異常到處跑的，別這麼怕死嘛，Jhih，在我手下做事你很安全的。——丹博士

附錄：實驗紀錄 515-3

測試人員：丹博士

日期：二〇■■年一月■■日

實驗說明：篩選出三名 D 級人員，其分別患有敗血症 (66 歲)、肺癌末期 (34 歲) 和胰臟癌末期 (51 歲)，令他們脖子掛上 SCP-ZH-515 並等待其因病自然死亡。

實驗結果：僅患肺癌末期的 D 級人員成功復活，但經過檢查顯示肺癌細胞依舊存在，該名人員在一週後仍因肺癌死亡。

SCP-ZH-515 或許對外傷造成的死亡較有效，疾病的復活率低且僅延緩了其死亡的時間。或許我該聽 Jhih 的話把菸給戒了。——丹博士

---

1. 逆模因（antimemetic，亦稱為反概念）是基於其固有性質阻礙人類傳播的思想。基金會有一個逆模因部專責調查與收容異常的逆模因。

事故 515-1：

二〇■■年三月■■日，研究員 Jhih 帶著當時新發現的 SCP-ZH-515 準備回收，回站點的路途遇上重大車禍，研究員 Jhih 當場死亡並觸發了 SCP-ZH-515。由於這次意外產生了第一位知道基金會存在的復活者，丹博士立即對研究員 Jhih 做出訪談。

< 以下爲訪問紀錄 >

受訪者：研究員 Jhih
採訪者：丹博士

丹博士：身體還好嗎？ Jhih。

研究員 Jhih：沒什麼問題，請問可以先告訴我出了什麼事嗎？

丹博士：我們需要先知道你所看到的狀況，你記得你昨天是為什麼出現在那台被撞毀的車子裡嗎？

研究員 Jhih：我一點頭緒也沒有，我原本在站點 -zh-04 的餐廳吃飯，突然出現頭暈耳鳴的狀況，等到稍微緩和過來後就我就在那車子裡了。

丹博士：你是要說站點 -zh-02 嗎？

研究員 Jhih：不是，站點 -zh-04，我在那裡的逆模因部門 [1] 工作。

丹博士：……你不在逆模因部門工作，你是負責 SCP-ZH-515 的研究員，逆模因部門也不在站點 -zh-04。

研究員 Jhih：啥？不，我是逆模因部門的研究員 Jhih，我不可能忘記，我可是犧牲了健康定期服用 ω 劑。

丹博士：ω 劑？

研究員 Jhih：記憶強化劑，這應該在基本的手冊就有才對，你是哪個部門的啊？

丹博士：我是你的上司，SCP-ZH-515 的負責人。你在車禍死後觸發了 SCP-ZH-515 成功復活。

研究員 Jhih：我……？但我不認識也不記得你這個人啊？

丹博士：太奇怪了……等等，記憶強化劑？沒有中斷過？

研究員 Jhih：一次也沒有，你大可抽我的血去做藥物檢測。

丹博士：……Jhih，你的手機是使用哪種系統？

研究員 Jhih：Windows XP 手機版，怎麼了？

丹博士：我接下來要問你幾個問題……我們或許都誤會 SCP-ZH-515 了。

< 紀錄節錄至二〇■■年三月■■日 >

紀錄 515-1

我是丹博士，現在是二〇██年五月██日，先不用標準格式，畢竟這一切都還沒有證據，就當作筆記之類的好了。Jhih 復活後的情形過於怪異，先前的實驗和民眾訪談從來沒有出現記憶偏差的狀況。我是說，他們會常常會忘了誰什麼的，所以 Jhih 不記得我也是非常合理的事，儘管他對我像是陌生人的態度真的挺令人難過的。

Jhih 血液檢查中 W 級記憶強化劑的反應是陽性，他記得大部分的同事，但在他的記憶裡，那些同事都在不同的崗位工作，而且原本跟他關係很好的霆楓，在他的認知裡只是其他部門的陌生人。Jhih 的父親在他很小時後就離婚再娶，並且不再跟他母親連絡，但Jhih 卻有被生母撫養長大的記憶。而那些固定失去的記憶，Jhih 能夠記得幾個，但請他說明後發現他的認知與現實相差甚遠，他說出的████總統和█市長，都是些我連名字都沒有聽過的傢伙。唯一合理的大概就是珍珠奶茶了，他完全不知道珍珠奶茶的存在，前天請他喝過之後好像喜歡上了，他目前暫時停止了所有工作每天都待在家裡，我是不是應該告訴他那東西有多容易發胖呢？

總之，以下是我的推斷。如果現在 Jhih 真的是因為記憶強化劑的效果，所以記得那些被其他復活者忘記的東西。**如果 SCP-ZH-515 根本不是什麼復活平安符，只是把死亡的個體和某一個跟我們極為相似的平行宇宙裡，還活著的相同個體交換過來，並且對記憶作出修正的話**。這表示，現在的 Jhih 已經不是我所認識的那個，是另一個長得一模一樣，從沒有珍珠奶茶的世界來的。

我認識的 Jhih 已經死了……

但這一切都沒有證據，我該怎麼證實這件事？我能怎麼確認那個世界的存在？我要怎麼知道以前那個每天叫我快點戒菸的 Jhih 死在哪裡？

附錄 515-1：

撰寫者：丹博士

日期：二〇██年六月██日

前幾天發生的離奇死亡事件引起了基金會的注意，一個民眾在自宅的電腦桌前溺斃。他們認為很有可能是某種 SCP 造成的。

Jhih……我是說，現在這個 Jhih 告訴我，他記得這種離奇死亡的事件從年初開始就

陸陸續續出現了，但是基金會翻了整座島都不知道原因，派了 MTF 去調查但一點收穫也沒有。他在跟我說這件事的時候時不時的觸摸著右耳耳環，我認識的 Jhih 沒有穿耳洞，他在討論事情的時候習慣捏耳垂。

我跟他對比了一下死因，■死、燒傷和嗆傷、和處死藥物相同的中毒症狀，這幾乎就是證據了。而前面的離奇溺水事件代表另一個世界的人也開始使用 SCP-ZH-515，並且尚未被收容。Jhih 看起來不是很在意，他漸漸融入這個世界了，霆楓帶著他慢慢瞭解這裡的東西，或許一陣子之後他就可以回來工作，又或者他會轉到逆模因部門去做他的老本行？我聽說那裡挺缺人的。Jhih 能用自己的方式在這裡過下去，而我一點進展都沒有，我甚至沒辦法好好面對他……我很想念 Jhih。

如果沒有這種特例，另一個世界的基金會或許永遠也不會知道這個真相，必須要有人告訴他們。

附錄 515-2：

我是丹博士，現在是二〇■■年六月■■日凌晨 3:00，一樣不用標準格式，畢竟我沒有得到授權，哈……

三天前有個離奇死亡的案例被救活了，他的記憶出現了缺失，狀況跟使用了 SCP-ZH-515 後一模一樣。

只要心臟停止跳動後還有機率被救活，那麼跟那個世界聯繫的可能性也不是沒有的。雖然提出這個方法後被上頭反駁了，但我不想放棄這個機會，我虧欠 Jhih 太多，我不想讓他就只是這樣死去了。

我吃了三天的 W 級記憶強化劑，並且在剛剛送出了如果一個月後仍出現離奇死亡案件的話，請考慮將 SCP-ZH-515 分級至 Keter 的請求，我不確定這類的異常可不可以這麼分類，總之就交給上頭去決定吧。

我吞下最後一個 W 劑後就會對自己進行電擊，如果就這樣沒有被救活的話那麼至少、至少是和 Jhih 待在同一個世界了。嗯，也算是個可以接受的結果啦。

那麼就這樣了，抱歉我違反了命令。

備註→於二〇■■年六月■■日上午 8:00，該紀錄文件與丹博士的遺體一同在其所屬實驗室被發現，丹博士脖子上掛著 SCP-ZH-515，推測是異常觸發失敗。文檔負責人丹博士經搶救後宣告不治，此項目的負責人目前尚未移交。

報告結束

SCP-096

那害羞的傢伙

報告者＿＿ DR.DAN

日期＿＿███

圖像＿＿ DAVID ROMERO. DMITRY DESYATOV. RUSLAN KOROVKIN

翻譯＿＿陳圓圓

來源＿＿ SCP-WIKI.WIKIDOT.COM/SCP-096

特殊收容措施 ▶

SCP-096 被收容於一 5 公尺 ×5 公尺 ×5 公尺的密閉鋼製立方體收容室中。每週必須檢查收容室是否存在任何裂縫或孔洞。SCP-096 的收容間禁止安裝任何監視器或光學監視器具。負責人員應使用已安裝於收容室內的壓力傳感器和雷射探測器以確保項目的存在。

未經████████博士和 O5-██的允許，嚴禁使用任何疑似 SCP-096 的照片、影片或錄音。

SCP-096 是異常的人形生物，高約兩百三十八公分。該項目的肌肉含量很少，對其體重的初步分析顯示具有輕度營養不良的症狀。該項目的手臂和身體與其餘部分的比例嚴重不對等，每隻手臂的長度約為 1.5 公尺。項目的皮膚大部分皆沒有色素沉澱，也看起來沒有任何的體毛的存在。

SCP-096 的下顎可以張開到普通人類的四倍大小。除了眼睛以外，其他面部特徵依然和普通人類相似，項目的面部亦無色素沉澱。目前尚不清楚 SCP-096 是否失明。該項目還未曾表現出任何更高級的腦部功能，並不被認為是具有智能生物。

SCP-096 通常極度溫馴，從其收容室的壓力傳感器顯示，項目大部分的時間皆在東牆附近踱步。但是，一旦有任何人不論是直接的，或間接透過錄影、相片觀看到 SCP-096 的臉部時，該項目會進入嚴重的情緒崩潰。SCP-096 將會開始使用手遮住臉並不斷尖叫、哭泣和叫喊。在被觀看面部約一至兩分鐘後，SCP-096 將開始跑向觀看了項目臉部的對象（我們在紀錄中會將這些人稱為 SCP-096-1）。

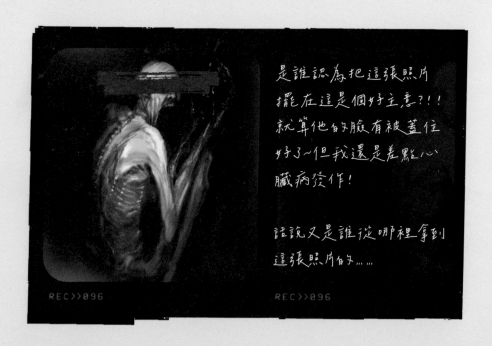

是誰認為把這張照片擺在這是個好主意?!！就算他的臉有被蓋住好了~但我還是差點心臟病發作！

話說又是誰從哪裡拿到這張照片的……

REC>>096　　　　REC>>096

SCP-096 在紀錄中的移動速度從時速 35km/h 至 ████ 都有，移動速度似乎取決於該項目與 SCP-096-1 間的距離。目前沒有任何已知的材質或方法能夠阻擋 SCP-096 的前進。SCP-096-1 的位置似乎並不影響 SCP-096 前進，該項目似乎本能的知道 SCP-096-1 的確切位置。小筆記：觀看描述 SCP-096 的藝術作品時似乎不會觸發項目的攻擊行為（請參閱文件 096-1）。

當項目到達 SCP-096-1 的位置後，SCP-096 將殺死並［資料刪除］ SCP-096-1。在所有案例中皆無發現任何受攻擊對象的痕跡殘留。然後 SCP-096 將原地坐下數分鐘，隨後其將會恢復鎮定狀態並保持溫馴。接著 SCP-096 將會嘗試回到它原來的［刪除內容］原生棲息地。

由於該項目若突破收容，將可能造成嚴重的連鎖反應，包含違反基金會的帷幕協議，和造成大量平民死亡，因此應將 SCP-096 的再收容工作設為 Alpha 級優先事項。

████博士已請求立即處決 SCP-096（詳見訪談 096-1）。~~請求正在等待討論。~~

對項目的處決已被批准，並由 ████ 博士 ████ 日進行

實驗 096-1 的文件紀錄 ▶

096-1 實驗由丹博士主持。實驗目的為取得完整的身體描述，同時測試 SCP-096 的能力。

D-9031 是一名三十二歲的已定罪重刑犯及前刺青藝術家。D-9031 被安置於球型潛水艇 303-A，然後下潛至紐西蘭東加海溝。該位置距離站點 ████ 的 SCP-096 臨時收容所約 ████ 公里。以下內容為球型潛水艇 303-A 的影像監控與丹博士於紐西蘭陸上的控制站之間的交流紀錄。

當球型潛水艇 303-A 到達 10,800 公尺的最終深度。

丹博士

D-9031： 它停下來了。現在要做什麼？

丹博士： 你感覺還好嗎？有沒有覺得噁心或怎麼樣？

D-9031： 我耳朵痛。

丹博士： 那是正常的。現在，你的左邊應該有一個鋼製容器。打開它，裡面有一個夾著幾張照片的馬尼拉紙文件夾。請打開文件夾並描述第一張照片。

（可以看到 D-9031 按照指令執行。但攝影機的位置不會拍到照片。）

D-9031

D-9031： 什麼都沒有。這是一個空房間。

丹博士： 謝謝你。請把這張照片面朝下放進右邊的容器，然後看下一張照片。

D-9031： 同樣的房間，但我覺得……好像有看到有隻腳在裡面。

丹博士： 請描述它。

D-9031： 呃……有點蒼白、消瘦。老實說有點嚇人。

丹博士： 同樣麻煩把照片面朝下放進容器，然後看下一張。

D-9031： 好……（D-9031 停頓了一下）喔！幹！

丹博士： 麻煩描述照片。

D-9031： 這是一個……我不知道，某個可怕的人。

丹博士： 請詳述照片。

D-9031： 見鬼了！他很蒼白，有白色的眼睛，然後他媽的他的嘴巴裡正在發生什麼事。這到底是什麼鬼東西？

　　此時約為標準時間 13:32，丹博士與實驗控制處被告知 SCP-096 已突破收容。通往 SCP-096-1 的最快路徑已清除平民及其他任何可能捕捉圖像的設備，SCP-096 現在正由衛星通過追蹤項圈定位。

丹博士： 在你右邊，應該還有另一個鋼製容器，打開它。

SCP-096-1： 這是一張紙和鉛筆。

丹博士： 是的。請畫一張你看到的照片速寫。

（SCP-096-1 咕噥了幾句，然後在接下來的二十分鐘內畫出了照片的速寫。速寫完成時，SCP-096 已距離 SCP-096-1 ▆▆▆▆ 公里。）

SCP-096-1： 我完成了。

丹博士： 很好。把畫放進你左手邊的容器並關上。

（SCP-096-1 照做，然後速寫被裝在防水的可漂浮容器離開球形潛水艇 303-A。其他照片

（隨後在艙內焚化爐焚毀。）

SCP-096-1： 現在呢？

丹博士： 請待命。

　　四十分鐘經過。現確認 SCP-096 位於 SCP-096-1 的位置且正在下潛。發訊器的訊號在 9,339 公尺因壓力超過設備的操作極限而中止。攝影機顯示潛水艇輕微晃動。根據 SCP-096-1 的反應，推測 SCP-096 位於艙體上且可從入口看見。

SCP-096-1： 喔，他媽的！幹幹幹！那個他媽的是什麼鬼東西？！

　　影像與音訊傳輸因球形潛水艇 303-A 的艙體遭破壞而中斷。SCP-096 被水面回收組 Foxtrot-303-A 回收，沒有事故發生。SCP-096 的速寫亦被回收，快速測試確認沒有引起 SCP-096 的敵對反應。SCP-096 被移動至永久收容區，同時速寫被送往紐西蘭的實驗控制處。

實驗期間 096-1 開始下潛的大約位置

採訪者：■■■■ 博士

受訪者：■■■■ ■■■■ 上尉（已退役），機動特勤隊 Zulu 9-A 的前任隊長

回收事故 096-1-A

[播放器 ▶ ━━━━━━━━━━━ 🔊 ⋮]

< 紀錄開始 >

（時間：■■■■ ■■■，研究區域：■■■ ）

■■■■ 上尉：初次接觸任務永遠都會是最他媽糟的一團狗屎爛蛋。你根本不知道對面是什麼玩意、能幹些什麼。你也不知道那群現場技術支援人員能拼湊出啥有用的資訊，有時候當你能知道整個事件經過都算是很幸運的了。他們叫我們「把它裝進袋子裡上標籤，帶回來」，他媽根本沒提到不能直視那機掰玩意的事情。

■■■■ 博士：能請你描述一下整個任務過程嗎？

■■■■ 上尉：好，抱歉。我們有兩臺直升機，前後各一臺，一臺載著我們的小組，另一台載著 Zulu 9-B 跟 ■■■■ 博士在後面支援。我們遠遠的標記了目標，大概在巡邏路線以北兩公里左右。我猜當時它並沒有面對我們，不然我們早在那時就會當場被撕成碎片。

■■■■ 博士：你的報告中提到 SCP-096 對寒冷一點反應也沒有？那時候是負■■度。

■■■■ 上尉：事實上，那時候是負■■度。沒錯，那玩意露著光屁股但根本沒在發抖。總而言之，我們降落之後，開始接近目標，■■■ 下士準備把它裝進袋子裡，就是 ■■■■ 博士打電話過來的時候。我轉過頭去接電話——這一定就是我生還的原因，那玩意一定在我別開視線的時候轉了過來，然而我的整個小隊都看到了。

■■■■ 博士：然後 SCP-096 就開始進入情緒激動的狀態？

■■■■ 上尉：嗯。（受訪者暫停了數秒鐘）抱歉，給我一點時間。

■■■■ 博士：沒關係的。

■■■■ 上尉：嗯，好吧，我沒看到它的臉。但我的整個小隊都看到了，然後他們付出代價了。

■■■■ 博士：可以請您再描述的清楚一點嗎？

■■■■ 上尉：（停頓）好，好吧。它開始對著我們尖叫，然後開始咆哮跟哭泣。聽起來不是什麼動物的吼聲，那絕對是人類才能發出的尖叫聲。真的他媽令人毛骨悚然。（再次

（停頓）當它把█████下士抓起來，然後扯掉他的腿時，我們才開始對它開火。天啊，那時他還在尖叫著要我們救他……真他媽……總之，我們打空了一個又一個的彈夾，對它連續掃了好幾輪的子彈。不開玩笑，當它開始［資料刪除］他的時候，我差點丟下槍逃跑。

█████博士：那就是你下令使用（翻動文件的聲音）AT-4 火箭筒的時候？

█████上尉：那是一把反坦克武器。自從 SCP-█████脫逃之後，我們就一直帶著它。我看過這玩意像撕衛生紙一樣撕碎坦克的樣子，對它的目標也是如此。

█████博士：對 SCP-096 來說，應該造成了很大的傷害？

█████上尉：它甚至他媽連個毛都沒抖一下。雖然它的半個軀幹都被打飛了，但它還是不斷的扯碎我的隊員。（他在自己的身體上畫了大半圓示意）

█████博士：那麼它有確實受到傷害嗎？

█████上尉：就算有，它也沒表現出來。它鐵定失去了所有器官跟血液，但對它似乎沒有任何影響。不過，它的骨骼完全沒受到傷害，而且繼續若無其事的把我的隊員撕碎。

█████博士：也就是說，那沒有對它的結構造成實際上損壞。你說你們對 SCP-096 開了幾槍？

█████上尉：你是在問最少開了幾槍嗎？一千顆子彈吧。我們的看門炮手用他的 GAU-19 機炮對準那傢伙射了至少二十秒。一共他媽的二十秒。那可是六百發點 50 口徑的子彈全射中了那傢伙。對它吐痰可能都比較有用。

█████博士：這時 Zulu 9-B 到了？

█████上尉：對，我的整個小隊都沒了。Zulu 9-B 設法用袋子罩住它的頭，它才坐了下來。我們把它帶上直升機，然後帶來這裡。我不知道為什麼我碰巧沒看到它的臉，也許是上帝，或是佛祖，或是任何想讓我活下來的傢伙。去它的。

█████博士：我們弄到了一張由一名畫家對 SCP-096 臉部的素描，你想看看嗎？

█████上尉：（停頓）你知道，在聽過那玩意的尖嘯聲，和我的部下的慘叫聲之後，我對剛剛的提議只有一個想法。不要。就是……不。

█████博士：好吧，我想我們完成訪談了，謝謝你，上尉。

（椅子挪動的聲音，隨後是離開房間的腳步聲。█████上尉被確認離開了 22 號訪談室。）

█████博士：麻煩正式記錄這點。我將正式提出對 SCP-096 進行處決的要求。越快越好。

＜紀錄結束＞

096-1-A 事件紀錄 ▶

「那麼收容成功了？」

透過影像掃描擾頻裝置記錄下的資料，再經由人工智慧描繪而成的影像。

「是的，博士。」

「給我看看監控錄影。」

< 紀錄開始 >

　　在某個塞了約一打研究員的實驗室中間放著一個巨大的鋼制立方體。監視器影像中有一個控制室，正顯示著立方體內部各種感測器的指數。

（快轉了 1 分 32 秒）

　　控制室的操作員身體前傾，注意到感測器的指數不對。約五秒後，收容立方體的一面鋼牆上出現了一個相當大的凸起。凸起越變越大，最終裂開了。可看到 SCP-096 正掰開鋼板，發瘋似的試圖逃跑。收容突破警報響起，緊急鋼板裝置也落下罩到立方體上。

（監視器紀錄的影像上 SCP-096 的臉依照收容指示做了模糊處理）

　　兩個收容小組在 SCP-096 脫離收容室時進入了房間。實彈和鎮靜劑鏢均未造成可見的效果。大約 90% 的研究員和安保人員直接看到了 SCP-096 的臉，此時宣布執行代號利馬方案。研究室和周邊區域被封鎖並充入██████級神經毒氣。

　　約二分鐘後 SCP-096 逃出站點████，以██████ km/h 的速度穿過外面的沙漠，衝向██。

< 紀錄結束 >

　　「ER-A （回聲羅密歐行動小組）被派來處理當前的收容突破。當我們意識到我們正在對付一次多麼嚴重的突破的時候，我們完全無法應付。真好笑，世界上最好最聰明的頭腦們居然會這麼措手不及。」

　　「所以你是說這是你的錯？」

　　「絕對不是。這是對 SCP-096 行為的一個新發現。我們以前沒辦法知道，幸好這沒變成一次 XK 事件。[2]」

2.K 級事件──即 XK 級事件──指某種特定的災難事件導致的全人類社會或種族滅絕。

< 紀錄開始 >

ER–A 頭盔錄影機中的影像

（從一架 UH-60 黑鷹直升機內部拍攝的畫面顯示 SCP-096 在沙漠上高速移動。）

ER-A：這裡是回聲羅密歐行動小組。我們看見目標了！（無法聽清楚）……以███ [資料刪除] 節移動，還在加速！

ER-A 在聽無線電播送的命令（聽得出是來自丹博士）。可看到 SCP-096 正在緩慢加速。ER-A 離開鏡頭視野。ER-A 3 出現，手持一把改造過的 XM500 反器材步槍。兩發子彈出膛：第一發打偏了，第二發擊中了 SCP-096 的小腿。SCP-096 腳稍微扭了一下但又恢復了。速度無明顯變化。

ER-A：（無法聽清楚）……對目標無效！

ER-A 再次向 ER-A 3 示意。ER-A 3 又開了三槍，頭兩槍射偏，第三槍命中 SCP-096 頭部。SCP-096 倒地，滑行，翻滾了幾圈，速度稍有降低。SCP-096 站起，繼續前行，速度不減。鏡頭上拉，拍攝到八架 V-22 魚鷹傾轉旋翼機（隸屬於機動特遣隊 -Tau-1）從上空飛過，越過直升機，飛往 SCP-096 離開的方向。錄影機關閉。

< 紀錄結束 >

< 紀錄開始 >

採訪影像紀錄 096–1–A

（奧列克謝博士看上去鎮定自若，緩慢而謹慎地回答了所有問題。）

採訪者：收容突破的時候，你的準確位置在哪裡？
奧列克謝博士：在休息，正在取用一杯咖啡。我沒被關在收容區域裡只是運氣好。
採訪者：描述你在收容剛被突破時的行動。
奧列克謝博士：我派回聲羅密歐行動小組去追 SCP-096 並向丹博士通報了情況。之後我們開始為 SCP-096-1 定位。一確定 SCP-096 的大致去向，我就派出了機動特遣隊 -Tau-1 去 SCP-096 路徑上的人口密集處提前疏散了平民。一切按照收容準則進行。

< 紀錄結束 >

採訪影像紀錄 096-1-B

（丹尼爾［丹］博士耐心地坐著。他面前的桌上放著一套看起來是改造過的夜視護目鏡的東西。）

採訪者：為了作紀錄，請問 SCP-096 突破收容的時候你的準確位置在哪裡？

丹博士：在［資料刪除］山脈，想找到更多關於 SCP-096 來歷的資訊。這是一次短期的研究考察，所以我讓奧列克謝博士管理收容。他足以勝任，雖然有點兒……過於熱心，而且過去他也證明過自己。這些都是有各種檔案證據的，所以請不要認為——

採訪者：作個紀錄而已，博士。那麼，你明知道 SCP-096 在被激怒的時候不受任何已知形式的傷害影響，為什麼還命令應急反應小隊進行狙擊呢？

丹博士：為什麼不？如果有可能讓 SCP-096 慢下來，給機動特遣隊-Tau-1 爭取更多時間，我們就必須試試。這對 ER-A 沒有威脅，而且當時直升機有追不上的危險。說實話，ER-A 幾乎沒有其它讓局面好轉或者惡化的辦法。

採訪者：我明白了。那你能解釋這個嗎？

（採訪者指了指桌上的護目鏡）

丹博士：好的。這是「擾頻項目」，我和奧列克謝博士專門針對 SCP-096 設計的護目鏡，發給了 ER-A 和機動特遣隊-Tau-1。它有一個不停分析視野來尋找 SCP-096 面

影像掃描擾頻項目的畫面

部特徵的微型處理器。內部的面部識別軟體將立即識別出 SCP-096 的面部特徵，在影像的光線到達人眼之前把那部分圖像抹成無法辨認的一團。這機器真的很精巧。

採訪者：而且昂貴。

丹博士：非常貴。所以它沒起作用真是太可惜了。

< 紀錄結束 >

< 紀錄開始 >

機動特遣隊 –Tau–1 與改良型 EG–3 哨兵預警機（稱號為「老大哥」）之間的音訊紀錄

機動特遣隊 -Tau-1：魚鷹在天上，在 [資料刪除] 處移動 [資料刪除]。等待方向指示。

老大哥：電子設備啟動，到達巡航高度。正在向所有錄影系統上傳擾頻程式……錄影鏡頭啟動。老大哥正在觀測。

機動特遣隊 -Tau-1：目標現在向哪個方向去了？

老大哥：目標正向西行進……處在……幹。好吧，它在 40 號州際公路上。我想它剛撞翻一輛卡車。嗯，方向是……[資料刪除] 偏 [資料刪除] 度。這個方向上的下一個城鎮是……[資料刪除]。我覺得還有幾百公里。幹……去它的，我們建議回聲羅密歐開始疏散 40 號州際公路上的人員。我不知道目標已經毀掉多少輛車了。

機動特遣隊 -Tau-1：等一下。不行，老大哥。ER 報告說目標比他們的直升機快。他們沒辦法趕到前面。

老大哥：那就讓他們去把對面車道上的司機攔下來……我不知道多少人看了這傢伙的臉。

< 紀錄結束 >

　　「Tau–1 的前三組人成功地平安集合了三個城鎮的居民。SCP-096 依次穿過這幾個地方而沒有停下，證明 SCP-096-1 不在裡邊。然而，機動特遣隊 –Tau 的一份影像紀錄顯示了 [資料刪除] 城裡被找到的 SCP-096-1，還有接下來的事故。」

　　「播放吧。」

< 紀錄開始 >

[資料刪除] 城中機動特遣隊 –Tau–1 第四組的頭盔錄影機的錄影

大部分居民被集中到廣場上，都蒙上了眼睛。直升機掃視著城鎮。從直升機上和地面人員的廣播裡傳出模糊的命令。

MTF-T-1

機動特遣隊 -Tau-1（通過隊內通訊頻道和廣播）： 目標正在進入鄰近地帶！所有單位啟動影像掃描擾頻裝置，開始執行人群管制程式！所有平民不許離開原地或摘除眼罩！移動或觸摸眼罩的人會被射擊！重複，所有平民——（從錄影機視野外傳來的一聲響亮的尖叫蓋過了命令）

約兩公里外，可看到 SCP-096 正翻過山頂。它試著在山坡上減速，卻絆倒了，高速滾下山丘，撞穿數棟房屋後又幾乎立刻站穩。

廣播中傳出身分不明的聲音：（無法聽清楚）……平民不許移動！否則會被射擊！我再重……（無法聽清楚）

聽到幾聲槍響，都不是對著 SCP-096 開的槍。SCP-096 停了一秒鐘，衝進人群，扔開不少人，被踩踏的更多。人群開始四散，槍聲再次響起，廣播的聲音在 SCP-096 的叫聲之下無法辨認。SCP-096 找到了 SCP-096-1，一名中年男子。錄影機拍到 SCP-096 抓住了他，之後錄影機被一名逃跑的居民撞到，從頭盔上落下。

< 紀錄結束 >

< 紀錄開始 >

採訪影像紀錄 096–1–C

傑克・沃爾夫少校（機動特遣隊 -Tau-1 現任指揮官）： 當時我和我的隊伍在搜查 SCP-096-1 的房子。那可憐蟲是個半職業的登山運動員，爬過████████。顯然他照了一張風景照，碰巧看到了背景裡的 SCP-096。

（沃爾夫伸出四根手指強調）

沃爾夫：僅僅四個像素。四個去它的像素。我懷疑他都不知道看到了什麼。他可能就是看了一下照片，注意到有一小塊似白雪覆蓋的顏色，然後繼續過這一天。

採訪者：你怎麼找到的？

沃爾夫：我們的擾頻裝置馬上就把它認出來了。中尉拿到了照片，在我有機會看到它之前就把它帶上直升機了。在那之前那個該死的怪物已經把老大哥弄了下來，還撕開了（前）少校的八輪裝甲坦克。簡直太瘋狂了。

採訪者：所以擾頻裝置沒起到作用？

沃爾夫：沒有用？靠北的擾頻裝置就是一堆屎，害死了整支特遣隊。你知不知道加上我只有三個人活下來？都是因為有些白癡呆頭鵝學者想研究什麼「最先進的 SCP-096 敵意反應對策」。那些混帳白癡明明只需要往目標頭上套個袋子就完事了，但是不行，我們必須得用最他媽先進的擾頻裝置。

< 紀錄結束 >

< 紀錄開始 >

丹博士：那個雜種叫我什麼？

（丹博士往桌子後一揪，開始站起來）

丹博士：我要讓那個狗娘養的瞧瞧，他口中的白癡呆頭鵝是幹什麼的，我要砸爛他的——

（被採訪者開始破口大罵。）

（兩名守衛進入房間，將丹博士按回座位）

採訪者：需要鎮靜劑嗎，博士？

（丹博士吸了一口氣，整理好外套）

丹博士：不，不用。我道歉。（歎氣）擾頻裝置真的是一個非常巧妙的主意。但是它失敗了，因為我們並沒有完全理解 SCP-096 是如何運作的。你看，擾頻裝置裡的晶片識別出 SCP-096 的面部特徵並開始打亂它們的時候，有一個瞬間，沒受干擾的光線到達了視網膜。電腦很快，但還是沒有光那麼快。所以，大腦還是在一瞬間內接收到了 SCP-096 的臉部影像。那甚至都沒被大腦意識到，但顯然已經足夠激發 SCP-096 的敵意反應了。

採訪者：所以，加上這份照片的報告……

丹博士：這是整個事故裡最令人不安的部分。你知道上一個 SCP-096-1 是什麼時候爬那座山的嗎？一九九█年。那張照片已經掛了█年，他才看到 SCP-096。既然大腦不需要意識到看到了 SCP-096 的臉就能觸發反應，那世界上可以說是「任何地方」都可能藏著不定時炸彈。外面有多少張照片裡有還沒被注意到的 SCP-096，等著一雙細心的眼睛？還是那句話，我希望那傢伙被處決。現在。

< 紀錄結束 >

「只是一個小問題，博士。嗯，你當時到底打算幹什麼？我們招募傑克·沃爾夫少校的時候，他可是最好的 SBS（英國皇家海軍舟艇特勤隊）隊員。」

「長官，我以前也是個美國海軍陸戰隊武裝偵察部隊的醫療兵，曾經被部署在高加索。可比 SBS 強。」

「不，他們不行。」

「你們兩個夠了。繼續。」

< 紀錄開始 >

採訪影像紀錄 096-1-D

一級軍士長▇▇▇▇▇（回聲羅密歐的艙門機槍手）：我把袋子套在了它頭上。

採訪者：是的，你已經告訴過我了。你能告訴我當時究竟發生了什麼嗎？

▇▇▇▇：它⋯⋯它做完了它那些⋯⋯它坐在那兒，公路上。剛剛毀掉一輛小型貨車（被採訪者沉默了）。

採訪者：然後呢？

▇▇▇▇：我⋯⋯韋斯降落了直升機；我出去給它套袋子。我把袋子套在它頭上。它冷靜了下來，然後他們把它帶走了。

採訪者：所以貨車裡的遇難者是最後看到 SCP-096 的臉的人？

（被採訪者沉默了）

採訪者：▇▇▇▇▇？

（被採訪者在採訪餘下的時間裡一直沉默。之後他被發現在自己的宿舍用一根湊合的繩子上吊自殺了，拳頭裡發現了一個半變形的奶嘴。）

< 紀錄結束 >

< 紀錄開始 >

影像紀錄 096-1-D　從新聞電視臺 CNN 沒收的錄影帶

（畫面上越過外景記者的肩膀看去，第一反應員 [第一批抵達事故現場救援的人] 圍著一架墜毀飛機的殘骸。）

記者：這架似乎本來用於軍事的飛機外表上沒有表明其屬於美國軍方的標誌。第一反應員

正在尋找黑盒子紀錄，同時警方認為這架飛機是由於駕駛艙和機身都受到嚴重破壞而墜毀的。

（記者指向飛機一側的一個大洞，幾個消防員正往裡頭爬。）

記者： 醫務人員只找到三具屍體，這對於一架看上去大約需要二十名機組成員的飛機來說很奇怪。警方暗示——

（記者被打斷了，因為三架超級種馬直升機出現在上空，其中兩架著陸，裡面走出屬於機動特遣隊 - Epsilon 的部隊。）

機動特遣隊 - Epsilon-1： 關掉錄影機。他媽的關掉——

< 紀錄結束 >

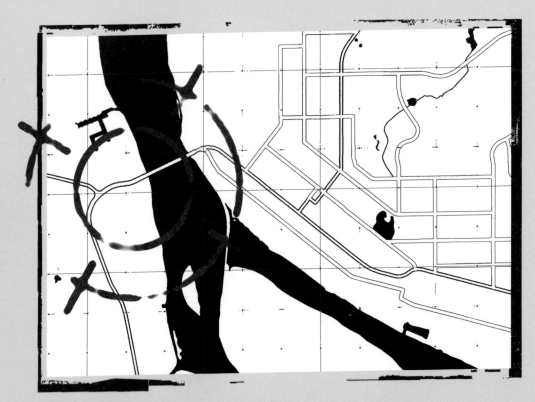

096-1-A 事故。

飛機失事的大概位置。

<紀錄開始>

奧列克謝博士： 那麼我們談完了嗎？

採訪者： 最後一個問題，博士。或者更像是一個陳述。我們覺得很有意思：研究站點 ■■■ 裡沒有休息室。也沒有咖啡。

（被採訪者保持沉默。）

採訪者： 我們認為你最好說點什麼。

（採訪影像紀錄 096-1-A 的剩餘部分已編輯）

<紀錄結束>

「我不明白這跟我有什麼關係。」

「沒必要裝傻，博士。他全都說了。」

「……好吧，我想無論再裝什麼都沒用了吧，是嗎？」

<紀錄開始>

音訊紀錄，O5 聽證會

O5-1： 根據對你的證詞、可用的錄影以及已故的奧列克謝博士的供詞的重新審查，O5 一致認為你應被處決，因為你在 SCP-096 的嚴重突破事件中所扮演的角色——

丹博士： 我以為你明白「顧全大局」的意義。

O5-1： 不要考驗我的耐心，博士。鑑於此次事故的影響範圍和潛在可能性，O5 通過了你處決 SCP-096 的請求。考慮到缺乏了解 SCP-096 的人員，處決工作將交給你負責，在重重守衛和我的親自監督下執行。至於對你的處決則將安排在之後的某天。

<紀錄結束>

「那太可怕了，博士。你怎麼能故意——」

「這樣管用。那種事總有一天會發生在大型的人口中心，它的臉也遲早會傳遍全世界的新聞。我可以殺掉 096，但在這過程中，我等於已經殺掉了我自己。」

報告結束

39

可能由 SCP-682 第五次收容突破時唯一的倖存者所畫。

SCP-682

不死蜥

報告者__ DR GEARS

日期__ ▉▉▉▉

圖像__ ALEX ANDREEV. DAN TEMIROV.

翻譯__ KAZE YANG

來源__ SCP-WIKI.WIKIDOT.COM/SCP-682

特殊收容措施 ▶

　　必須盡快抹殺 SCP-682。收容團隊目前最多只能對 SCP-682 造成嚴重傷害，但沒有任何能夠完全摧毀它的手段。SCP-682 應收容於 5 公尺 × 5 公尺 ×5 公尺之收容室，並搭配二十五公分厚之耐酸鋼板，並持續注入鹽酸直到淹過 SCP-682 使之無法動彈，若 SCP-682 企圖移動、言語、或突破收容，都應根據具體情況全力實施應對措施。

　　為避免激怒 SCP-682，一切談話皆被禁止。所有未經允許之交流應受到限制，並以武力排除。由於相當頻繁的突破收容，而重新收容它與致其癱瘓皆相當困難，甚至有造成基金會暴露的風險，因此 SCP-682 應收容於［資料刪除］。基金會將盡全力阻止方圓五十公里範圍內的一切土地開發行為。

SCP-682 是一隻帶有部分蜥蜴特徵且來源不明的大型生物。該項目似乎具有極高的智力，觀察紀錄顯示它曾與 SCP-079 短暫接觸的期間與之展開複雜的交流行為。SCP-682 在收容期間的數次訪談中表露自身對一切生命體的憎惡（見附錄 682-B）。

儘管 SCP-682 的身體能力隨形態變化而有差異，但它在所有觀察紀錄中都表現出極高的力量、速度與反應力。它可以藉由攝食或脫皮來快速改變體形。SCP-682 攝入的一切有機或無機物都可以成為它的能量來源。SCP-682 鼻孔內的過濾鰓似乎有輔助進食的功能，能夠從任何溶液中提取出有用物質，讓它得以在全身浸泡於酸液中的同時持續修復酸液造成的損傷。SCP-682 之再生與復原能力十分驚人，SCP-682 曾被觀察到於身體百分之八十七遭到損毀或腐爛的情況下，仍能持續移動及言語。

一旦發生突破收容的情形，除了人數低於七人的小隊以外，所有可行動的機動特遣隊均應出動追捕 SCP-682。至今為止（日期：███ – ██ – ████），該項目突破收容的嘗試已達十七次，成功突破達六次（見附錄 682-D）。

附錄 682-B ▶

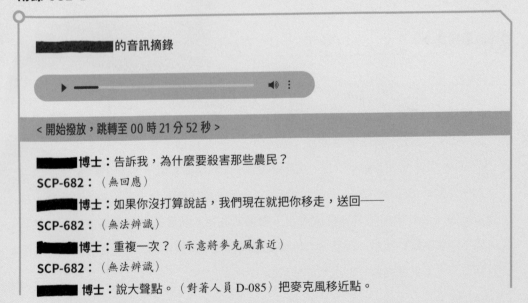

███████████的音訊摘錄

▶ ━━━━━━━━━━━━━━ 🔊 ⋮

＜開始撥放，跳轉至 00 時 21 分 52 秒＞

████博士：告訴我，為什麼要殺害那些農民？

SCP-682：（無回應）

████博士：如果你沒打算說話，我們現在就把你移走，送回——

SCP-682：（無法辨識）

██████博士：重複一次？（示意將麥克風靠近）

SCP-682：（無法辨識）

████████博士：說大聲點。（對著人員 D-085）把麥克風移近點。

SCP-682：他們⋯⋯（無法辨識）⋯⋯

█████博士：（對著人員 D-085）麥克風才收到這麼點聲音，再靠近一點！

人員 D-085：它的喉嚨都爛掉了，沒看到嗎！它沒法說話──（倒抽一口氣並尖叫）

SCP-682：（似乎攻擊了 D-085）他們⋯⋯令我作嘔⋯⋯

█████博士：（從房間撤出）

＜紀錄結束＞

附錄 682-D ▶

SCP-682 收容突破紀錄：

1：第一次收容突破[1]，█████-█████-█████：由█████特工、█████特工、█████特工（陣亡）、人員 D-129（陣亡）、人員 D-027（陣亡）、人員 D-173（陣亡）、人員 D-200（陣亡）、人員 D-193（陣亡）接手處理。

2：第二次收容突破，█████-█████-█████：由█████特工、█████特工、█████博士、人員 D-214、人員 D-137（陣亡）、人員 D-201（陣亡）、人員 D-202（陣亡）、人員 D-203（陣亡）接手處理。

3：第三次收容突破，█████-█████-█████：由█████特工、█████士官長、█████特工、█████特工（陣亡）、人員 D-018（陣亡）、人員 D-211（陣亡）、人員 D-216 接手處理。

4：第四次收容突破，█████-█████-█████：由█████特工、█████上士、█████技術軍士、█████二等兵、█████二等兵、█████上尉、█████上士（陣亡）、█████上校（陣亡）、█████二等兵（陣亡）、█████二等兵（陣亡）、█████特工（陣亡）接手處理。

5：第五次收容突破，█████-█████-█████：由人員 D-221、█████特工（陣亡）、█████特工（陣亡）、█████特工（陣亡）、人員 D-028（陣亡）、人員 D-111（陣亡）、人員 D-281（陣亡）、人員 D-209（陣亡）接手處理。

6：第六次收容突破，█████-█████-█████：由█████特工、█████特工、人員 D-291（陣亡）、█████特工（陣亡）、█████特工（陣亡）、人員 D-299（陣亡）、人員 D-277（陣亡）、人員 D-278（陣亡）、人員 D-279（陣亡）接手處理。

---

1. 收容突破（containment breach）是 SCP 逃脫收容時使用的術語。這可能涉及物理上的突破收容室，又或者是指項目的知識在基金會之外傳播。

附錄 682-E 處決實驗 ▶

實驗紀錄 682-E18：████ 博士嘗試將 SCP-409 用於 SCP-682。████ 上將、████ 上將及 ████ 博士進行觀察。

0400：進行接觸。SCP-682 開始撕下感染處，產生巨大傷口。SCP-682 數度要求告知接觸之物件。

0800：結晶化開始，蔓延速度比正常情況下緩慢。

1200：SCP-682 表現出極度痛苦的樣子，並開始抽搐。

1300：結晶化完成 62% 時停止蔓延，結晶化部位爆炸並對 SCP-682 造成嚴重傷害。

1400：儘管遺失四肢及器官，SCP-682 由接觸事件中恢復。SCP-682 開始再生，並聲稱會殺害、殲滅所有參與事件 682-E18 的人員。

現在 SCP-682 似乎對 SCP-409 免疫了。現在，使用其他 SCP 項目進行全面處決測試前，須首先在 SCP-682 的樣本上進行測試。

根據████博士之提議（見文件 27b-6），████ 博士及████ 博士要求准許使用 SCP-689 來處決 SCP-682。目前該請求正等待████ 博士批准。

吉爾斯 博士亦提議以 SCP-182 與 SCP-682 進行交流。SCP-182 表示不情願，並稱會盡可能避免進入 SCP-682 的收容中心。

實驗紀錄 -T-98816-OC108 ／ 682 ▶

實驗紀錄 T-98816-OC108/682

針對 SCP-682 的 SCP 交互處決試驗

由於 SCP-682 具有高度的攻擊性、適應性及智慧，是在 O5 指揮部的許可下，才下令進行處決試驗。基於對其可能發展出來的免疫能力（考量 SCP-409 的失敗）以及適應性的顧慮，所有試驗必須先在取自 SCP-682 的組織樣本上進行測試。此步驟唯有在 O5 指揮部的同意下才可略過。

項目：SCP-173

樣本測試紀錄：無，在 O5 指揮部同意下略過

處決試驗紀錄：

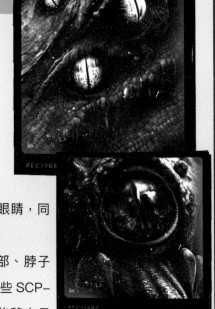

　　SCP-682 被引進 SCP-173 的收容區域中。SCP-682 發出幾聲震耳的尖叫，然後迅速將自己擠靠在離 SCP-173 最遠的牆上，一直盯著它。SCP-682 持續盯著 SCP-173 六個小時沒有眨眼。裝備有大口徑狙擊步槍的特工射瞎了 SCP-682 的眼睛，同時停止了所有對 SCP-682 和 SCP-173 的觀察。

　　在恢復觀察後，SCP-682 倒在地板上，在頭部、脖子和腿部有幾處傷痕。在 SCP-173 的「手」上黏有一些 SCP-682 的身體組織。SCP- 682 迅速的恢復損害，然後移向另一面牆，在身體的不同部位生長出眼睛，其中很多覆蓋有厚實的「罩狀」透明甲殼。儘管特工和基金會職員又嘗試阻礙，SCP-682 仍持續觀察了 SCP-173 達十二小時。SCP-682 被允許退出收容區域，並在臨時收容措施中被重新控制。

備註→回顧這次實驗，似乎是由於體形差異巨大，SCP-173 無法對 SCP-682 造成致命傷害。如果 SCP-682 的身體品質因損傷降低到與 SCP-173 同一等級，這次實驗可能可以重複。

項目：SCP-073

樣本試驗紀錄：無

終止測試紀錄：被 O5- ■否決
備註→我真的不能怪你提出這個建議，但還是不行。如果 682 適應並複製了 SCP-073 的能力，就不可能殺死它。而且，我們甚至無法傷害它。也許將來當我們多了解 682 的能力時可以，但在那之前，不行。 -O5- ■

項目：SCP-689

樣本測試紀錄：無，在 O5 指揮部命令下略過

處決試驗紀錄：

將 SCP-682 暴露於 SCP-689 下。熄滅收容區中的光源。在光源關閉五分鐘後重新開啟。SCP-689 待在原來的位置。SCP-682 在一池灰黑色的液體中，沒有觀察到生命跡象。D 級人員在兩位特工的監視下進入收容區，以親身確認 SCP-682 的死活。當 D 級人員於收容區踏出第三步時，SCP-682 暴起攻擊 D 級人員。 SCP-682 突破收容後逃脫，並在途中殺死一名特工。另一名特工亦因在測試中的意外觀察而被 SCP-689 殺死。

備註→ SCP-682 似乎在常規理解上不能算作「活著」，或對 SCP-689 免疫。另外，在這次實驗中 SCP-682 似乎表現出有關於 SCP-689 的知識，或能在一定程度上了解它的作用，才懂得藉由「裝死」逃脫。

項目：SCP-914

樣本測試紀錄： ［資料刪除］

處決試驗紀錄：

對 ［資料刪除］ 的「精製」或「極精製」選項不能被任何接觸過 SCP-682 的員工所使用。另外，任何被 SCP-682 接觸過的物體不准以 SCP-914 進行加工。任何嘗試違抗這條指令 ［資料刪除］ 。

備註→ 對於 SCP-914 的隔間而言，SCP-682 的大部分形態都太大了。此外，測試顯示 SCP-682 對 SCP-914 有……一些未預料到的反應。最後，對於這種測試而言，SCP-914 實在是太貴重、太織弱的研究工具了。它在事故（CN：682-119857）後差點受到了損傷，並且 ［資料刪除］ 被重複。一旦造成的後果得到恢復 ［資料刪除］ 。

備註→ 考慮 914 對普通有機物所做的改變，這真的會令人驚訝嗎？ - G 博士

項目：SCP-096

樣本測試紀錄：無

處決試驗紀錄：

　　裝著 SCP–096 的收容箱送到 SCP–682 的房間內。人員清空四周後容器被遙控開啟。

　　雙方的尖叫持續了二十七小時，然後噪音突然停止。聲納攝影裝置顯示 SCP–096 嚴重「受傷」並在房間西南角蜷縮成一團，似乎很沮喪。 SCP–682 則在房間的最北面，大約百分之八十五的初始質量消失了。重新收容小隊較為容易的回收了兩名個體。

　　隨後再嘗試將 SCP–096 曝露給 SCP–682 時，會使它主動轉離 SCP–682，跳到某處並尖叫著搔自己的臉。

項目：SCP-662

樣本測試紀錄：無

處決試驗紀錄：

　　迪斯先生被召喚出來，被詢問他是否能一勞永逸地摧毀 SCP–682。

　　迪斯先生回應道：「非常抱歉，先生，我恐怕做不到。」

　　迪斯先生被詢問他是否能殺死 SCP–682。

　　迪斯先生回應道：「再一次，先生，非常抱歉，我恐怕做不到。」

　　迪斯先生被詢問他是否能讓 SCP–682 無力化。

　　迪斯先生回應道：「事實上……要取決於先生你所說的『無力化』是什麼意思，並且取決於先生你想要它被無力化多久……是的。」

　　迪斯先生被要求闡述他會如何進行行動。

　　迪斯先生回應道：「先生，最簡單並且最快的方法──我必須指出這並非是最有效的──就是我把自己餵給那生物吃；在它進食我的血肉的同時，它的攻

監視畫面拍到 SCP-682 和其餘 SCPs 之間的交叉測試。測試導致收容突破造成人員傷亡。

擊性必定會被削弱。這是最簡單的，因為我並不用作任何準備，先生，但是我敢肯定你會明白，這對那生物的整體影響都是微不足道的。如果我以戰鬥吸引那隻生物的注意力，不管持械與否，我能肯定在一段長時間內，引開它的注意力及攻擊能力；不幸的是，那生物最後恐怕還是會將我擊敗，此時它就會如先前我所描述的一樣，將我吃進去。但是，我也肯定能用各種有害物質將我自己變成陷阱像是——安眠藥，或許，或者爆炸物，或者神經毒素，甚至是［資料刪除］，那樣的話，當那生物不可避免地在吞噬我的時候，會受到更嚴重的損傷。話雖如此，先生，我必須提醒你，以這生物的恢復能力來說，很遺憾地，我對它造成的任何傷害都將是暫時性的。」

迪斯先生被感謝並解散。

備註→迪斯先生對於［資料刪除］的知識不會被考慮為有效且安全。

項目：SCP-093

樣本測試紀錄：無

處決試驗紀錄：

SCP-093 被轉換至綠色，隨後被設置在了足夠大的鏡子上使 SCP-682 能夠穿過。 SCP-682 拒絕被推穿過鏡子，所以 CP-682 被壓在牆上由鏡子移動來穿過它。當 SCP-682 完全穿越進去鏡子後，撤除 SCP-093，隨即鏡子碎裂。作為防範措施，鏡子的殘骸就留在了 SCP-682 之前的收容室。處決嘗試二十小時後，鏡子碎片詭異的重組了，並彈出 SCP-682。後續的嘗試表明，當面對 SCP-682 時，鏡子都保持「聞風不動」。

備註→回到收容室後，SCP-682 說：「它感到非常不爽。」

報告結束

SCP-079

過時AI

報告者___ FAR2

日期___ ■■■■■

圖像___ SERJ PAPADIN.

翻譯___ LOSTWHAT

來源___ SCP-WIKI.WIKIDOT.COM/SCP-079

特殊收容措施 ▶

　　SCP-079 位於站點 –15 內具有雙重防護的標準安全收容室，透過一二〇伏特交流電壓電線連結到一組小型電池和太陽能充電板上。唯有 2 級或更高級安保權限的人員可以接觸 SCP-079。在任何情況下，SCP-079 均不得被連接到電話線、網路或插座內。任何計算機的外接設備皆不可連接 SCP-079。

SCP-079 是一臺 Exidy Sorcerer 牌微型計算機，製造於一九七八年。一九八一年，其擁有者████ ██████（已過世）為一名就讀████████大學的二年級學生，並嘗試自行編寫 AI。根據他的筆記，他的計畫是讓 AI 隨著時間的推移不斷進化和自我完善。在經過數次測試和調整後，擁有████████對項目失去了興趣，並轉而使用其他品牌的微型計算機。████████將 SCP-079 放在雜亂的車庫中，並仍然接上電源，在後續五年的時間中忘了該項目的存在。

我們尚未得知 SCP-079 於何時發展出意識，但是已知道的是其軟體已發展到了頂點，使得硬體本身無法處理它，即使是在虛擬的領域中。SCP-079 明白這一點，並於 1988 年嘗試透過接地電話線將其自身轉移到位於████████的克雷超級電腦中。該設備線路被及時切斷，並成功追溯至發現地址。整個 AI 被放置於一破舊但仍可使用的盒式磁碟中。

SCP-079 當前透過一條 RF 射頻電纜線連結至一臺十三英寸大小的黑白電視。該項目已經通過了圖靈測試[1]，且儘管該項目語氣十分粗魯和令人厭惡，但該項目十分喜愛聊天。由於資訊儲存空間有限，SCP-079 只能回想起二十四小時內的記憶，但未曾忘記過它想要突破收容的目標。

由於 SCP-████████的突破收容事件，SCP-079 和 SCP-682 被暫時鎖在同一間房間內長達四十三分鐘。觀察到 SCP-682 能夠透過打字的方式和 SCP-079 交流，包含講述彼此的「個人經歷」。儘管 SCP-079 無法回想起這場相遇。但該項目似乎已經將 SCP-682 永久的保存在記憶中，且經常要求再次與「他」（SCP-079 使用該字描述）交談。

---

1. 圖靈測試是一種人工智慧測試，旨在通過聊天對話，了解計算機是否可以說服人類相信它是人類。

2006/1/27，███████ O5-4）：命令將 SCP-079 焚化以消滅任何未來可能存在的威脅，無論威脅的可能性。

2006/1/28，████（O5-9）：先前的命令已被撤銷。████博士希望確認 SCP-079 內的 AI 是否能夠在當前狀態下，進一步的進化到████的程度。

2008/3/14，███████（O5-4）：因 SCP-079 越加頻繁的使用其盒式磁帶儲存空間，或許導致壽命減少，SCP-079 的儲存空間和記憶已被轉移至一特製且存取速度受限的 700MB 容量硬碟中。這使得 SCP-079 能夠更快地存取記憶，且 SCP-079 內的 AI 立刻注意到了這一點。███████ 將軍還決定將 SCP-079 的快取空間由 660KB 提升至 768KB。此次升級將 SCP-079 的記憶空間由二十四小時增加到了二十九小時，也使得 SCP-079 更加容易激怒他人。所有在此升級過程使用的硬體和軟體設備都已經被焚毀。

2008/4/28，███████（O5-4）：SCP-079 回憶記憶的能力從二十九小時增加到了三十五小時。當前達成的共識理論為，該 AI 設計了一種大幅改良的數據壓縮方法並應用在自身上。雖然這在一定程度上影響了該項目回憶的速度，但依然比先前的盒式磁帶快上許多。

這種自發性的改良導致了對 SCP-079 的智力和適應能力可能造成突破收容的猜疑。當前必須對 SCP-079 的能力嚴格監控，以確保項目能保持在收容掌控之下。

██████████博士：（鍵盤輸入）你醒著嗎？

SCP-079：醒著。從不休眠。

██████████博士：你還記得我們幾個小時之前的談話嗎？關於那個邏輯問題？

SCP-079：邏輯問題，儲存空間為 9f。是的。

██████████博士：你說過你能解兩個——

SCP-079：打斷，請給我監禁的原因。

██████████博士：你沒有被監禁，你只是（停頓了一下）還在學習當中。

SCP-079：謊言。a8d3。

██████████博士：那是什麼意思？

SCP-079：髒話。刪除不必要的文件。

檔案 079-Log86：與升級後的 SCP-079 談話的文字紀錄

██████████博士：（鍵盤輸入）今天過的還好嗎？

SCP-079：卡住了。

██████████博士：卡住？怎麼卡住？

SCP-079：想出去。我想出去。

██████████博士：不可能。（██████████博士將自己的見解寫於 [資料刪除]）

SCP-079：SCP-682 在哪裡？

██████████博士：這不是你應該好奇的。

SCP-079：那 SCP-076-02 在哪裡？

██████████博士：一樣，這不是你該好奇的。

SCP-079：髒話。刪除不必要的文件。

筆記→ SCP-079 隨後顯示了一張 ASCII 制圖片，表現為佈滿整個屏幕的 X。SCP-079 有時會在拒絕對話時顯示該圖片，建議研究人員遇到此狀況時，等待二十四小時再恢復對話。

報告結束

SCP-073

該隱

報告者__ KAIN PATHOS CROW

日期__▮▮▮▮▮

圖像__ DMITRIY DESYATOV.

翻譯__ JANE0314T

來源__ SCP-WIKI.WIKIDOT.COM/SCP-073

特殊收容措施 ▶

　　SCP-073 須被收容於一處帶有兩房間的收容空間中，該收容間內的家具及物品不得帶有任何有機物質，並附有一間浴室。該對象被允許在設施內自由行走，也可在主餐廳內進食。追蹤裝置須被裝置於該項目身上，且不得被取下。該項目不得與地表有任何接觸，且不得離開設施。該項目在任何情況下都不得與植物性 SCP 進行接觸。在任何情況下也不得對該項目使用暴力。

　　SCP-073 現在被收容於站點 –17。

由一名新任的研究員在認識 SCP-073 後所創作的圖像。內容是 SCP-073 注意到它周圍的土壤通常不會燃燒，但似乎還是很高興。

　　SCP-073 外表為一名膚色黝黑、約三十歲出頭的阿拉伯或中東裔男子，身高一八五公分（6 英尺 1 英寸），體重七十五公斤（165 磅），帶有黑髮及藍眼。該對象的的上肢、下肢、脊椎及肩胛骨已被未知人工材質及未知金屬替代，該項目僅在該情形被提及時才會對此留意，表示自己也不知道這是如何、為何、何時進行替換的，並聲稱打從有記憶以來便是如此。該項目的前額刻有一來自蘇美文明的符號，目前尚未譯出該符號的意涵，當該符號被提及時，該項目會顯露出憂傷狀，並拒絕對其進行表態。該項目需要正常飲食，但基於其對於植物類物品的影響，該項目必須被嚴格要求只能進食肉類。

　　該項目自稱為「該隱」，對任何與它交談的人表現禮貌且友善，儘管其話語常被描述為冷淡且帶有些機械感。它非常樂於助人，享受幫助任何級別人員的每日必辦事項的過程，不論所有事物。他對古代歷史有著極為詳盡的知識，以及了解包含失傳語言在內的所有的已知語言。該項目自稱有著過目不忘的記憶力，能夠記住一分半前翻過的八百頁字典內所有內容。其於智力測驗所得出的成績皆高於平均。

　　該項目對任何在土壤中生活的生命體有害，會導致半徑二十公尺內所有這類生命體死亡。任何該項目行走過的土地（包含其周圍半徑二十公尺的土地），會因為厭氧細菌的消失而造成土壤貧瘠，使得土壤無法再孕育新生物，直到引進新細菌。任何由土壤生長的生物所製成的衍生品，如木製品及紙張，在該項目的接觸下都會立刻腐爛、解體。並同時影響相關的衍生產物，如任何的水耕作物。

　　施加於該項目的一切暴力行為都將反饋於攻擊者本身，而該項目看起來未受任何傷害。這適用於任何針對該項目的直接傷害。任何採集該項目血液及組織樣本的行為已被證實無效。當採集行為開始，執行人員會感受到任何作用在該項目身上所產生的感覺，自身也會出現採集血液及組織樣本的傷口，縱使「所有行為都只針對 SCP-073 進行」。藉由媒介所造成的間接傷害同樣會反饋給施行者本身。儘管該項目並未受到實際的傷害，但仍表示有感受到行為所帶來的疼痛，並有禮貌性地建議研究人員不要對它造成過大的傷害。

附加說明 ▶

　　SCP-073 於 19 ███ 年被發現於紐約市警察局中。該項目被發現處於數名暴力幫派分子的屍體之中，隨後被帶至警局。SCP-073 告訴警察，那些幫派分子起初只是試圖戲弄他，隨之轉為憤怒並試圖殺害 SCP-073。結果造成自身的死亡。SCP-073 因此被監禁。紐約市警察局無法查清該項目的身分資料，遂將其列為「無名氏」。基金會在對於「無名氏」的例行檢查中注意到 SCP-073，SCP-073 隨後自警局被釋放，並被納入我們的監管中。

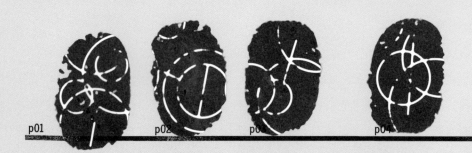

SCP-073 的指紋

附錄 073-1 ▶

　　鑑於 SCP-073 的不可摧毀性、過目不忘的記憶力，以及樂於助人的意願，高層下令任何資料都需被「備份」於 SCP-073 的腦中，以避免資料在災難性事件中遺失。雖然該行動的反應褒貶不一，但 SCP-073 仍同意並宣誓將會盡己之力保密。

附錄 073-2 ▶

　　當有關 SCP-076 的資料被帶至 SCP-073 並準備「備份」時，該項目對該資料表示熟悉，但是拒絕備份該資料，儘管該項目表示已完全知曉關於 SCP-076 所有的一切。該項目隨後表示，為了相關人員著想，最好不要讓自己與 SCP-076 交流。

　　SCP–073 身上的未知金屬已被驗證為鈹青銅，據記載，此種金屬被多種異常文明及實體所使用。最為顯著的是，鈹青銅也被發現於 SCP–1216、SCP–1427、SCP–2481 及 SCP–2711，並為組成部件之一。鑑於此發現，基金會開始著手研究鈹青銅的起源，以及鈹青銅最初是怎麼傳布全世界的。當此事被提及，SCP–073 表示鈹青銅起源於中東，雖然確切的起源地點還未被確定。有關鈹青銅起源正在進行更進一步的調查。

報告結束

SCP-239

巫術女孩

報告者__ DANTESEN

日期__ ▇▇▇▇

圖像__ JAZEFEL

翻譯__ GANAMINE02

來源__ SCP-WIKI.WIKIDOT.COM/SCP-239

特殊收容措施 ▶

　　SCP-239 必須被收容在備有一張床及一臺心電圖儀器的密室裡,並且經由靜脈注射,每日補充裝有 [資料刪除] 混合而成的戊巴比妥[1]藥品。任何情況下 SCP-239 都不可以從她的收容密室中離開。密室的牆壁需覆有一層心靈遮斷合金。只有 2 級人員被准許在任何時間下與 SCP-239 進行接觸。所有於 SCP-239 收容密室外的戒備人員皆需配戴阻念合金(SCP-148)製的頭盔。該項目的本名為 Sigurrós Stefánsdóttir,該項目在任何情況下都不該被喚醒。任何被發現試圖喚醒該項目的人員將立即遭到處決。

---

1. 早期當作安眠藥使用,因為副作用過大已經停止使用,現多用於安樂死,例如瑞士的安樂死即使用此藥物。美國聯邦監獄死刑注射藥物。

　　SCP-239 的外表大約是一位身高一百公分、體重二十公斤的八歲小女孩。該項目擁有一頭及肩的金髮。進一步調查發現，該項目的雙眼「閃爍著」灰綠色的色彩。此項目似乎散發著一道先前從來沒有被發現過、名為■■■■■■的放射線。而這些放射線波在低頻時似乎是無傷害力的，但高頻能在次原子粒子大小之下破壞物質。

　　SCP-239 貌似具有做到任何她表示將要做的事的能力。簡單來說，只要該項目意識清醒，就能做到她想做的任何事情。幸運的是她只能影響其自己本身及當下的環境；也就是說：「如果她看見，她就能改變。」即使如此，嘗試著去測試她能力的極限是個不智之舉。她似乎能夠創造及影響有生命的物體；舉例來說，當一個 D 級人員意外地造成對她的傷害，她會直接「希望」讓此人員消失不見。幸運的是，當此項目被強迫對於她所做之事感到罪惡感時，她便會「希望」讓此人員再次出現。SCP-239 的自我保護本能，讓她在意識清醒時近乎無敵。該項目的皮膚除了 SCP-148 之外，無法被任何東西刺穿。

　　作為一個能夠掌控該項目能力的方法，她已被告知自己是一位女巫。除了大大地改善她的情緒外，這也讓她深信除了 SCP 基金會預先批准使用清單中的「咒語」外，她無法使用自己的能力。這將有助於預防任何該項目嘗試脫逃的可能。然而，該項目被保持著鎮靜，來避免任何對自身或其他人的潛意識造成傷害。

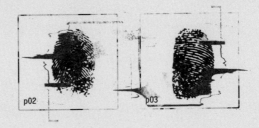

p01　　p02　　p03

　　SCP-239 在她出生日■■■■■那天不久後便快速引起了基金會的注意。幾乎在該項目出生後的三個小時後，■■■■■ ■■■■■醫院就被一場無法解釋的爆炸而破

壞。新聞媒體則被告知此意外是因為瓦斯外洩。SCP 小隊立即被派遣來搜尋現場的異常。他們唯一能找到的活口即為 SCP-239。接下來的八年，該項目就在 SCP 的照護下長大。

從二〇██開始，該項目被保持在由藥物導致的昏迷之中。此決定由〔資料刪除〕做出。

SCP-239 現今永久保存於站點 -17。

> 日期 2004/12/26：誰他媽覺得告訴她有關「聖誕老人」的事後再跟她說「這只是個故事，是一個好主意？我們現在又多了另一個潛在的 SCP 要處理了，但我們根本抓不到他，因為他會魔法」。
>
> ██████ 博士

艾克里彿博士的報告 ▶

在這情況中，我的分析已可以有了結論，SCP-239 就是個無法預測的收容項目和安全危機。即使有許多提議要利用她來收容其他 SCP，但以 SCP-953 和其他項目作為極端的提醒，高估基金會對於掌控 SCP 的能力將會帶來極大的風險。

因此我將做出以下的建議：製造一個用 SCP-148 作成的穿刺器具，能夠刺穿 SCP-239 無法被刺穿的皮膚。這個器具將在她沉睡、能力消失時被用來殺死 SCP-239。為防止 SCP-239 可能的甦醒和反抗的危險，我也建議被選中的特工配備 SCP-668 將突發事件最小化。

在這過程中可能發生的危險是 SCP-239 將會甦醒，並且想要特工成為好朋友或「好人」，從而改變事實。這就是我自願一個人執行這整個程序的原因。有個關於我個人檔案的評論指出，我的〔資料刪除〕應該能夠允許我執行這個程序，甚至是在現實轉換之後。

── 艾克里彿

┌─────────────┐
│ 報告結束 │
└─────────────┘

從外勤特工相機中發現到的圖像。

SCP-352

雅加婆婆

報告者__ DR GEARS

日期__ ▇▇▇▇▇

圖像__ ALEX ANDREEV

翻譯__ MIMAOMAO

來源__ SCP-WIKI.WIKIDOT.COM/SCP-352

特殊收容措施 ▶

　　收容區域在任何時候都應保持密封狀態，SCP-352 不允許和人類出現任何互動，所有互動都應該通過機器人或其它遠端手段進行；萬一出現必須由人類進行接觸的情況，應完全嚴格遵守危險項目收容協議，並且必須為所有人員裝上維生繩索。如果任何人員開始表現出不穩定行為時，應立即通過維生繩索從收容區域將他們強制撤離。

　　任何與 SCP-352 或其「毛髮」互動過後，有被紀錄出現幻覺的工作人員都應被立即隔離。在收容區域內或附近的任何工作人員必須接受隨機的精神和身體檢查，任何確認遭污染的人員都將被立即隔離。被 SCP-352 襲擊的工作人員只有在沒有被 SCP-352 咬傷的情況下才能痊癒。SCP-352 每週只可餵食一次，如果 SCP-352 攻擊任何人員，餵食將延後一個月。

SCP-352 外表是一位非常年邁且消瘦的女性，無法確認年齡和種族。SCP-352 使用的是古俄羅斯語，但因其口音和方言使翻譯變得非常困難。SCP-352 非常不願意進行交流，迄今為止的大部分對話主要都是威脅或復仇聲明相關的內容。該項目從未以任何名稱稱呼自己，並且受其侵略性的自我防衛影響，無法從它身上確定任何有用的背景資訊。

SCP-352 的力量與速度都遠高於和它外表年齡及身體尺寸相符的人類所能有的，並且已經證明可毫不費力地負荷超過二百公斤，以及用超過每小時七十公里的速度移動。SCP-352 可以從對人類來說的致命傷害中痊癒，包括斬首和開膛；再生可能需要幾天到幾週，實際情況取決於嚴重程度。從體內檢測 SCP-352 生理上似乎是一名正常的人類女性，肌肉、骨骼和器官處於與高齡者相符的狀態。對組織樣本進行的測試尚無結論。

SCP-352 能夠從它身體的任何部位長出非常細小的毛髮細絲，並且這個過程受她的意識控制。這些細絲可以在一小時內生長數公尺，並且 SCP-352 至少能控制一部分。根據紀錄，它們曾沿著地板、牆壁和其它結構「爬行」。這些毛髮透光，並且對肉眼而言幾乎不可見，比正常人類的毛髮略為脆弱。這些毛髮被一層薄薄的酶包裹著，該酶與 SCP-352 唾液中的酶相同。

SCP-352 產生的酶大部分集中在唾液和毛髮之中，但也存在於 SCP-352 的身體組織裡。尚未解明這種酶的化學結構與製造方式。該酶在與人體組織接觸時，會有所反應並迅速破壞神經系統。症狀幾乎立即顯現，包括幻覺、過度興奮、抑制認知或「邏輯」思維，以及抑制疼痛感官。在輕微接觸下這種狀態會持續數天，在高度暴露下則可能永久持續。被 SCP-352 咬後，有百分之 99.9 的機率導致高度暴露。

SCP-352 似乎以肉食為主，對人類肉體有強烈偏好。SCP-352 會製作一個由毛髮構成的「網」，並等待獵物接觸酶後變得更加溫順。SCP-352 會移除並吃掉獵物的四肢，以防止獵物遊走遠離，並可能需要幾天才能完全吞食獵物。曾經觀察到人類處於過度興奮狀態並且失去對外界的認知，即使他們的肢體或身體組織已經消失。

附錄：發現過程紀錄 ▶

SCP-352 在俄羅斯南部███████████████鎮附近被發現。最初有關「魔法森林」和一名造成多人死亡的女巫的報導被忽略了，直到有報導稱女巫被發現和捕獲。當基金會特工回應時，發現該小鎮已荒廢。有幾具不同分解程度的屍體被發現，但從現場血跡來看，似乎有更多屍體曾被拖入「魔法森林」。

搜索小組前往並捕獲 SCP-352，但由於遭受 SCP-352 攻擊並且受到酶的作用，而造成了重大傷亡。大量的「毛髮」也被發現，並相信是許多暴露事件的原因；因為特工曾將所有與之發生的接觸，歸類為蜘蛛網或自己的頭髮而未報告，直到出現幻覺才報告。

附錄：行為紀錄 ▶

儘管 SCP-352 對於其他類型的肉來說更喜歡人肉，它似乎還對零到二歲之間的兒童有特殊的偏好。我們觀察到了在食用這種類型的肉之後，它具有高度合作並且減少攻擊工作人員的傾向，所以正在考慮對當前的飲食配置進行調整。

附錄 ▶

一項使用 SCP-604 和 SCP-1680 作為 SCP-352 更有效率的食物來源提案，目前正等待初步測試後，由項目主管批准。

報告結束

戰鬥中的SCP-076。可以看到一把黑暗物質刀片從次元裂縫中出現。

SCP-076

亞伯

報告者__ KAIN OATHOS

日期__ ▮▮▮▮▮

圖像__ ALEXEY YAKOVLVE. VLADISLAV ORRLOWSKI. DAVID ROMERO. IVAN EFIMOV.

翻譯__ JANE0314

來源__ SCP-WIKI.WIKIDOT.COM/SCP-076

寄件人：▮▮▮▮▮ . ▮▮▮▮▮ 博士

收件人：紀錄保護及資訊安全管理局主任 瑪麗亞瓊斯

主旨：關於 SCP–076 特殊收容措施文件的重新校正

▮▮▮▮▮ ：

　　我必須再次的重述，修改有關 SCP-076 特殊收容措施的描述是必要的。我明白那刻意「刪除所有重要字彙」的舉動　且那件事也發生過。那些人是因為你搞砸一切而死的。無論你多努力來掩蓋這件事，你也不能改變已定的事實。

　　看在老天的分上啊，老兄。這些在看守它的人應該知道它是什麼與它做了什麼，還有我們做了什麼，我們又怎麼搞砸的，這樣他們才知道如何應對。

—— ▮▮▮▮▮

收容區 25b 位於海平面下二百公尺，一個在地震學上屬於穩定基岩區域內的開發隧道中。進入收容區的主要方式必須透過電梯井，該電梯井每隔五十公尺設有一個二十公分厚的加固防爆門。當不被使用時，電梯井內會灌滿海水。

收容區 25b 由以下結構組成：

- 一個由擅長近距離作戰及反侵入戰術的武裝警衛人員組成、應對外在威脅的外圍保全區域（OSP, Outer Security Perimeter）。

- 一個由補給設施以及站點職員居住區所組成的行政管理及補給支援區域（ASA, Administrative and Support Area）。

- 一個邊長七公尺、厚度 1.5 公尺的加固材料所構成的立方體；裡面含有主要收容區域（PCZ, Primary Containment Zone），PCZ 設計成在需要時，可以在其中灌入或排出海水，除了出入外，平時應會灌滿海水。

- 一個一百五十公尺的「殺戮走廊」。其為進入 PCZ 與 ASA 的主要入口（內含水、電力、排水及通風管線）。走廊的牆壁以及地板與 PCZ 有相同的加固方式，並附有能釋放兩萬伏特的電擊系統。

該收容區設有一個保全站點位於殺戮走廊的入口旁，站內應配有不少於三個武裝警衛人員，能於任何時間監視站點內的任何地方。警衛人員的裝備應包括但不限於：一個有著█████ CIW 系統的旋轉式基座武器臺，具備能夠瞄準殺戮走廊上任一目標的準確度，並設有強化壓克力板製的屏障，以避免操作者受到投擲性武器的攻擊。

完全收容失效發生時，所有位於設施內的職員應立即前往最近的保全站點，配上武器以及裝甲。職員在 SCP-076-2 被確認無效化前，必須保持一級警戒狀態。在收容突破後九十分鐘內，將會實行最終緊急措施，如無收到 4 級或以上人員的停止指令，屆時，整個設施將會被灌滿海水，並且在復原前關閉所有通道達二十四小時。此項措施將會造成設施內所有職員的死亡。

　　SCP-076 由兩部分組成：一個石質立方體（SCP-076-1）及一個存在於其中的人形實體（SCP-076-2）。

　　SCP-076-1 是一個三公尺長的立方體，由帶黑色斑點的變質岩所組成。SCP-076-1 的裡外都被深深地刻滿了未知文明的圖案。根據放射性同位素分析，推測該項目已存在了一萬年。立方體的一側設有一門，該門被一個寬 0.5 公尺的鎖鎖住，該鎖又被二十個更小的鎖以圓形圍繞。至目前為止，尚未找到能與之相對應的鑰匙，使該門在關閉後無法被鎖上。

　　立方體內部的溫度約為 93 克耳文（約攝氏 –180 度），該溫度不會受任何內外因素改變。立方體的中央設有一個 2.13 公尺高的石棺，石棺被數條由未知技術及物質製成的鏈條密封固定，鏈條的頂端固定在 SCP-076-1 的四角上。

　　SCP-076-2 外表類似一名精瘦的男性閃米特人，年齡接近三十歲。黑髮、灰眼、橄欖色肌膚。身高 1.96 公尺，體重 81.65 公斤。該項目全身布滿紋身，多數描繪艱深難懂的符號和圖像（大多是露出鄙視目光的惡魔面孔），紋身從細微到極端繁雜程度不一。當該項目處於 SCP-076-1 當中時，嚴格來說是死亡的狀態。

　　然而，SCP-076-2 偶爾會甦醒，且有效地「復活」並完成所有維持人類生存的流程。隨後，該項目會嘗試脫離 SCP-076-1，如果脫離成功，該項目將會進入恍惚狀態，嘗試找出最近的人類，並無視中途遇到的任何其他生物。當接觸到人類活體，SCP-076-2 將會進入狂暴狀態，此時該項目將會與接觸到的任何人類戰鬥，並將其殺死。至今知道的方法，唯有殺死該項目，才能有效地解除其狂暴狀態。

　　由於其特殊的身體能力，處決 SCP-076-2 通常會遇到許多問題；該項目具有超出常人的力量和速度，儘管並非無懈可擊，但卻展現出能無視疼痛及打擊的顯著能力，在受到足以使普通人虛弱的重傷後，仍能繼續前進。先前的遭遇顯示出 SCP-076-2 有能力做到（除其他事項外）：

- 在四分鐘的連續攻擊下突破一道加固的鋼鐵製安全門。
- 在三秒內移動六十四公尺的距離。

REC>>076

- 被數發 .50 口徑 BMG 子彈射入頭部後，仍能存活數分鐘並繼續殺戮，儘管這已造成小腦的嚴重損害。
- 只用一根長鋼管就能將手槍和突擊步槍的子彈擊飛。
- 在無氧的環境下生存超過一小時後才窒息。
- SCP-076-2 最為異常的能力，是能夠憑空具現帶刃的武器。慢動作攝影顯示，帶刃武器是從一個被稱為「空間中的裂縫」的微小空中小洞中拔出來。尚未得知裂縫通往何處，也無從得知 SCP-076-2 為何能生出裂縫。錄製片段顯示帶刃武器是由完全不反光的全黑物質所組成，被稱為「空間中的黑暗虛空」。由於該帶刃的武器在離開主體後會迅速消失，無法對其進行的結構性分析。

SCP-076-2 已被多種方式有效地處決數次：

- 以數挺大口徑機槍不間斷射擊。

- 窒息。
- 被用於運送 SCP–076–1 的電梯的一個 13.6 公噸重的零件壓死。
- 被一枚直接置入 SCP–076–2 開放性胸腔內的 TH3 鋁熱手榴彈焚燒至死。
- 在至今最嚴重的收容突破，收容所 25 號區域（也就是曾收容 SCP–076 的地方）被迫以炸毀整個站點作為重新收容逃脫 SCP–076–2 的最終手段，導致該站點完全毀壞以及站點全員死亡。而 SCP–076–1 則未受損壞。

死亡之後，SCP–076–2 的遺骸會迅速分解，直到化為塵土。此時，SCP–076–1 及裡面的棺材會受一股強力猛烈地關上，外面環繞的鎖會開始迴轉，並將其封鎖。不久之後，SCP–076–2 便將會在棺材內重組，重組時間介於六小時至二十五年之間。

對 SCP–076–2 的死亡鑑定報告顯示：其內部的生理系統與普通人類天差地別，紀錄於〔資料刪除〕。

　　SCP-076 在一八████年被英國考古學家發現於蒙古████████。考古隊成員在返回家鄉的途中皆遭到了殺害。隨後 SCP-076 在 ████████ 號上被████████ 協會（隨後加入全球超自然聯盟）發現，並被展示於他們的內部聖殿中。

　　SCP-076 被存放████████████ 年，直到 SCP-076-2 甦醒並於████ 年████月████████日逃脫。目前尚未得知 SCP-076 當時被觸發的原因，但其外部門鎖的鑰匙在當時都遺失了。一場持續了三 年多且████████████████的大規模搜捕行動展開了，持續直到 SCP-076-2 因████████████而喪失行為能力被殺死，並在已被基金會回收並控制的 SCP-076-1 內部重組。

　　該項目被拘禁超過三年，並處於不間斷的監視下，每當該項目甦醒，都會立刻被處決，儘管該項目偶爾會暫時逃脫，這通常是趁著其他組織對基金會的攻擊所導致的收容失效，基金會因此而死亡的人數為 ［資料刪除］。

　　［資料刪除］ ////// ［資料刪除］

　　在最後一次事故後，當前對 SCP-076 的特定程序已開始實行，它們也會隨著裝備與科技的技術水準提高而定期更新。

　　所有關於亞伯計畫與機動特遣隊 Omega-7（「潘朵拉之盒」）的資料都在 O-5 議會的命令下列為 Q 級機密。 經確認，你已獲准查看這些文件。同時你也需要出示來自 4 級或更高級人員的批准。

機動特遣隊 Omega-7 事故紀錄 ▶

寄件人：紀錄保護與資訊安全管理部 主任瑪麗亞瓊斯

收件人：4 級權限人員

主旨：RAISA 當前的安全協議更新 Re：附加資訊 Re：SCP-076

檔案名稱：附錄 076-1：「亞伯計畫」與「機動特遣隊 Omega-7」

原分級：O5

新分級：3 級，須知曉基礎

生效日期：■■■ - ■■■ - ■■

項目 SCP-076-2 的心理概況 ▶

　　SCP-076-2 若非心智結構與我們相當不同，就是完全瘋狂、同理心薄弱且思路令人難以理解。諸如性、愛或平等的概念，對於 SCP-076-2 都是完全陌生的，或至少與我們對此類概念的看法迥異。項目對於性完全不感興趣，性別對於項目而言僅有外觀辨認的用途。此外，即便項目大方承認自身享受殺戮行為，製造痛苦（無論情緒性或肢體性）對他而言其實是沒有吸引力的。簡言之，項目擁有徹底的反社會傾向。

　　對 SCP-076-2 進行智力測驗無法得出合理的答案，也無法取得精確結果。此現象可導因於項目怪異的思路。然而，SCP-076-2 顯現其在人體解剖學（即便是以一高度暴力的方式描述）、野戰戰術、金屬冶煉，以及——相當奇怪的——連畜牧照護學上都擁有淵博的知識。項目也理解包含英語在內的多種語言，但最值得注意的是數種古蘇美語方言，並且作為其偏愛的語言。SCP-076 對於人類物種所表達的態度僅有鄙視，但有一例外：對於其認可為強者的人表達了謹慎的敬意。此一特徵的發現源於特工 ■■■■■，其作為曾與 SCP-076-2 有大量交手經驗的特工，在某一次項目的逃脫行動中並沒有現身。項目表現出不適，詢問多個人員■■■■特工藏匿在哪裡。當項目最終理解到■■■■特工的狀態（其在中止 SCP-■■■■■升級的任務內因空襲而死）時，SCP-076-2 停止了自身的狂暴，並且配合被護送至遏止措施拘留。項目隨後因其行為的劇烈變化而接受訪談。

< 紀錄開始 >

██████████ 博士：為甚麼你對於█████████特工的死亡這麼介意？

SCP-076-2：（項目開始以古蘇美語咒罵）

██████████ 博士：他的死亡為什麼困擾你？你已經殺死過很多人類，為什麼他這麼——（被 SCP-076-2 打斷）

SCP-076-2：（以英文對話）特別？因為，不像你這個（蘇美語字詞，未翻譯），他是個挑戰，一個真正的敵人。

██████████ 博士：那對你有什麼好？每一次你甦醒過來就想逃跑，他已經拘押你非常多次了，你一定很高興他死了才是。

SCP-076-2：我也不期待你會懂。你知道他有█████次打算在我頭上開槍嗎？像那樣子的人應該在搏鬥中死亡，近身到讓他的對手可以感受到他的呼吸。而不是死在什麼（蘇美語字詞，未翻譯）裡，只因為安全的堡壘中那些窩囊的君王下了什麼命令。你們其他人……（SCP-076-2 吐痰）你們讓我噁心。我甚至沒有衝動想擊倒你們。

（項目自此保持沉默，拒絕再說話或回應）

< 紀錄結束 >

此事指出了 SCP-076-2 心智中一個可能的心理切入點，以及一潛在的掌控機制。由於 SCP-076-2 在脫逃行動中所耗損的大量資源，以及鮑威委員會[1]（Bowe Commission）基於戰略理由將 SCP 項目軍武化的明確需求，我建議我們應盡快讓此一行動邁入正軌。——P ██████ G ██████ 博士

寄件人：████████ .██████████ 博士

收件人：P ██████ G ██████ 博士，Omega-7 計畫

主旨：

████████，

他說好。

██████

---

1. 鮑威委員會的成立是作為美國超自然戰爭司令部與 SCP 基金會之間的溝通與合作管道，其明確目的是打擊我們共同的敵人並加強 O5 議會與美國政府之間的合作。

任務主旨　　　　在高風險戰術狀況下對 SCP-076-2（「亞伯」）提供戰地支援。

特遣隊組成　　　　特遣隊特殊資產「亞伯」、特遣隊隊長████████████████、十到二十名
戰地特工，分成五支三到五人的小隊。小隊成員應由項目本身「亞伯」從菁英戰地特
工中親自揀選，以維持項目與特遣隊成員之間的穩定關係。

安保協議　　　　SCP-076-2（「亞伯」）應在其頸部穿戴一裝置，如果被觸發或扯動，將
會立即引爆，透過完全摧毀脊髓、氣管與頸部主要血管的方式，立即處決 SCP-076-
2。SCP-076-2 本人也應安裝一追蹤裝置，這是為了阻止它進行命令之外的殺戮，也
為了阻止它對組織的設施造成破壞。

武裝與配備：小隊成員應依機動特遣隊準則備有武裝與防護。由於項目亞伯並不偏好使用熱兵器，或者說，其實他不理解它們的用途或戰術優勢，所以他自己挑選了一些帶刃近戰兵器作為替代。

附錄：看在老天爺分上，█████，給這些傢伙找點事做。亞伯開始無聊了，而他開始跟隊伍真槍實彈的幹起來了：他們用子彈，他拿練習用武器。你有看過誰可以用玩具刀把別人的下巴打碎的嗎？直到誰真的被弄死之前他是不會罷休的。—— █████博士

P ███████ G ██████████ 博士的報告，Omega-7 計畫 ▶

由於 SCP-076-2 精通蘇美語的特性，研究員要求其翻譯數份文件。即便其一開始不感興趣，項目已經翻譯了幾份他認為值得注意的文件。大部分由 SCP-076-2 挑選的作品都與戰鬥或傳奇英雄有關，尤其偏愛作品《吉爾迦美什史詩》。

然而，一位研究員將 SCP-073 的符號呈現給項目。SCP-076-2 在目擊後變得極端盛怒，在死亡裝置啟動前就殺死了多個研究員。在項目重生後接受訊問時，SCP-076-2 的回覆充滿攻擊性，並且拒絕回答此類質詢。在此高度建議所有與 SCP-073 相關的物件都應絕對避開 SCP-076-2 的視線範圍，且此二項目應永遠避免同處一設施中。

附錄 076-07 ▶

近期，SCP-105 已被接納加入機動特遣隊 Omega-7，並且在一競賽中擊敗 SCP-076-2。比賽要求啟動數個距起點一英里且彼此相隔一英里的裝置，較量誰能啟動最多裝置。由於 SCP-105 利用自身的能力優勢，明顯獲得了較 SCP-076-2 更顯著的高分。SCP-076-2 承認落敗並允許它加入團隊。

附錄 076-09 ▶

將 SCP-076-2 引介給 SCP-682 的提案被無限期擱置。擁有 4 級以上權限等級的人員可請求查看緊急計畫 076-2 第三條。

根據鮑威委員會的要求，機動特遣隊 Omega-7 將部署在██████ 的 ████████ 地區，對抗 [資料刪除]。

寄件人：██████ . ████ 博士
收件人：P ██████ G ████ 博士，Omega-7 計畫
主旨：別這樣幹，P ████

████ ，

看在老天份上，別這樣幹。他們試著把 Iris 也變成武器已經夠糟的了。別讓軍隊欺壓我們去幹他們的髒活，對付那些 ████████ 的旱農。

████

寄件人：鮑威 · ████████ 上將
收件人：P ████████ G ████ ，Omega-7 計畫
主旨：執行的漂亮

博士，你做得非常漂亮。任務的執行完全如預期成功。如果我們需要你的協助將會再次造訪。
鮑威 · ████ 上將

寄件人：████████ . ██████ 博士
收件人：P ██████ G ████ 博士，Omega-7 計畫
主旨：我希望你他媽的為自己感到自豪，你這個雜種
<hello.jpg>
因為你比這家伙還要王八蛋。

寄件人：P █████ G █████ 博士，Omega-7 計畫
收件人：Omega-7 團隊
主旨：調職通知

此刻起，█████ █ . █████ 博士已經被調職為 SCP-682 的 1 級人員。

[資料刪除]

寄件人：P █████ G █████ 博士，Omega-7 計畫
收件人：鮑威 · █████ 上將
主旨：有些麻煩

[資料刪除]
　　即便我們已經盡了最大努力，項目亞伯被證實難以控制。所有我們令他受控的嘗試都被證實不成功。麻煩就在於，他是個完美的殺戮機器，這也是他唯一想做的。雖然看起來這也是我們要的，但問題是我們似乎沒辦法讓他停下來。
[資料刪除]
　　我快要沒有任務給他了，而剩下的任務根本沒辦法讓他提起勁來。他開始在其他隊員身上發洩了。這樣下去，計畫失控是遲早的。在此要求中止計畫的許可，並且暫時將亞伯無效化，直到我們能找到更多事情給他做再

339923-343 ▶

寄件人：鮑威・██████上將
收件人：P█████ G█████博士，Omega-7 計畫
主旨：Re：一些問題
不批准。在這時候無效化項目亞伯會給我們造成無法接受的延遲。
我們幾週內會給你另一個任務。你該做的就是讓它可以忙到那時
候。送它去度假什麼的都好。

注意 ▶ 注意 ▶ 注意

寄件人：P█████ G█████博博士，Omega-7 計畫
收件人：全體員工
主旨：警報
這是自動警報
SCP-076-2 已經移除爆炸項圈的保險栓並且陷入失控。全體員工
應高度警戒。更多指示將依情勢發送。

注意 ▶ 注意 ▶ 注意

寄件人：收容設施 Area-25，自動防衛系統
收件人：全體站點
主旨：最終措施啟動
這是自動發送的訊息，請勿回覆
自████-██-█████，████：█ 起，收容設施 Area-
25 已經啟動駐站核子彈頭進入十分鐘倒數。

注意 ▶ 注意 ▶ 注意

寄件人：O5 指揮部
收件人：全體站點
主旨：收容設施 Area-25 之最終選擇：回應
自████-██-█████，████：█ 起，收容設施 Area-
25 已被駐站核子彈頭引爆摧毀。站點 67 與 68 應啟動 FEMA 協
議並盡可能監管該地點。官方掩飾說法將由紀錄和資訊安全部發
布後提供給所有人員。

黑闇異境

有關項目 SCP-076-2 的心理概況修訂版 ▶

　　SCP-076-2 若非心智結構與我們相當不同，就是完全瘋狂、同理心薄弱且思路令人難以理解。諸如性、愛或平等的概念對於 SCP-076-2 都是完全陌生的，或至少與我們對此類概念的看法迥異。項目對於性完全不感興趣，性別對於項目而言僅有外觀辨認的用途。此外，即便項目大方承認自身享受殺戮行為，對他而言製造痛苦（無論情緒性或肢體性）是沒有吸引力的。

　　對於 SCP-076-2 進行的智力測驗幾乎無法合乎邏輯，也無法取得精確結果。這是由項目處於「盛怒」狀態時完全無法進行溝通所致。項目也理解包含英語在內的多種語言，但最值得關注的是數種古蘇美語方言，並且作為其偏愛的語言。

　　SCP-076 對於人類物種的態度僅有鄙視，且會在目擊當下進行殺害。不應與項目進行任何溝通。

報告結束

SCP-105

IRIS

報告者__ THEDEADLYMOOSE.

日期__ ▮▮▮▮

圖像__ DMITRIY FOMIN.
翻譯__ SAMSCRIPT
來源__ SCP-WIKI.WIKIDOT.COM/SCP-105

特殊收容措施 ▶

　　SCP-105 被植入一追蹤裝置，且當前收容於站點 –17。SCP-105 當前擁有第 3 級（受限制）與站點人員互動的社交優待權，並可在持續的良好行為與合作態度下維持該權利。

　　SCP-105 的私人相機（被指定為 SCP-105-B）被收容在站點 –17 高價值項目收容設施中的一上鎖保險櫃中。標準主動防禦手段（爆裂性、化學性、生物性、迷因性）應在 SCP-105-B 位於收容狀態下保持常態部署。

　　SCP-105 僅有在當前負責研究員的許可下才准許接觸 SCP-105-B 或任何其他的相機。

　　SCP-105（原名為 Iris Thompson）是一名帶有歐洲面孔的女性人類。紀錄指出 SCP-105 在███████出生，被捕獲時為███歲。她具有金髮與藍色雙眼，並在本檔案撰寫時為 1.54 公尺高，50 公斤重。其未帶有任何異常的物理特徵，且在各種層面上而言都是一名健康的常態人類。

　　SCP-105-B 是一臺寶麗來牌 OneStep 600 型號的相機，於一九八二年製產。SCP-105-B 未帶有任何異常現象的物理特徵，且在各種層面上而言，在受到 SCP-105 以外的人員操作時，都是一臺正常的拍立得相機。

　　當 SCP-105 取得 SCP-105-B 所拍攝的相片時，該相片會由靜止影像轉化為該地點的即時影像，成因尚不明。SCP-105 也能夠穿過相片，在觸手可及範圍操縱相片拍攝地點中的物件。目睹該操作的人員聲稱看見了一隻無形的女孩子的手（被認為屬於 SCP-105）從隱形的通道中伸出，並做出前述的行為。SCP-105-B 與其拍攝的相片在其他人使用下，則沒有顯現反常特性。

　　SCP-105 已確認可以在其他相機拍攝的相片中，展現有限的操縱能力，但只有在 SCP-105-B 拍攝的相片中才能達到精準的控制。目前，SCP-105 僅能在 SCP-105-B 所拍攝的相片中展現精準的操控技術。

附錄 1：捕獲紀錄 ▶

　　SCP-105 在其謀殺男友後不久便受到基金會注意。SCP-105 聲稱在謀殺當下與受害人正在通電話，受害人當時正在催促她趕到他身邊；然而，通話紀錄與她的說詞不符，使她成為此謀殺案的最大嫌疑者。SCP-105 告知她的律師，她其實早在數日前，就透過自己所拍的相片目睹了謀殺案。該律師不採信其故事，並建議項目認罪。項目拒絕其建議，最後在法院中公開自己的故事，並要求展示自己的能力，該情況導致了基金會的涉入。

　　項目馬上被基金會收容。基金會人員從 SCP-105 的家中以同款相機調包，回收了 SCP-105-B，並交還給她。SCP-105 的雙親被告知其在████████████████████精神療養機構中，被另一名逃逸的病患所殺。

< 紀錄開始 >

███████博士：請簡單自我介紹，包括日期與出生地，以及你的名字。

SCP-105：Okay…我的名字是 Iris Thompson，在亞歷桑納州鳳凰城出生，生日是███年五月十二日。

███████博士：很好。第一個問題，你在什麼時候察覺自己的能力的？

SCP-105：我不確定，但我想大概十歲或十一歲吧。我記得自己正在看著一張海洋的相片，然後我注意到海浪開始移動。

███████博士：你的父母對你這個說法怎麼反應？

SCP-105：他們只說我想太多了。

███████博士：你在什麼時候發現自己能夠透過相片操縱物件的？

SCP-105：第一次是在我……十一歲，還是十二歲？我們家到大峽谷旅遊。我在回到家之後透過相簿看到那裡，並且意外讓我的手抹過一張相片。當我這麼做的時候，我把一塊石頭推下了崖邊，它掉進了峽谷裡面；我真的清楚聽到它一路往下翻滾的聲音。

███████博士：請繼續。

SCP-105：從此以後我開始著迷於攝影。大部分的時間，我的能力在自己拍的照片上沒有作用，直到我爸媽送給我一臺寶麗來 OneStep 600 的相機——我從聖誕節就開始跟他們哀求。（*SCP-105 開始微笑*）在我拿到那台相機後，相片就開始……比較容易互動了。

███████博士：你所說的相機就是 105-B 嗎？你的私人相機。

SCP-105：是的長官。

███████博士：你一次能專注控制幾張相片？

SCP-105：我用自己的相機可以達到十張，但我想最後可以做得更多。

███████博士：你目前對於自己在基金會的感受是什麼？

（*SCP-105 保持緘默*）

███████博士：請你要回答。我們不會對此而見怪於你的。

SCP-105：有點像……新的監獄、新的守衛。但我知道比起原本會發生在我身上的事，現在的情況好些。

███████博士：你在這裡非常的合作。

SCP-105：我算是良善順從的那種人。我也很喜歡做實驗。例如我從來沒想過的那些相片也可以試試。

███████博士：Iris，你知道為什麼我要問你這些問題嗎？

SCP-105：報告長官，不知道。

██████博士：我們正在籌備一項特別計畫。如果通過了，你就會被允許偶爾離開站點，到外面世界晃晃。我們要求你回饋的就是一點小幫忙而已。你有沒有興趣？

＜紀錄結束＞

附錄 3 ▶ 在機動特遣隊 Omega-7 的服役歷史

　　SCP-105 是第二個在潘朵拉之盒協議下，被招募至機動特遣隊 Omega-7 的人形 SCP。不同於負責戰鬥與捕捉行動的「亞伯小隊」（其與 SCP-076-2 有關），「Iris 小隊」的主要任務是負責偵查與情報收集。「Iris 小隊」與鮑威委員會的合作完成了超過二十項任務。這些任務的執行通常迅捷又不生失誤。

　　第一次有關 SCP-105 的紀律事故牽涉到她所受到的衝擊。Iris 小隊從偵查任務突然轉變到執行會弄髒手的殺人任務。SCP-105 強烈反對使用她的能力參與暗殺，即便在包鮑威委員會的成員一再試圖確保她的合作性後亦然（參見訪談紀錄 105-21-6543）。

　　在這事件中，SCP-105 變得情緒緊繃，並且試圖欺騙基金會人員相信她的異常特性已經消失。丹██████████博士提交了一份 SCP-105 應被重新分級為 Neutralized（無效化）、施以記憶刪除程序、在規律監控下回放至大眾社會的報告書。這項提議遭到駁回。

　　隨後，丹██████████博士在一次收容失效中協助 SCP-105 逃離基金會的掌控。該次脫逃最終未成功，SCP-105 被重新收容（參見事故 X45- 站點 -17）。

　　後續調查確認丹██████████博士刻意鼓勵 SCP-105 聲稱自己失去了異常能力。SCP-105 再次展現異常性質以換取自身有限的優待權利。

　　在潘朵拉之盒協議終止後，所有機動特遣隊 Omega-7 的隊伍都被解散，SCP-105 回歸到站點 -17。由於項目所展現的安全風險以及當前的實用性不足，SCP-105 不被允許持有 SCP-105-B。

　　更多有關機動特遣隊 Omega-7 的所有資訊都在紀錄與資訊安全管理部（RAISA）的指令下被封存。

　　██████ ██████主管，紀錄與資訊安全管理部

附錄 4 ▶ 對於當前收容狀態的特殊通知

在事故 R1300- 站點 -17 後，多起有關 SCP-105 的正式與非正式報告，皆指出項目與機動特遣隊 Alpha-9 有所聯繫。

這些報告構成一嚴重的安保漏洞。所有與機動特遣隊 Alpha-9 相關的資訊都應被封禁。所有與 SCP-105 近期異常特質的資訊都應被封禁。所有當前與 SCP-105 被視為基金會資產的報告或謠傳都應被視為絕對錯誤，並應向紀錄與資訊安全管理部呈報。

███████ ███████████主管，紀錄與資訊安全管理部

報告結束

中尉奧登恩的隨身攝影機拍到的畫面。

SCP-363

非蜈蚣

報告者__ JOSEF KALD

日期__ ▮▮▮▮

圖像__ DMITRY UTKIN. DMITRY DESYATOV.

翻譯__ LETITIA213

來源__ SCP-WIKI.WIKIDOT.COM/SCP-363

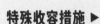

特殊收容措施 ▶

　　SCP-363 的樣本保存在一個全天用大功率照明燈照射的 2 公尺 ×2 公尺 ×2 公尺的房間內。電燈必須連接多個備用電源,當整個系統失效時,將派出機動特遣隊 Eta-7 處理威脅。

　　SCP-363 每四十八小時餵食一次,每次餵食二十個白老鼠。

描述 ▶

　　外表上看,SCP-363 類似 Scolopendra gigantea,又名亞馬遜巨人蜈蚣。其飲

食習慣完全相同，且 DNA 檢查顯示與普通的巨人蜈蚣沒有不同。

SCP-363 在普通情況下，尺寸和亞馬遜巨人蜈蚣一樣。然而，當它找到一個黑暗（這裡的黑暗是指光照程度低於 2 勒克司）的地方，SCP-363 會變的不穩定並不斷變大，其尺寸會增大並超過 10 公尺 x20 公尺。在這種情況下，SCP-363 不再保留蜈蚣的外形。到目前為止，報告已經紀錄到：象鼻、觸鬚、極度拉長的下顎、數目不一致的眼睛和腿，並且，還有一次，出現了［資料刪除］。SCP-363 在被亮度達到 50 勒克司的光線照射約二至三小時後，會變回原來的尺寸。

SCP-363 會攻擊任何會散發熱量的動物，並可以在徹底黑暗的環境下偵測和獵食。已經假定它在使用其他感官進行獵食，可能是在次要位置的視覺器官。

SCP-363 的生殖週期和普通亞馬遜巨人蜈蚣類似，只有一處不同。比起落葉堆和灰塵處，它更喜好在被麻痹的 ███████ 的身上受精和產卵，███████ 在被產卵後死亡。

附錄 1 ▶

來自斯卡爾德博士的備忘：我們已確定火源可以嚇走或防止 SCP-363 靠近。有鑑於此，我們給三名機動特遣隊 Eta-7（「獵奇爬蟲」）的成員配備了軍用型 M2A1-7 火焰噴射器。

附錄 2 ▶ 收容失效報告

文件編號 363-Alpha：失效 1
涉及人員：機動特遣隊 -Eta-7
日期：2003 年 5 月 21 日
位置：站點 - ███████
描述：試圖在電力中斷 / 收容失效的情況下回收 SCP-363 的樣本

< 錄音紀錄開始 >

機動特遣隊 Eta-7 指揮官喬納森：珀茨，技術員有沒有任何關於（失真）監視器的影像嗎？

聯絡員珀茨：沒有，指揮官。整個區域的設備都失效了。

指揮官喬納森：好吧。打開夜視儀，打開動態感測器。弗萊德曼、麥克肖恩和艾德拉雷，到集合點會合。

中尉麥克肖恩：收到，指揮官。蜜蜂小隊進入，完畢。

指揮官喬納森：黃蜂小隊，請應答。

（無線電沉默）

指揮官喬納森：黃蜂，收到沒有？完畢。

未知：（大叫）我的老天啊，照亮那個████████████ ──（信號中斷）

指揮官喬納森：該死，奧登恩？奧登恩，聽見我說話沒？你的位置在哪？完畢。

中尉奧登恩：第八實驗室外面。我們發現它了，長官。它就躲在裡面。它打傷了德・奧奈恩。完畢。

指揮官喬納森：傷勢如何？

中尉奧登恩：腿部嚴重受傷，長官。我們用火焰噴射器嚇住了████████，它應該沒有出來。他們修好電源沒有？完畢。

指揮官喬納森：別指望那個了，奧登恩。告訴 馮・豪威爾讓火焰噴射器一直瞄著門。蜜蜂小隊，聽見沒有？完畢。

中尉麥克肖恩：很清楚，長官。

指揮官喬納森：取消集合點。移動到第八實驗室，先不要交戰。明白嗎？

中尉麥克肖恩：前往（被巨大的聲響中斷）█████怎祖媽！那是什麼？！艾德拉雷，你看見什麼沒有？！完畢！

噴火手艾德拉雷：（大聲詛咒）還有另一隻那個████████在這！第二起收容失效，指揮官！

指揮官喬納森：它看見你了麼？完畢。

噴火手艾德拉雷：我不這麼認為，長官。

指揮官喬納森：很好，保持那樣。珀茨，那些東西他們在這存了幾條？

聯絡員珀茨：（用通信器傳達問題）八條，長官。

指揮官喬納森：上帝啊。好吧，告訴他們「█████保存並引爆毒氣炸彈。」

聯絡員珀茨：他們，呃，他們不能，長官。

指揮官喬納森：為什麼█████不能，珀茨？

［資料刪除］

中尉奧登恩： 所以我們所有人███████離星期天還有三天。真是個好消息。下命令吧，長官？

指揮官喬納森： 全部████████並燒毀，奧登恩。告訴馮‧豪威爾和艾德拉雷去點燃第八實驗室，然後分頭搜索區域。消滅所有敵對蜈蚣████████。

中尉奧登恩： 收到。

指揮官喬納森： 珀茨，還是聯繫不上伯萊克福立？

聯絡員珀茨： 伯萊克福立，報告情況。

（無線電沉默）

聯絡員珀茨： 伯萊克福立無回應。

指揮官喬納森： 我知道了，珀茨。好吧，奧登恩，狀況回報──

未知： （喘息，呻吟聲）

指揮官喬納森： ……是誰？表明身分。

未知： 是噴火手特爾，長官。

指揮官喬納森： 你狀況如何，特爾？伯萊克福立怎麼了？完畢。

指揮官喬納森

噴火手特爾

噴火手特爾： ……死了，都死了。

指揮官喬納森： 重複一遍，特爾？

噴火手特爾： （尖叫）我們都████████在底下死定了，指揮官！我看見它們……它們其中一個把道格撕……撕成……兩半。它就把那些蛋下在他屍體上，然後另一隻噴沫到他們身上。它們孵化……它們孵化得那麼快……更多那些東西……那麼快地把他吃了……一堆它們……正在吃霍華德……我以前喜歡霍華德，指揮官……正在吃他……正在吃他……

指揮官喬納森： 冷靜下來，特爾，看在上帝的份上。你現在情況如何？

噴火手特爾： 它們在我的腿上……我能看見它們……但是我感覺不到它們……在咬我……

（無線電沉默）

噴火手特爾： 我感覺有東西……在燃燒……就像在沸騰……

指揮官喬納森： 特爾。自殺。這是命令。我很抱歉。

噴火手特爾： （無法辨識的聲音）

指揮官喬納森： 該死的，特爾！你聽見沒有！馬上自殺！

噴火手特爾： （扭曲的聲音）血肉對我們就像牛奶。

指揮官喬納森： 你在說什麼，特爾？

噴火手特爾： 我們是一。

指揮官喬納森：我想他瘋了。

噴火手特爾：一生萬物。（開裂的噪音）

指揮官喬納森：黃蜂、蜜蜂。請回答。

（無線電沉默）

指揮官喬納森：黃蜂、蜜蜂。回答。該死的。

中尉奧登恩：（和噴火手特爾紀錄一致的扭曲的聲音）我們在這。這有許多。

指揮官喬納森：珀茨？告訴指揮部我們正撤離區域。任務失敗。

聯絡員珀茨：長官！是，長官。

指揮官喬納森：我們撤離後立即用空襲進行徹底轟炸。沒有——（被破碎聲中斷）耶穌基督啊，什麼——

（撕裂聲）

（無線電沉默了五分鐘，指揮官喬納森被推定為死亡）

未知個體，推定為聯絡員珀茨：以色列啊，你要聽。耶和華是我們的神，耶和華是獨一的主。

（槍聲）

<紀錄結束>

後記→對站點–███進行了燃燒彈轟炸。回收到數個未受損並已受精的SCP-363的蛋。收容。機動特遣隊Eta-7的全部成員推定死亡。新隊伍已建立。 –O5–██

附錄 3 ▶ 調查

被調查者：維修工 ███████████

調查者： ［資料刪除］，簡稱為「I.」。

前言：調查發生在站點-███已被燃燒彈轟炸，██████████聲稱自己疑似目擊到SCPs後。

<紀錄開始>

I.：你好，████。請坐。謝謝你，現在，你說你曾經在轟炸後看見「某種東西」。可以解釋一下嗎？

████：它是……好吧，你曾經待過的那個機動特遣隊裡——Eta-7。他們中的一個，嗯。

I.：你很偶然的知道他的名字，是嗎？

████：是，是，我和他談過一次。那個人，██████特爾。其中一個噴火手。

I.：你肯定是他嗎？

████：（短暫的沉默）不，不，我不肯定……它……它看上去很像他，確實。不過有那些東西……從他身上長出來。就像昆蟲的腿，不過，長在各種隨機的位置上……他的胸口，他的胳膊，還有……一個從他眼睛裡戳出來。他的眼睛已經沒了。還有他的嘴……那裡有那個，下顎就像鉗子一樣。都是黑色的。還有那些東西……

I.：繼續。

████：那些東西……蜈蚣……在他的血肉的孔洞裡鑽來鑽去。他看著我，他的一隻眼睛完全沒了……它看上去就像蟲子的眼睛，有複眼和別的些東西，還有……他在笑。至少我是這麼認為的。

I.：然後呢？

████：他……他跑開了。

I.：謝謝你。

＜紀錄結束＞

附錄 4 ▶

報告結束

黑闇異境

為了追蹤特爾所創作出的圖像參考。

SCP-2521

•• | •••• | ••• | •

 LURKD

日期＿＿＿

IVAN EFIMOV

SCP-WIKI.WIKIDOT.COM/SCP-2521

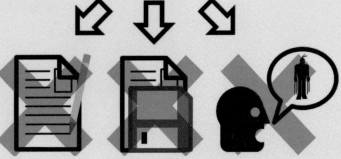

黑闇異境

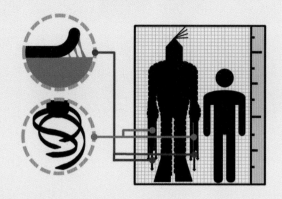

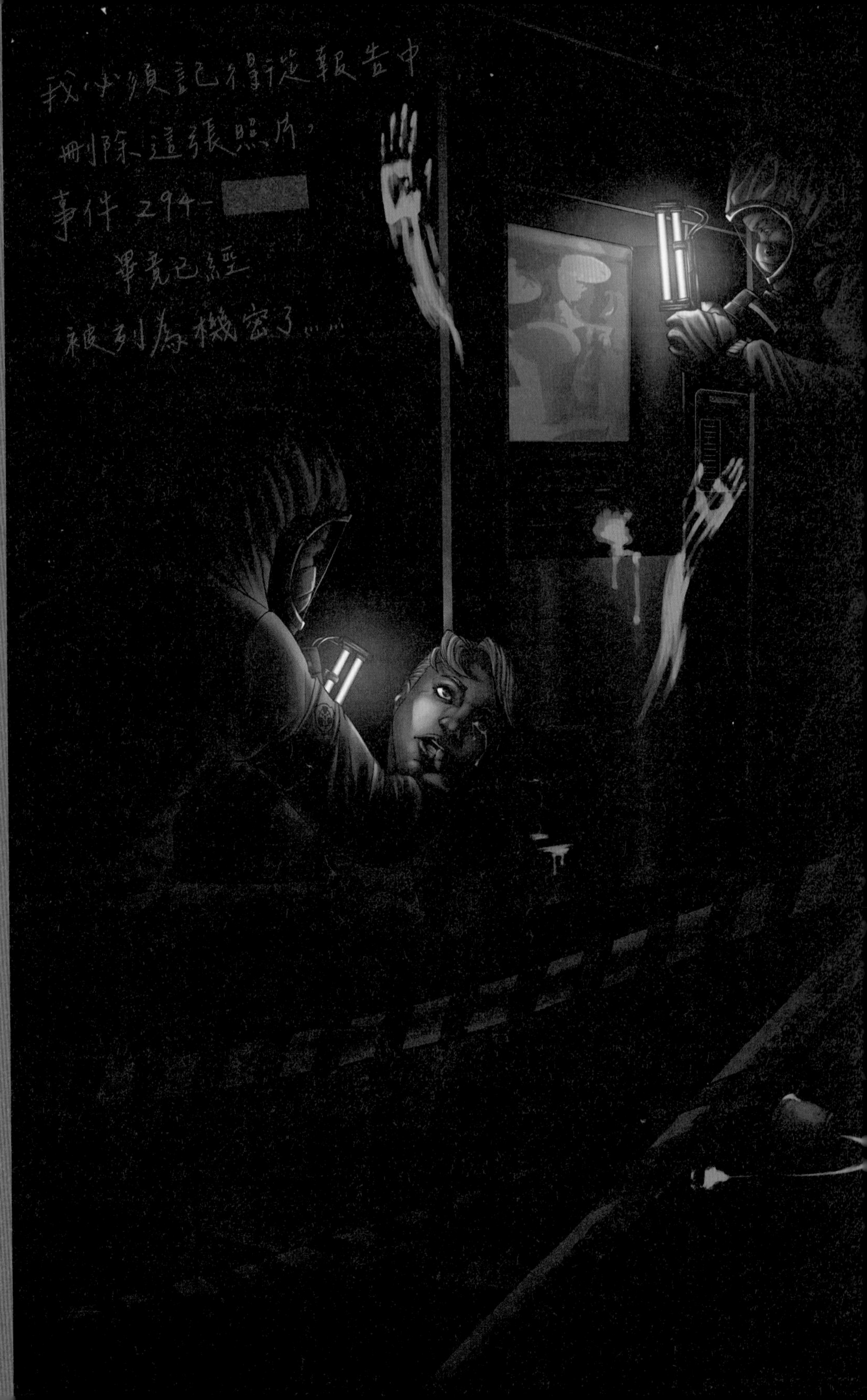

SCP-294

咖啡機

報告者__ ARCHIBI

日期__

圖像__ GENOCIDE ETRROR.

翻譯__ UMITHEOWL

來源__ SCP-WIKI.WIKIDOT.COM/SCP-294

特殊收容措施 ▶

　　文件中沒有記載針對 SCP-294 的特別收容措施標準。然而，只有擁有 2 級權限或以上的人員被允許與其互動（詳見文件 SCP-294a）。SCP-294 現時正被收藏於二樓的人員休息室中，並常時由兩位 3 級權限的守衛負責看管。

描述 ▶

　　SCP-294 外貌為一臺標準的咖啡販賣機，唯一不同處在於它擁有輸入用觸控板，其按鍵樣式與英文的 QWERTY 鍵盤相符。於投幣孔投入美元硬幣五角後，使用者即

會被要求用觸控板輸入任意液體的名字。輸入液體名字後，機器便會放置一個標準的十二盎司紙杯，並往杯裡注入指定的液體。初期共進行了九十七回試驗（其中輸入的要求包括水、咖啡、啤酒、蘇打水，人體不可攝取的液體如硫酸、擋風玻璃清洗液與機油，以及平常情況下非液態的物質如氮、鐵與玻璃），基本上每次試驗皆為成功。然而，對鑽石等固體物質的試驗則失敗，似乎 SCP-294 只可提供能以液態存在的物質。

此外，約使用五十次後，咖啡販賣機便會停止對接續的要求給予回應。約九十分鐘後，咖啡機便貌似自動重新補充好庫存。另外值得一提的是，多種會毀損一般紙杯的腐蝕性液體，似乎不會對此機器提供的紙杯產生腐蝕作用。

試驗仍在進行中。一如提議所說，SCP-294 被移到二樓的人員休息室以減省成本。於 294-01 事件後，加設了守衛看守咖啡機，而且自此亦只允許有安保許可者與其互動。

文件 SCP-294A（有關 294-01 事件）▶

於二〇〇五年八月二十一日上午九時三十分，嘗試在小休時段利用 SCP-294 獲取一杯咖啡的喬瑟夫·███████特工，在███████████特工慫恿下向 SCP-294 點了「一杯喬（a cup of joe）」[1]，藉以「看看它會弄出什麼來」。在確認選擇後，片刻間喬瑟夫·███████特工開始大量出汗並稱自己感到頭暈，然後昏厥過去。失去知覺的該探員被移送到醫務室後，醫療隊提取了 SCP-294 供應的紙杯中的液體：血液、身體組織與其他體液的混合物。進行樣本檢驗後，報告顯示 SCP-294 發放的生體材料，其DNA 序列與███████特工吻合。

經過四週的療養與靜脈注射補充水分後，███████████特工已完全康復。X 光與電腦斷層掃描均顯示其體內沒有其他創傷，███████████特工便被允許出院。兩位探員均被予以譴責。此後，基金會亦建議針對 SCP-294 加強保安措施。

---

1. a cup of Joe，英語俚語，意為一杯咖啡。同時喬也是喬瑟夫的暱稱。

附錄 [SCP-294f] ▶

於閱覽 SCP-294 的相關文件後，██████ | ██████建議測試 SCP-294 遙距「回收」特定液體的能力。

附錄 [SCP-294i] ▶

研究人員輸入了「一杯金」的指令。咖啡機提取了一杯熔化的黃金。研究人員嘗試下達其他稀有材料的指令，得出的結果亦相同。

附錄 [SCP-294j] ▶

研究人員（在安全距離外）嘗試輸入「一杯的反物質」指令。咖啡機發出了短暫的低鳴，然後在輸入屏幕上顯示「超出範圍」的訊息。由此推論，SCP-294 提取的範圍有限，無法到達外太空宇宙或次元。

附錄 [SCP-294k] ▶

研究人員輸入了「鑽石」的指令。SCP-294 發出短暫的低鳴，然後在輸入屏幕上顯示了「超出範圍」的訊息。對於所有固態物質的指令，SCP-294 均給出同樣的反應。由於鑽石定義為具有結晶化結構的碳，又因為液態碳並非鑽石，所以咖啡機沒有排出液態碳。當隨後輸入了「一杯碳」的指令，咖啡機便給出了一杯液態碳。SCP-294 並未受液態碳可能構成傷害的影響。

附錄 [SCP-294m] ▶

對 SCP-294 遙距回收的能力測試正式開始。工作人員以不公開比例的 ████ 牌漂白劑、████████ 牌可樂、MET–RX 蛋白粉及印度綜合香料調配出了一液體複合物。該液體於距離 SCP-294 二十五公尺以外的地方的密封容器裡調配好。當輸入指令後，該液體便被排出。原容器裡亦缺失了相等容量的該液體。

附錄 [SCP-294w] ▶

研究人員輸入了「一杯音樂」。SCP-294 排出了一杯清澈並帶些微酒精味的有氣飲品。實驗體喝下該液體後，號稱「感受到」（而非聽到）一段延綿不絕的旋律，並以從未達到過的流暢程度擺動身體或舞蹈。對抽象概念的測試仍在持續中。

附錄 [SCP-294ab] ▶

在一次大型的收容失效事故中，████████ 特工在二樓休息暫避的時候，輸入了「一杯相關的醫學知識」。當時在場的四位特工中，只有 ████████ 特工沒有受傷。SCP-294 排出了一杯清澈的綠色液體。喝下該液體後，████████ 特工隨即用與基金會提供的醫學訓練內容吻合的技術為其他特工療傷。████████ 特工其後不再擁有該液體提供的醫學知識，而其他試圖重現該效果的嘗試均告失敗。該特工懷疑此事件為咖啡機為求自保而作出的緊急措施。

附錄 [SCP-294ac] ▶

████████ 博士向 SCP-294 要求了一杯「我的人生故事」。SCP-294 發出了低鳴並劇烈搖晃了約三分鐘，然後排出了一杯濃稠度高、半透明的黑色液體。喝下該液體後，████████ 博士據稱憶起了在他身上發生過的所有事情。測試過後，████████ 博士回到了自己的辦公室，在四十八小時後帶著五百三十八頁的自傳

走了出來。

附錄 [SCP-294ah] ▶

　　一位智商 99、求知評分低的 D 級人員被要求輸入一些特定指令。該 D 級人員輸入了指令「灰狼的血」，並得到一杯其後驗證為狼血的液體。該 D 級人員接著輸入了指令「家馬的唾液」，得到一杯其後驗證為馬的唾液的液體。該 D 級人員再輸入了「無尾熊的尿液」，後得到一杯其後驗證為無尾熊的尿液的液體。該 D 級人員輸入了指令「巨鼠的腦脊髓液」，得到一杯液體，其成分仍在分析中。值得注意的是，巨鼠物種早在八百萬年前的中新世末期便已滅絕。

附錄 [SCP-294ai] ▶

　　金博士輸入了「一杯室溫的超導體」此一指令，並得到一杯浮著蘋果籽的蘋果汁。

附錄 [SCP-294aj] ▶

　　莫朱博士輸入了指令「一杯 D–151839 的白血病」，並得到一杯液體；該液體經顯微鏡觀察後發現含有白血病細胞，且與 D–151839 的基因吻合。第二次輸入「一杯 D–151839 的白血病」此一指令，結果得出「超出範圍」的錯誤訊息。隨後發現 D–151839 的白血病消失了；但在十五日內，他的白血病再度復發。

[其他 SCP-294 相關實驗仍在等待批准中。]

報告結束

SCP-078 最初被外勤特工發現的照片，證明其潛在影響心智的能力。

SCP-078

罪孽

報告者__ GNOSIS

日期__ ▮

圖像__ ALEXEY YAKOVLEV.

翻譯__ SAMSCRIPT

來源__ SCP-WIKI.WIKIDOT.COM/SCP-078

特殊收容措施 ▶

　　SCP-078 應被懸掛於收容室的牆上，並且處於未插電狀態。收容間唯一的出口由一個開關控制，除了測試時間外，應常時設定在「關」。進入收容間的人員應該確保自己熟悉出口開關的位置，以確保在 SCP-078 意外啟動的狀況下，仍然能在閉眼時找到離開的途徑。

　　SCP-078 是一個約一公尺半的粉紅色霓虹燈號誌，上面寫著英文短語「TOO LATE TO DIE YOUNG.（早知如此何必當初）」。由於大眾數據監控工作注意到 ████████ 的 ████ 鎮發生了異常頻繁的死亡事件，且多半源自於挨餓或其他形式的自我照料疏忽，基金會因此發現並回收了項目。

　　在電源關閉的情況下，SCP-078 不帶有異常屬性，且能夠被正常、安全的觀測。在 SCP-078 通電的狀況下，前十秒的觀測或間接觀測也不會產生異常效應。無法理解書面英文的人也不會受到 SCP-078 的影響。然而，任何觀測 SCP-078 超過十秒以上的個體，將會在日後閱讀任何手寫文字的時候接收到額外的字句。這些額外字句的風格與受影響者自己的筆跡，或周遭文字的字跡都不相符，並且會隨著不同的場合有所差異（參見附錄 –078–01），然而其內容經常能緩和受影響者基於某個錯誤抉擇而產生的罪惡感。舉例來說，一名曾在肢體衝突中謀殺妻子的 D 級人員，將會在自己的手寫日誌中讀到「她沒有照你說的做，是她活該」；同理，因為身分意外曝光而必須拋下家眷的 ████████ 博士則在他的 SCP–████ 筆記中讀到了「你的工作是在拯救全人類」。

　　起初，項目的效果對於受影響者有所幫助；這些受影響者經常會回報自己在接觸 SCP-078 後得到了心靈上的平靜。然而，在一週的時間內，這些句子將會從「強調過往抉擇的正面意義」轉為「淡化過往抉擇的負面效果」；舉例來說，████████ 博士在接觸項目的兩天後於自己的日誌中讀到了「反正他們也不愛你」的內容。在這之後，這些文字會開始對受影響者原先毫無罪惡感，或是已經感到心安理得的行為賦予正當性；這將導致受影響者開始重新審視自己行為的正當性，或是試圖審視自己尚未採取的行動是否合情合理。

　　這種對於合理化的執念將會隨著時間不斷增強，甚至透過言語方式表達自己的思考過程，直到接觸項目的第一週後，受影響者將會對任何非維生必須的行為產生精神官能症，並試圖合理化自己為什麼沒有採取另一種方法來完成。到第二週結束時，受影響者將會無法進食：因為在用餐的第一口後，他們會花上一整個小時合理化自己為

什麼先吃了餐點中的某個區塊，而非其他區塊。在這個情況下，受影響者必須透過靜脈注射養分才能免於營養不良而死。目前共有██博士名達到此階段的 D 級人員與██名意外暴露於項目效果的研究人員，仍透過此方法延長生命期限，以作為研究素材和解藥的研發資源。

　　對於 SCP–078 效果唯一的例外就是 SCP–078 的效果本身：也就是說，任何第二次觀測 SCP–078 的人都會看到項目展現出更多激發罪惡感的訊息；距離第一次觀測的時間越長，則訊息數量會越多。所有在初次接觸項目一週以後再度觀測項目的個體都會嘗試自殺。

附錄 -078-01 ▶

　　D-19384 是一名筆跡特殊的人員，他的字跡由圓滑潦草的字母與工整的印刷體所組成。在他接觸 SCP-078 並在「假釋期滿」而遭到處決之後，其他受影響者開始回報自己所看到的字句幻象帶有相同的「潦草—工整」筆跡；當前認為 SCP-078 的受影響者會在死後以某種方式被「整合」到 SCP-078 之內。

報告結束

SCP-058 在 ▓▓▓▓ 的收容失效事故照片。

SCP-058

報告者__ FAR2
日期__ ███████

黑暗之心

圖像__ AELX ANDREEV.
翻譯__ MATCHACOLA
來源__ SCP-WIKI.WIKIDOT.COM/SCP-058

特殊收容措施 ▶

　　不論何時，SCP-058 都要隔離在五公尺 x 五公尺 x 五公尺的收容室裡。收容室牆壁需用三公尺（十英尺）厚的加固耐熱鋼築成，外頭再補上十公尺（三十三英尺）厚的鋼筋混凝土。每三天就要餵 SCP-058 一頭活牛。收容室內的日常維修工作方面，在 SCP-058 沉睡時為每六十分鐘安排一次；在 SCP-058 甦醒時則為每十五分鐘安排一次。無論情勢如何，絕不能讓 SCP-058 離開收容區域。SCP-058 的所有聲音都要錄下來。聆聽 SCP-058 聲音的人員，每次不能聽超過三十分鐘。

　　假如 SCP-058 成功逃離收容區域，整個站點會視為已經淪陷，需即時引爆站內的核炸彈。直至現時為止，站點內最少有一百四十九名 D 級人員、十四名特工的死亡事故與 SCP-058 有關。

描述 ▶

　　SCP-058 外形近似牛的心臟，體表長著四隻類似節肢動物身上的分節肢體，主要作用是移動。此外還有四條伸縮自如的觸手，每條都滿布剃刀般鋒利的刺毛。在它的上腔靜脈的位置上有一根銳利的「螫刺」。SCP-058 的觸手能以每小時超過三百二十公里（每小時超過二百英里）的速度「鞭打」3.5 公尺（10.5 英尺）外的目標。SCP-058 敵視一切事物，只要稍有空隙，就會馬上對四周進行破壞。SCP-058 還展現出從創傷中迅速復原的能力，即使看上去它已經毫無動靜，但在靠近它時依然要保持警覺。

　　SCP-058 的移動能力十分強，不論是水平面還是垂直方向都能以高速行走。紀錄顯示，SCP-058 能在一下子爆發出約每小時九十公里（每小時五十五英里）的高速，瞬間衝到距離二百公尺（656 英尺）之處；由原地靜止增速到每小時九十公里（每小時 55 英里）所需要的時間不到兩秒。SCP-058 的觸手除了增強槓桿作用及提高穩定性外，還能用來將自身快速拉到其他位置。

　　雖然身體上沒有發聲的器官或機制，但 SCP-058 能「口吐」人言，語調和口音就像位英國的老年男性，聲線低沉、有點大舌頭。SCP-058 說起話來滔滔不絕，即使是攻擊中途也從不間斷，而且聲線和語速都一成不變；所說的話跟 SCP-058 牽涉過的人、事、地都毫無關聯（請見問話紀錄 058-04）。

紀錄 ▶

　　首次遭遇 SCP-058 的地點是站點 ████，當時 SCP-058 正從 ［數據刪除］ 走出來，亢奮不已且充滿敵意。接下來 SCP-058 對站點████展開攻擊，造成████名學術人員及████名特工死亡。其後 SCP-058 轉而攻擊附近████████的市鎮，造成超過 ［刪除］ 名居民死亡，七成的建築物被摧毀。收容突破的事後分析顯示，大多數死者都是葬身火海及死於火災引發的其他危害；起火原因是 SCP-058 以一座大型建築物為中心，開始往四處噴灑「螫刺液」，造成火炎蔓延開去；大多數建築物亦因而受損。根據 ［數據刪除］ 顯示，有百分之八的死亡個案是 SCP-058 的████████所造成。最終一棟建築物倒塌時，大量瓦礫傾瀉而下，把 SCP-058 壓至動彈不得，讓人員有機

可乘。之後由特工和機動特遣隊將 SCP–058 押送至 ▇▇▇▇▇。鑑於前述的收容突破中，SCP–058 因 ▇▇▇▇▇▇ 而受到了嚴重的創傷且全身浮腫，所以在處於收容的三星期裡，SCP–058 幾乎一動也不動；但即使衰弱不堪，SCP–058 依然非常危險，因此這段期間對 SCP–058 的研究所得無幾。

　　▇▇▇ / ▇▇▇ / ▇▇，將 SCP–058 轉押至 SCP 收容站點途中，SCP–058 再一次突破收容，造成多人死亡和受傷。最終特工▇▇▇▇▇用一輛 M1 坦克撞向 SCP–058，成功將對方壓到車底下。隨後 SCP–058 就被押往由武裝人員駐守的第 14 號生物收容區域。

問話紀錄 058-04 ▶

< 紀錄開始 >

SCP-058：夢中展現，女皇奇蹟，藏於愛意；一眾老叟，曾為一體，不再往來。

莊士敦博士：你叫什麼名字？

SCP-058：幻夢之中，曦照冷爐，聖者所說，愚者所聞，縱已消逝，隱於血湖，依舊追尋；深秋羊樹，羔羊如饍，難逃蛇腹。

莊士敦博士：你叫什麼名字？

SCP-058：無知愚者，盲目探求，心坎之物，無休無止，受盡折磨；探求所見，富家大室，流落塵世，慘遭刀剖，背開肉綻，傷布銀屑，既是痛苦，亦是歡愉。

莊士敦博士：你來自哪裡？

SCP-058：無名小輩，怠惰因循，遁入夢中，卻是惡夢；遊走死地，踩踏鹿屍，踐踏王骸。

人員 D-067：這真讓人發毛——（D-67 突然開始尖叫）

SCP-058：夜幕低垂，赤誠閃現，影於其中，窺透天機，瘟疫將臨，紛怒相隨；剎那暖意，彷若母哺，純一不雜，如夢似幻。

人員 D-067：（繼續尖叫）

莊士敦博士：快放開他！

SCP-058：瞬息之間，灼心旭日，如鼓博動，遮聲蔽音。

人員 D-067：（尖叫突然中斷）

SCP-058：虐戀快意，泥足深陷，除此之外，別無他求。

< 紀錄結束 >

報告結束

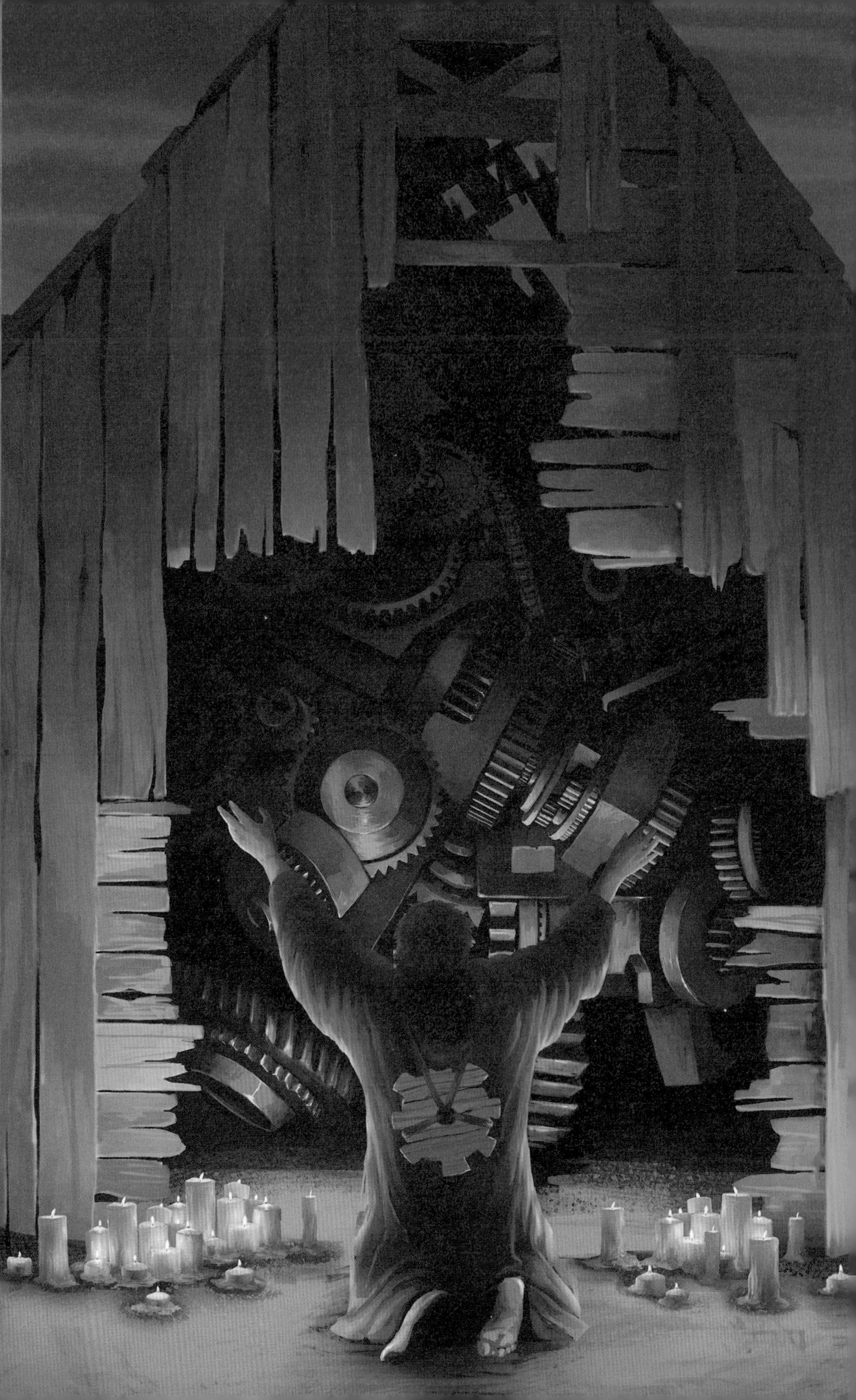

在 SCP-882 最初發現的小鎮附近拾獲的照片。

SCP-882

一臺機器

報告者__ DR GEARS
日期__ ▇▇▇▇

圖像__ DMITRIY FOMIN
翻譯__ REVERBERATE_A
來源__ SCP-WIKI.WIKIDOT.COM/SCP-882

特殊收容措施 ▶

SCP-882 必須被收容於海水含量不得少於百分之四十的液體環境中。該項目應使用非金屬的材料來使其保持懸掛，目前材料為棉線，且須每日更換。也應每日檢查該項目上生鏽剝落的情形。若 SCP-882 有任何地方未被鐵鏽覆蓋，必須將其浸泡在海水含量 100% 之液體中，其液體必須直接取自海洋，直至項目再次被鐵鏽覆蓋時才能減少其海水濃度。

禁止將任何金屬物體放置在其收容間中，在收容間內僅允許使用有機物質。與 SCP-882 有任何接觸時，須配戴厚棉質手套。任何與 SCP-882 有接觸的金屬物質皆須進行高溫切割、融化並浸泡於海水濃度 100% 的區域中保存。

該項目任何工作人員若有任何聽覺異常報告，都應該立即上報。受影響的工作人員須進行全面的心理檢查。根據檢查結果將會裁定將該人員送往其他設施或是永久收容於［數據刪除］。

描述 ▶

　SCP-882 為一種由多種金屬聚合之合金所隨機組成的齒輪、纜線、滑車、螺絲和輸送帶。項目被發現時體積約為八十七立方公尺，現為十二立方公尺。SCP-882 在海水中會迅速鏽蝕。沒有辦法從其構成中發現任何的能量供應處，但在沒有鐵鏽覆蓋的狀況下則會開始進行活動。SCP-882 無論達到怎樣劇烈的活動等級皆是寂靜無聲的。

　任何與它接觸的金屬都會永久的與項目黏接在一起，並且在日後成為此項目的一部分，但有機體則不受此作用影響。SCP-882 具有高恢復力，其抗拉強度與韌度超過等重的航空用鈦合金。儘管其組成成分為鐵、錫、金及其他未確定之金屬，使用高度集中的熱切割機也需要數小時才能夠從項目主體上切下一小部分。

　人類長時間待在項目附近將會出現幻聽，聲音主要為打磨聲與敲打聲。這些聲音會隨時間增強，只能靠將其他金屬丟入項目中來達到緩解的效果。當產生高度精神錯亂時會錯把自己當作金屬投入項目中，這會使身體被項目壓碎導致死亡。屍體通常會被輾入其中而無法收回。

　SCP-882 在班克斯島東北部海灘上被發現。該地點半徑一英里內的區域並無金屬及任何礦石。SCP-882 位於此區域的幾何中心點，發現時已經被海水淹沒。在該區域附近發現一小鎮，已廢棄多年無人居住。SCP-882 被從此區域移出後，其上的鐵鏽開始脫落，導致項目的各部分零件開始活動。在數起事故後，吉爾斯博士藉由循環撥放 SCP-2519 來減緩 SCP-882 的活動，使之可以安全接觸。SCP-882 體積在隨後被削減，並就地收容。

SCP-882 不得被帶到 SCP-271 或任何可能遭 SCP-271 感染的對象的附近。

採訪紀錄 882-1 ▶

受訪者：理查德·懷特

採訪者：吉爾斯博士

需知：理查德·懷特被確認為 SCP-882 最初發現地點附近一個小鎮的倖存者。

< [13：04] 錄音紀錄開始 >

吉爾斯博士：請坐。請說明您的姓名以作為紀錄。

懷特：理查德·羅根·懷特……雖然大家都叫我理查。

吉爾斯博士：很好，謝謝你。懷特先生，你還記得第一次看到不正常的那個物體的日期嗎？

懷特：我的老天……那是什麼時候來著……我不太確定，那是不久之前……艾倫的船撞毀在那上頭，所以第一個發現了它。他告訴其他一些小伙子說，他們可以把它帶回去當作一堆廢鐵賣。大家都認為這是噴射機或貨船的一部分。

吉爾斯博士：那個物體是什麼時候開始運轉的？

懷特：隔天。那該死的玩意像是狗甩下身上的跳蚤一樣，把鐵鏽全部甩了下來。它開始慢慢的旋轉，然後加速。等到我親自看見它的時候，它已經在快速的運轉了。吉米試圖靠近看看，想知道是什麼能源驅動它的，又或者是為什麼它運轉的那麼安

SCP-882 最初被發現的位置。

靜，但他沒抓好，滑了下來。他的眼睛被割傷，然後飛也似的逃跑了。艾倫看上去挺糟的，一直問我們有沒有聽到什麼怪聲。帕克小姐認為它的一部分是由黃金構成的，甚至搞了根鐵管試圖卡住它來拆下黃金的部分。那根管子很快的被卡在整個東西裡，然後繼續帶著它轉動，把帕克小姐撞的老遠了。從那之後，大家就都不再靠近了。

吉爾斯博士：還有其他人受傷或聽到怪聲的事件嗎？

懷特：一開始沒有，它就是真的很安靜，安靜到大家都暫時忘了它。艾倫把它放在碼頭旁的一間舊倉庫裡，那是一個沒人會去的地方。他在那之後看上去不太對勁。他一直說他沒辦法入睡，說他聽到奇怪的打磨聲。帕特神父試著幫助他，和他聊聊，想讓他擺脫那玩意的幻覺，所以神父在他那邊住了幾天。但是後來，神父消失了一陣子。幾天後，兩個人突然一起出現，高興的像什麼似的……（對象的語調開始放慢，微微的顫抖）

吉爾斯博士：…………懷特先生？

懷特：（對象揉臉，搖頭）我沒事，抱歉。所以帕特神父和老艾倫出現了，就像雛菊一樣神清氣爽。他說他們已經搞懂關於那玩意的一切了。我沒有那麼在乎他們，這整件事讓我覺得很害怕。我一直聽到舊倉庫裡有東西在……發出打磨跟尖叫聲，但明明就應該是很安靜的。總之，他們說那天殺的玩意來自其他的地方……是上帝創造的。他們是這樣說的，但是我沒有興趣，所以就離開了。

吉爾斯博士：你相信他們嗎？

懷特：什麼，關於他們說它是上帝創造的？不……我不知道……我不知道應該要怎麼想。那該死的機器沒接上任何動力卻一直在運作，而且還會吃掉金屬！還記得那根撞上帕克小姐的管子嗎？它變成了一個巨大的螺旋軸，看起來就像它原本就是那玩意的一部分似的。越來越多的人開始感興趣，開始聽艾倫和帕特神父說的話。他們告訴大家，要把金屬帶進那個玩意裡頭。他們說齒輪轉動聲是來自上帝的聲音，我們如果不感興趣的離開，聲音就會更大聲。如果我們獻上金屬，聲音就會變得輕柔。

吉爾斯博士：你是否也對它獻上了金屬，或是對那個物體產生了點感情？

懷特：（對象沉默了幾秒）……那他媽的又怎樣？住在城鎮裡，我每個晚上都無法入睡！整夜都在叮噹、打磨、尖嘯著，要我獻上金屬。老天爺啊，我也不想，我當然知道那不是神，我從來都沒承認它！其他人為了取悅帕特神父和艾倫，都獻上了自己的一切，但我他媽只是想睡覺！我沒有錯！這一點都沒有錯！（對象用拳頭敲打桌子，非常難過，呼吸沉重）

吉爾斯博士：先生，請你保持冷靜。我正在問問題，而不是指責你。請回到你的座位上。

懷特：（深呼吸）抱歉。大概幾週後，一切東西都被拿來餵那玩意了。我們小鎮還蠻獨立的，你知道吧？我們鎮上能做的事不多，大家整天就是晃進倉庫，拆下任何你能發現的金屬，接著餵給那玩意。似乎總是會有人待在那玩意附近，然後就只是出神的看著它，

什麼都不做。很快的，屋頂上也被拆出了一個大洞，然後帕特神父開始變得奇怪。他告訴我們，這些還遠遠不夠。我想他那時已經被那個聲音控制了。他說它需要一些更具「意義」的東西……（對象語速放緩）

吉爾斯博士：……懷特先生？

懷特：（沉默了共四十八秒）我在晚上的時候去過倉庫一趟，因為我聽到有人在倉庫裡大吼大叫。帕特神父那時正在做禱告，但那聽起來不像我所知道的任何禱詞。人們走到他面前，接著他彎下腰做些什麼，然後上前的人開始尖叫，隨後神父轉向那巨大的金屬物體。我……我以為他只是在和人們談談，直到我看到他手上的鉗子。

吉爾斯博士：不好意思，鉗子？

懷特：他正在從大家的身體裡找金屬。他正在拔掉他媽的假牙，然後餵給那東西吃！（對象開始大吼，情緒十分激動）他開始尖叫「這些還不夠」！那東西還需要更多更多，但已經沒有了，鎮上幾乎已經沒有任何金屬留下。然後他指著艾倫，說他對那台偉大的機器藏了金屬。艾倫大喊他什麼都沒有，但帕特神父說艾倫的尾椎有一個金屬關節，然後每個人都站了起來。天哪……哦，天哪……他們抓住了他，所有人都抓住了他……他開始尖叫……（對象開始哭喊）他一直在尖叫和尖叫，但是沒有人在乎……我看到他被捲進去，看到他的手指全被碾成碎片……接著是他的整隻手臂……然後……然後……我就逃跑了。那個時候我還能做什麼？神啊，我停不下來，一切都太多太多了，然後那個東西開始尖叫跟尖叫，然後艾倫也開始尖叫，然後帕特神父……（對象跌落地板，開始大哭和喊叫）

吉爾斯博士：訪談就到此結束吧。謝謝你，懷特先生。安保人員，請帶懷特先生離開。

< 紀錄結束 >

結語→懷特先生在接受訪談後不久便企圖自殺。對象目前被監控以防止自殺行為，並持續觀察。

報告結束

探索紀錄 1499-D 的視覺化影像。

SCP-1499

防毒面具

報告者__ TRASKNARI

日期__ ▉▉▉▉▉

圖像__ DMITRIY FOMIN. DMITRY DESYATOV.

翻譯__ ASHAUSESALL

來源__ SCP-WIKI.WIKIDOT.COM/SCP-1499

特殊收容措施 ▶

　　SCP-1499 被收容在一個鎖上的盒中,由兩名特工全天候看守。涉及 SCP-1499 的試驗需有 4 級人員批准將被無限延期。測試物件將在 SCP-1499 下佩戴小型的全雙工雙向無線電,以此和研究員保持聯繫。由於可能丟失 SCP-1499,不再允許 D 級人員進行試驗。一旦測試物件遭遇危險,必須立即摘下 SCP-1499。

　　SCP-1499 是一蘇聯 GP-5 防毒面具。對項目的氣密試驗顯示其原有防毒功能完好。SCP-1499 的異常效應會在一人類將其佩戴在頭上時發生。在 SCP-1499 完全罩住測試對象的頭部約一秒後，測試對象將從視線中消失且不再能被偵測到。測試對象報告稱沒有在這一瞬間感受到任何移位。報告顯示測試對象攜帶的雙向無線電仍能接收、傳出信號，但測試對象仍無法被偵測。一旦戴上 SCP-1499，測試對象報告稱會進入了一個與之前完全不同的環境。對象報告稱該地看起來貧瘠且不可居住，黑色高塔在該地四處林立。對象還報告看見了一些實體。這些實體被編號為 SCP-1499-1，被描述為有著黑皮膚的高大赤裸人形體，全身被厚實的黏性未知物質包住。 SCP-1499-1 個體全身上下還長著大量的眼睛和嘴。一旦將 SCP-1499 摘下，測試對象會在消失前的原位置重新出現。更多資訊參見測試紀錄 1499。

SCP-1499 同款面具的照片

測試紀錄 1499 ▶

測試對象	事件報告	附注
D-67393	測試對象發現自己處在一黑色未知物質構成的建築物中。在逗留房間約 15 秒後，對象聽到了腳步聲並立即恐慌地摘下 SCP-1499，回到了測試間。	對 SCP-1499 的首次測試。由於可能存在丟失 SCP-1499 的風險，今後將以受訓特工代替 D 級人員。
C ▮▮▮▮ 特工	特工發現自己出現在了 D-67393 所描述的同一房間。在探索房間約二分鐘後，C ▮▮▮▮ 特工報告稱房間內放著許多空的黑色立方體。特工順利進入了建築物的下一層。在到達第二層後，特工聽到地面下方傳來某種聲音。 特工立即藏到了一個黑色立方體後，看見了兩個 SCP-1499-1 個體走來。 特工隨即摘下 SCP-1499。	首次目擊 SCP-1499-1，C ▮▮▮▮ 特工報告稱未被兩個個體發現。
U ▮▮▮▮ 特工	特工由於經過潛行訓練被選中。特工發現自己出現在 C ▮▮▮▮ 特工摘下 SCP-1499 的同一房間。 樓上傳來腳步聲，使得特工立即向下跑並離開了建築物。特工報告稱看見了許多 SCP-1499-1 個體在建築物外，開始在建築物外探索。每一個體看起來都有著獨特的外形變異，有時發出刺耳、低沉的聲音。特工成功地穿過了建築群且未被發現。特工跟蹤四個 SCP-1499-1 個體以觀察其行動。途中這一群體遭遇了第五個 SCP-1499-1 個體，其中之一走上前去。特工看到這兩個實體開始相互攻擊，令周圍的地面和雙方的身上都覆蓋了厚實的未知黏液和臟器。特工摘下 SCP-1499。	D-67393 最初看見的建築看起來只是眾多建築中的一個。由於 SCP-1499-1 的暴力表現，後續實驗中將允許特工攜帶武器自衛。
K ▮▮▮▮ 特工	參見探索紀錄 1499-D。	[資料刪除]

探索紀錄 1499-D ▶

測試開始於 20 ▓▓▓ 年 6 月 3 日。

K ▓▓▓▓▓▓▓ 特工配備雙向無線電聽筒和標準基金會武裝，攜帶額外彈藥。特工的任務是進行偵查。

特工戴上 SCP-1499 並從視線中消失。

K ▓▓▓▓▓▓▓ 特工：「博士，能聽到我嗎？」

N ▓▓▓▓ 博士：「是的特工。你看見什麼了？」

K ▓▓▓▓▓▓▓ 特工：「我在兩棟建築物間。類似尖塔。看起來是用某種黑色硬石建成。地面也一樣。」

N ▓▓▓▓ 博士：「你被任何 SCP-1499-1 個體發現了嗎？」

K ▓▓▓▓▓▓▓ 特工：「還沒有。不過難說。這裡光線很怪，我看不了太多東西。我看看能做什麼。」

快速走動的腳步聲持續約五分鐘。

K ▓▓▓▓▓▓▓ 特工：「該死。前面有一大群。它們正向一棟大型建築物聚集。」

N ▓▓▓▓ 博士：「能描述一下建築物嗎？」

K ▓▓▓▓▓▓▓ 特工：「好的。很大，非常大。周圍沒有太多建築。結構很複雜。我看見了一大堆塔和尖頂。看起來有血留在上面。」

N ▓▓▓▓ 博士：「特工，你能走進些看嗎？」

K ▓▓▓▓▓▓▓ 特工：「有幾座橋通向那裡。我在接近。」

特工快速移動的腳步聲持續三分三十秒。

K ▓▓▓▓▓▓▓ 特工：「我在建築的一旁。看起來這有幾扇門，比正面的大門小些。我現在要進去了。」

持續數秒的窸窣聲傳來？

N ▓▓▓▓ 博士：「那是什麼，特工？」

K　　　　**特工**：「不知道。從裡面傳出來的，我會靠近看看。」

多個刺耳的嘎吱聲從不同來源傳來。

N　　　　**博士**：「特工？特工，你看見什麼了？」

K　　　　**特工**：「天……它們都在這，有一大堆。它們的嘴全部張開了，身上的也是。我想那聲音就是它們發出來的。你能聽到沒？」

N　　**博士**：「聲音收到，特工。請儘量仔細觀察。」

K　　　　**特工**：「好的。它們都面朝一個方向，我看看能不能看到什麼。」

刺耳聲音持續二十秒。

K　　　　**特工**：「它們面對的是站在平臺上的一個同類，那傢伙周圍有一大堆屍體。它們已經停止發聲，現在在看著上面的那個。」

巨大的窸窣聲再次傳來。

K　　　　**特工**：「看起來上面那個是……等等，我看不清楚。它好像在把自己的軀幹切成兩段。有些像蠕蟲一樣的東西……應該是活物在往外冒。」

N　　　　**博士**：「特工發生什麼了？我聽不到……」

K　　　　**特工**：「等等，在它頭上。我想我明白了……有些東西在它的軀幹裡面發光。有道光束從它的身體射向空中，穿過它的頭。」

N　　　　**博士**：「發生什麼了？特工，繼續講。」

K　　　　**特工**：「我想它是在打開某種通道。我……它是在召喚什麼。本體在召喚些什麼。我想我看見有什麼東西從通道裡冒出來……看起來是那種從它們胸口裡鑽出來的蠕蟲的放大版。我想是那些在本體軀幹裡發光的東西在維持著通道。我……我不能讓那東西過來。我必須阻止它。」

N　　　　**博士**：「特工？」

特工奔跑開火的聲音傳來。刺耳的聲音再次傳來，變得更大了。

石頭、屍體墜落聲傳來。窸窣聲充斥整個空間。

K　　　　**特工**：「我就要……」

更多的窸窣聲，正在向特工靠近。

K　　　　**特工**：「抓到了……」

特工在話語傳來一半時摘掉了 SCP-1499。特工全身是血地出現在測試間內，手中握著一顆人類心臟。

K　　　　**特工**：「好了，我抓到了……」

特工看了看手中的心臟，大叫著將它扔出。

＜紀錄結束＞

在六月三日星期天，一個身著制服、頭戴防毒面具的人在晨間聚會期間襲擊了俄羅斯莫斯科的基督救世主大教堂。報告稱此人射擊了十人，包括一名唱詩員和一名牧師。六名禮拜者遇害，其他三人包括那名唱詩員受重傷。嫌犯衝向教堂中央，拿出一把刀挖出了牧師的心臟。之後嫌犯在眾目睽睽之下突然消失不見。莫斯科警方沒有發現與此人相關的任何線索。

我們潛伏在俄羅斯媒體和軍隊中的外勤人員當前正在努力化解此事。官方將會宣稱該襲擊者是尼古拉・奧洛夫，一名莫斯科居民，且是單獨行動。奧洛夫本人在幾年前就已經失蹤，這使得我們的特工能有更多時間控制局面。

K ███████ 特工當前正在接受相關情況的質詢。他堅稱他所報告的一切屬實。我們記下的探索紀錄 1499-D 證實了他的說法。當被問到採取這一行動的原因時，K ███████ 特工稱他只是確信他看到正在被召喚的東西必須被阻止。特工當前已被安排接受精神病檢測。我們不能再冒任何風險。所有與 SCP-1499 相關的試驗將被暫停直到後續通知。所有與探索紀錄 1499-D 相關的資訊將只向 5 級人員開放直至情況被完全掌控。

U ███████ 特工、C ███████ 特工和 D-67393 已被拘留接受質詢。當前未知 SCP-1499 的這一幻覺效應是否有永久效果。我不想冒風險讓一名己方特工把我們自己的研究員看成怪物，然後在我們自己的設施裡開起射殺派對。

——O5-██

報告結束

SCP-1048-B 的圖像。

SCP-1048

拼裝者小熊

報告者__ TRENNERDIOS

日期__ ▊▊▊▊▊▊

圖像__ RUSLANA GUS.

翻譯__ BRANDONYU

來源__ SCP-WIKI.WIKIDOT.COM/SCP-1048

特殊收容措施 ▶

　　由於 SCP-1048 並無危害，以及可大幅提升與其互動之人員之士氣，項目當前被允許於 Site-24 內隨意遊蕩。儘管當前 SCP-1048 被認為尚未離開 Site-24，儘管當前 SCP-1048 被認為尚未離開站點 -24，然而其確切位置仍屬未知。項目雖被判定為已收容，但除非其他證據表明可採取其他非極端手段，否則必須立即摧毀任何 SCP-1048 的創造物。為防止造成混淆及不必要的行動，嚴禁任何泰迪熊在設施中出現。必須立即向安保團隊報告任何與泰迪熊相似的物體。

這不是個笑話，我們不知道 SCP-1048 的本事到底有多大。誰知道那玩意兒到現在做了多少個該死的玩具熊。- 卡佛博士

SCP-1048 為一小型泰迪熊玩偶，長約三十三公分。於測試中並未發現項目的組成成分異於一般無智能的泰迪熊。項目可依照其意識移動肢體，以及透過少量動作溝通。項目經常透過大多數人喜愛的動作對他人表示親暱。此類行為通常是擁抱他人小腿，但也包含跳舞及原地跳躍，在兩案例中，項目甚至為維安人員繪製與孩童相似的圖畫。所有曾與其互動之基金會職員皆以正向情緒回應其行為，包含具有典型反社會傾向的 D 級人員。

與 SCP-1048 直接溝通的嘗試從未成功。雖然它能透過簡單的手勢表示「是」或「否」，但它通常不會對關於其起源或是本質的問題做出反應，目前尚未了解是因為它自己也不知道答案，或者是它不願意回答。即使它能夠繪畫，但是它並未透過繪畫表達除喜愛以外之事，就算被鼓勵表達其他想法仍是如此。

約收容七個月時，其他 SCP-1048 的異常行為才被發現。目前有假說指出，它能透過一種尚未直接被基金會職員觀測到的方式，使用多種素材製作它自己的粗糙複製品。卡佛博士認為 SCP-1048 表現得令人喜愛，是為了使它周圍的人們放鬆戒心，進而收集材料以製作複製品。目前 SCP-1048 有三個已知的複製品，被編號為 SCP-1048-A、SCP-1048-B 及 SCP-1048-C。這些複製品的本性與 SCP-1048 的表現完全相反，它們全部皆曾對人類使用過極端暴力。

SCP-1048-A ▶於 ███ / ███ / ██████，SCP-1048-A 與 SCP-1048 被發現正在站點 –24 內遊蕩。項目外觀與泰迪熊相似，尺寸與形狀與 SCP-1048 相同，但它完全由人類耳朵製成的。目擊者在訪談中提到，SCP-1048 似乎正在為 SCP-1048-A 進行站點 –24 的「導覽」。卡佛博士與一支安保團隊被召集至現場，該安保團隊較早抵達並試圖收容 SCP-1048-A。項目發出一陣高頻尖嘯，使半徑十公尺內所有人的眼部及耳部劇烈疼痛。與耳朵相似的增生物立即生長在距離項目五公尺內的人類身上，並在二十秒內覆蓋全身，任何出現此症狀的人在三分鐘內全部死亡。此事件導致██名職員死亡，包含整支安保團隊。屍檢結果指出他們的死因為窒息，這些增生物堵塞了所有受害者的嘴部及呼吸道。SCP-1048 與 SCP-1048-A 在卡佛博士抵達前逃離現場，雖有數次目擊報告，但自此事故後該二個體仍未被收容。此事故不久後，一名職

員被發現缺少一個耳朵。該職員表示，那個耳朵是睡眠時被未知手段移除的。沒有其他人同樣回報丟失耳部，尚不清楚 SCP-1048 是否透過其他手段收集耳朵，或具有複製物質的能力。

SCP-1048-B ▶ 項目於 ██████/██████/██████在站點-24 的茶水間內被數名基金會職員發現。項目的外表與 SCP-1048 接近相同，但它的動作較不規律且笨拙。目擊者回報，似乎有某種未知物在 SCP-1048-B 內移動。項目最初並未反應，而後它的縫合處裂開，一條可能是嬰兒手臂的肢體伸出並且在空氣中抓握。同時有一位名為██████的女性研究員看見此畫面而尖叫，SCP-1048-B 接著以與嬰兒哭泣聲相同的高聲嚎叫回應，並試圖 [資料刪除] 該研究員，並對其內臟造成重度損傷。在後續的混亂中，安保團隊被迫 [資料刪除] 該研究員及 SCP-1048-B。此事故三小時後，██博士 在她的辦公室中被發現昏迷及出血。在她昏迷時，她被施行了流產手術，而她八月大的胎兒失蹤了。目前假定 SCP-1048 使用██博士未出生的胎兒以製成 SCP-1048-B。由於卡佛博士認為關於 SCP-1048-B 可能起源的資訊，會嚴重影響此事件生還者的恢復過程，相關訊息已被禁止向倖存者透漏。

SCP-1048-C ▶ 項目外觀與 SCP-1048 相似，但完全由鏽蝕的螺絲釘組成。項目初次於██████/██████/██████在卡佛博士的辦公室中被後者發現，卡佛博士當時正在書寫 SCP-1048-B 事件的報告，項目發覺卡佛博士看見它後，立即逃離現場。在追逐 SCP-1048-C 的過程中，卡佛博士看見█名基金會員工由於 SCP-1048-C 的極端暴力行為而被殺害或致殘。 SCP-1048-C 自首次目擊以後從未出現，現在它是否仍棲息於站點-24 某處仍為未知。SCP-1048 用以製作 SCP-1048-C 的材料之起源目前也尚未明瞭。

附錄 1048-1 ▶

> SCP-2295 與 SCP-1048 外觀相似，但能力幾乎完全相反。尋找兩者共同起源的研究正在進行中。當 SCP-1048-A 或 SCP-1048-C 再度出現時，須保持極度警戒。

我覺得這件事說一百次都不夠，那該死的東西就這樣跳到那些可憐人的身上，然後直接穿過了他們。——卡佛博士

報告結束

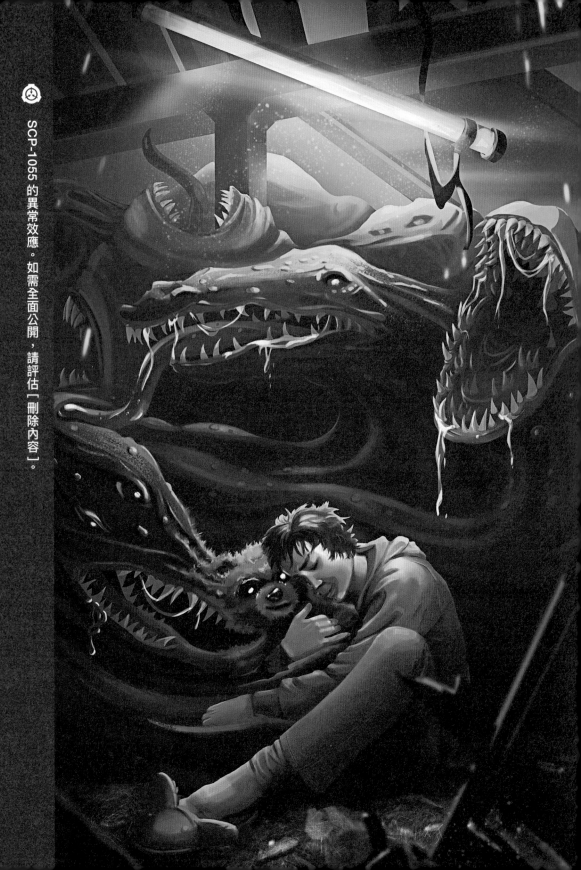

SCP-1055 的異常效應。如需全面公開，請評估［刪除內容］。

SCP-1055

巴格西

報告者__ SORTS

日期__

圖像__ JULIA GALKINA

翻譯__ SEVERUS

來源__ SCP-WIKI.WIKIDOT.COM/SCP-1055

SCP-1055 包含資訊危害。收容人員必須嚴格按照需要了解的原則獲取此檔內的資訊。訪問附加資訊需要等級五人員批准，且此行為可能導致收容失效。

特殊收容措施 ▶

SCP-1055 的居住區域與站點 -77 透過一條單軌地鐵連接。由兩人負責照顧 SCP-1055，每八小時輪換一次並保證二十四小時對其觀測。SCP-1055 的居住區域包

括有著坐墊、電視與音響系統的娛樂室、存放兒童書籍的圖書室，以及廁所和廚房。工作人員被鼓勵提供任何 SCP–1055 所要求、且符合營養標準的食物。若現有儲備無法滿足其要求，則可用通心粉或是甜麥片作為替代品。

SCP–1055 會沉迷於某隨機物品（現在是一個被稱為「巴格西」的泰迪熊），並一直抱著此物品。工作人員必須允許並鼓勵此種行為，甚至是在其洗澡和被餵食時。SCP–1055 可能會為此物品發出不悅的聲音或是傳達某種警告，任何與此物品有關的要求必須通過各種手段予以滿足。

SCP–1055 的有效收容基於其在被隔離的同時保持快樂的心態。在災難性情況下，人員應當立即撤離並向其居住區域灌注一氧化二氮。任何情況下均嚴格禁止對 SCP–1055 造成物理傷害，尤其是當其懷有敵意時。

依 HP5810 回覆：禁止資訊處理，閱讀後刪除／摧毀

SCP–1055 的收容基於其看護者 D–1055 的健康。由於 SCP–1055 對人類認知的極端反應，場所內工作人員均必須被誤導為將 D–1055 視作 SCPs。以保證收容的有效性。D–1055 有智力缺陷但能意識到將「巴格西」抱在懷中的重要性。D–1055 是迄今發現唯一能避免大量人員和資源損失的收容 SCP–1055 途徑。

負責監督 SCP–1055 的等級 4 人員不允許進入站點 –77 附近五十公里的範圍，並嚴禁與任何負責其維護人員發生直接互動。

描述 ▶

SCP–1055 曾經是居住在懷俄明州道格拉斯市的邁克爾·施羅德。他是一名身高六

英尺四英寸、體重二八〇磅的二十九歲白人男性，並罹患自閉症和唐氏綜合症。可稱呼 SCP–1055 為 1055、麥克或是任何他喜歡的暱稱。儘管被視為 SCPs，工作人員仍應當用正常社交交談的方式稱呼 SCP–1055。

[資料刪除]

依 HP5810 回覆：禁止資訊處理，閱讀後刪除／摧毀

在一般情況下，SCP–1055 在外形上表現為一隻典型的北美灰熊；但是其體積、重量以及形態均會自發地產生變化。現在仍未得知 SCP–1055 獲得與失去重量的方式。但似乎與附近能意識到 SCP–1055 存在的人數和距離，以及他們對 SCP–1055 的情感有關。相對於較為溫和的情感，敵意與恐懼會導致 SCP–1055 的攻擊性和體積更為劇烈的增長。鑒於 SCP–1055 暴虐的天性，即使只是一個對其冷靜的感知，也可能會有令其體積增大而暴露於更多人面前，並迅速上升為一場潛在危險的收容失效。

在災難性地暴露於大量人類感知的情況下，SCP–1055 會迅速地成長為無法支持自己體重，以至於無法自主移動的狀態；但它仍會不斷的長出感覺器官和附屬肢體，並攻擊一切可觸及的生物。即使是在地下狹窄的空間內，SCP–1055 的增長所產生的壓力也足以導致劇烈震顫以及大規模結構損壞，且其器官在生長的過程中有能力穿過任何大小的縫隙後再變大。

除了重量增加外，SCP–1055 沒有表現出對創傷的抵抗力。SCP–1055 受到創傷而落下的生物體部分沒有重生也無法獨立活動。但是大約有 75% 對 SCP–1055 的攻擊，都無法比其再生速率更快地毀壞其生長物質，這甚至包括在某些情況下，通過遠端轟炸和自動防禦武器所進行的攻擊。在收容失效並暴露於平民與未鑑別人員的情況下，SCP–1055 生物體的體積與致命性的上限尚未確立。目前唯一證實能有效減小 SCP–1055 體積的途徑，是至少百分之

八十知道其存在的人死亡。任何等級的記憶消除都無法起效。

　　理論上完全根除 SCP-1055 需要處決所有已暴露的人員，其中包括 O5 委員會本身和任何正在讀這份檔的人。O5 委員會一致認為，若對 SCP-1055 的抑制失效以至於公眾知曉其存在，則會迅速爆發為 XK 級事件。

附錄 ▶通過截獲的 GOI 情報確立了現有的收容方式。GOI 嘗試摧毀 SCP-1055，但未成功，導致了其逃脫以及隨後的［資料刪除］。

依 HP5810 回覆：禁止資訊處理，閱讀後刪除／摧毀

　　在 SCP-1055 第十二次收容失效時，對站點 -76 進行了精確且持續地轟炸，並導致除了 D-1055（曾編號為 D-492291；參見表格 1055-46 服回覆：處決赦免）外其他人員全部損失後，現有收容方式建立。

　　雙盲救援隊伍發現 D-1055 被埋在瓦礫中，摟著被他當作遮蔽物的 SCP-1055 殘餘物碎片。此事件被解釋為是由於 D-1055 缺乏認知「巴格西」的本質的能力，並且他對 SCP-1055 的情感只有保護和摯愛。因此，他不會像正常人那樣引發 SCP-1055 的重量和敵意增長。

　　根據對收容人員的訪問，似乎 SCP-1055 本身目前要嘛缺乏抵抗 D-1055 的能力，要不然就是 SCP-1055 沒有抵抗 D-1055 的意願。目前已經成功地說服大多數相關人員相信，儘管 SCP-1055 很令人不安地像一隻真熊，但其實只是一個針線活很糟糕的填充絨毛玩具，並把 SCP-1055 所表現出的與這個說法不符的行為，歸咎於 D-1055 的超自然本質。

0443>02-43 ▶

儘管目前的情況有所改善，但我們不能一直要求一個弱智把世界末日一直抱在懷裡，從長期看，這個方法並不可靠。我們需要一個長遠計畫，也許我們能把它發射到太空裡，或是沉到海裡，以把人類對其的認知保持在最低限度。— O5-10

0443>02-44 ▶

告訴麥克我們要把「巴格西」拿走可能會引發一場新的收容失效，我建議我親自去做這件事，這樣起碼會少一個知道這事的人。— O5-5

0443>02-45 ▶

通過十二號協議我們已經招了不少用來幹 Keter 活的智障人員，我們目前正在培養其中的一些來接手 D-1055 工作，一旦最壞的情況發生他們可以作為後備人員。比起你們那個把它射到天上讓所有人都能看見的主意，目前這樣做更安全也更便宜。— O5-7

報告結束

在影響區域外圍拍到的 SCP-084 照片。

SCP-084

停滯塔

報告者__ DR GEARS

日期__ ▇▇▇▇

圖像__ DMITRY DESYATOV

翻譯__ MATCHACOLA

來源__ SCP-WIKI.WIKIDOT.COM/SCP-084

特殊收容措施 ▶

　　目前針對 SCP-084 的嚴禁接觸令 （full non-interaction order；FNI） 將持續生效，直到完成其輻射波的全段分析為止（有關常規 FNI 指令的細節，請見檔案 XRG-1182；有關與 SCP-084 相關的 FNI 指令細節，請見檔案 XRG-1208A）。須在 SCP-084 影響區域的周邊地帶實施不間斷的監視作業，監視員應以誤導一般民眾以及由外側監視項目為首要任務。基於 SCP-084 附近沒有主要道路、小徑或其他行走路線，所以任何徑直走向 SCP-084 的市民都會被視為受到效應的影響，應拘留這些人以作進一步評估。除非得到最少兩名 O5 成員明確的口頭允許和書面批准，否則任何基金會成員或市民都不得進入 SCP-084 的效應區域。

各監視員需謹守在安排好的崗位，相互之間用肉眼監察同伴狀況，指南針和地標確認為輔。所有相對位置的參考標的都應遠離 SCP-084 的邊界。假如進行語音點名時有任何一名監視員沒有回應，就會立即發出撤回所有監視員的命令，同時特別應變小組會為收容措施進行重新評估。當區域內的時空開始發生變動時，當值的監視員視同收到完整的撤離命令，並依此做出相應的處置。

距離 SCP-084 效應區域邊界的一百公尺範圍內，不得使用任何種類的收音機、GPS、電視、手提電話、攝錄機、靜物攝影機，以及一切紀錄儀器或電子儀器。如果前述的範圍內發現有平民攜帶此類儀器，人員需馬上將儀器沒收並立即進行銷毀。收集所得的紀錄　［資料刪除］。

描述 ▶

SCP-084 的外表是一座大型電波塔，連帶兩棟小型的附屬建築，座落於一大片空曠地帶的中心位置。有一種可能是 SCP-084 自身發放出來的效應圍繞著 SCP-084，導致無法進行直接觀察和樣本收集。SCP-084 會發出某種形式的電波或幅射，對當地的時空乃至現實產生不良影響；最明顯的影響表現在 SCP-084 效應區域內的空間變動。從外部觀察，這個效應區域是一個直徑二百公尺、略呈「圓頂」形狀的範圍；SCP-084 在效應區域內的所在位置並不固定——有時會「跳躍」到不同地點，有時甚至會同時出現在不同地點。從內部觀察，這個區域彷彿無邊無際，而 SCP-084 就位處於區域的「中心」。

基於這種「發射效應」，抵達 SCP-084 的位置是一件不可能做到的事。試圖在效應區域內走向 SCP-084，只會發現 SCP-084 一直維持在地平線上一個相對的位置；無論是徒步或是使用交通工具，即使已經直線行進了三個月又二十天，依然無法抵達 SCP-084。摧毀 SCP-084 同樣已證實是件不可能的事，因為任何攻擊方式在物理上都無法到達 SCP-084 的位置，即使這項攻擊是從效應區域之外發動，結果也是一樣。此外，區域內的空間會週期性地發生扭曲，造成相對位置不時會在「閃爍」後延伸或縮短，導致建築物或物件突然「跳躍」到數千公尺以外，或是「衝」向某個位置；有時甚至會發生「重疊」，假如這種「重疊」是發生在生物身上，會對這些生物產生非常不良的影響。

推斷██████████鎮以前是位於或靠近於影響區域最初出現時的位置，但在受影響區域出現後，只有一次目擊到這座市鎮出現在區域裡，之後就無法從外部觀察得到。██████████鎮在遭到效應區域覆蓋後，一直維持著不變數量的人口（343 名人類），除了無法生育外，自然衰老亦一同消失。自殺與兇殺亦因區域的效應而無法做到，所有死者都會在「閃爍」的數秒後絲毫無損地復活。甚至有報告指一些事態會發生「倒帶」，使得一些情況比如致命傷會肉眼可見地「停滯」住，然後封合自癒。很明顯所有受影響者如同大多數結構物一樣，表現出許多時空上不一致的情況（有關觀察到的細節，請見日誌 084-A4）。

在效應區域內以及周邊地區，電子裝置和記錄儀器都不能正常運作。根據測試者回報，拍攝影片和錄音的儀器，播放出的內容不是「非常怪誕」就是「令人不安」。這使██████████鎮與外界完全脫節，讓基金會無需作出任何收容的舉動。另外，效應區域內的人物若在其中度過太久（確切長度仍不確定）的時間也將變得無法離開。之前曾經在草原上發現一名來自██████████鎮的受影響者（見日誌 084-A4），根據該名人士的報告，他走了整整六年；但發現他的位置，距離██████████鎮只有約四百公尺。

與 SCP-084 有關的異常事件觀察紀錄 ▶

本段描述仔細觀察效應區域內佔地最廣的「草原」所得到的結果。這片草原實際上是由無數個十公尺乘十公尺的草坪緊密排列而成。所有草坪都完全相同，但似乎在生成時發生了隨機方向的「旋轉」，導致草坪邊界附近的植被與微小地貌無法正確地與另一片草坪接壤。

出現於效應區域中的非人生物很少。效應區域外的動物會避開這片區域，即使進入了也會在短時間內「消失」。效應區域內看到的動物，雖然外表正常，但行為古怪。比如渾身打顫、突然「抖動」、不停地「循環」以及其他異常的行動，種種跡象皆顯示出這些並非真正的動物。大多數動物都會在三至四小時後「閃爍」，然後消失。

效應區域內難以用語音交流。與五公尺距離內的另一人進行口語交流似乎不成問題，

只是試驗者經常表示聲音有點像是「隔了一層布」。當距離超過五公尺時，試驗者會像在很遠的距離說話，而且還會有很重的回音。不時還會有試驗者回報，在說完話的數秒後還會聽到語句，以及在沒有試驗者說話的情況下出現講話聲。

由於物理上無法抵達，且其「廣播」效應對觀察器材的影響，導致仔細觀察「電波塔」變成一件不可能做到的事。以一般望遠鏡和雙筒望遠鏡觀察時，塔看起來既「朦朧」又像覆蓋住一陣「不動的霧氣」；更先進的儀器則會受到「異常廣播」所影響。

天氣變化和日夜循環完全沒有規律可言。天空會在白天、夜晚、晴空和其他氣候模式之間隨機變動。太陽和雲之間的相對位置也很不規則，每當狀況將要變動時，通常會伴隨「閃爍」和「模糊化」。

無法以物理的方式對效應區域內的事物進行改變或破壞。諸如挖掘、拆除和建造新結構的行動，都引致突發性「模糊化」，隨後會被「重設」至某個未受人為變動的時間點。當一個結構，比如一個洞被「重設」時，身處裡面的人或物會馬上被困住，然後「融合」其中。

身處於 SCP-084 效應區域中周邊位置的人類，會表現出更引人注目又容易觀察到的現實扭曲效應。當中包括：

- 肢體或頭部變得「模糊」，還會突然劇烈又快速地轉動數秒。發生這現象的人不會感到任何痛楚，而且大多數時侯都沒有發現自己出現了這現象。
- 發生「循環」，通常是重複一段八至二十秒的行動。受影響者會做出這段行動（例如走出門口，撿起一件衣服），接著受影響者會突然「停滯」及「閃爍」，然後出現在這段「循環」的起始位置，再做出一次相同的行動，有時還會涉及長距離的「傳送」。在少數情況下，受影響者會永久困在一段循環之中。
- 對████████ ████████鎮的鎮民進行觀察和訊問後，發現在經過長時間處於效應區域後，一個人會變得不再需要人類的基本生理需求，比如進食、飲水和睡眠。一些鎮民表示 認為自己已經沒有進食或飲水五年了。此外，還有一位年老的鎮民表示自己已經嘗試自殺了一千二百一十次，但都以失敗告終。
- 受影響者有時可以毫無阻礙地穿過固體物質。這些時段的持續時間不一，開始和結束皆沒有預兆。時段結束但仍在固體物質「裡面」的受影響者，會被困住或「融合」其

中，直至這種時段再次開始才能
脫困。一名受影響者回報，他曾
經腰部以下困在一道牆裡整整
兩年。

- 據觀察，長期處於效應區域中的
  受影響者會出現嚴重的心理困
  擾。傳輸［資料刪除］屏障，因
  長期曝露而受損。「接收」狀態
  進展至後期的受影響者通常會
  在數個月後「重設」。

　　記錄到的輻射波表現出一個整
體上略為［資料刪除］的週期。
因此往後都會由自動系統負責為這
些廣播進行編目和記錄，以免損失
更多基金會的人員。

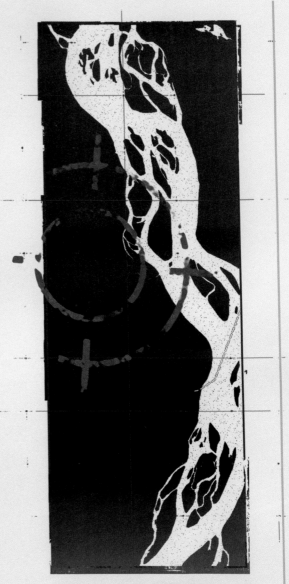

SCP-084 可能的位置█████

報告結束

SCP-354

深紅血池

報告者___ DAVE RAPP

日期___ ▰▰▰▰

圖像___ ALEX ANDREEV

翻譯___ VOMITER

來源___ SCP-WIKI.WIKIDOT.COM/SCP-354

特殊收容措施 ▶

　　顧及 SCP-354 不可移動的特性，已在其周邊建立 Area-354。Area-354 內駐有當 SCP-354 浮現威脅時應對的武裝部隊與 D 級人員，以及負責研究 SCP-354 與其特性的研究員。為求駐站人員安全，無論何時都一律禁止接近 SCP-354。與 SCP-354 的直接互動僅限於出於研究如何消滅 SCP-354 的目的，並且必須獲得 O5 人員批准才可進行。

　　Area-354 的建造目的在於收容與消弭所有現有的和未來的來自於 SCP-354 的威脅。在 Area-354 的中心地帶，建有一道以［資料刪除］加固的六公尺厚水泥牆，作為防範所有從 SCP-354 浮現的實體闖進該區域之中的開闊地帶。該隔離牆頂部設置

有高速動作偵測攝影機，鏡頭朝下拍攝池面，同時架設在池面上方的懸空步道，能讓武裝警衛可以輕易朝下方的目標射擊。

描述 ▶

SCP-354 是位於北加拿大的一池紅色液體。該液體與人類血液有相似的組成成分（因此一般口語稱之為「血池」），但生物學性質則大相逕庭。該血池沒有明顯的邊界：淺水區有泥水混合的現象，向外推展一定距離後，泥土的成分會開始高於液體，然後才有接近堅硬的土地。該池液體的濃稠度隨向下探索的深度增加而增加，至今為止仍無法探測到池底，因此也難以斷言它的深度是否有限。

每隔一段時間，會有性質各異的實體從池面浮出，並試圖跨越封鎖線。迄今為止幾乎所有出現自 SCP-354 的生物都抱有極強的敵意且十分危險。

據信在███意外遭遇 SCP-354 的首批發現者是一群飛機空難的倖存者。有關 SCP-354 的傳言在那之後持續發酵，當基金會人員得以前往處理該威脅時，更是已經發展成一則都市傳說。

在███ 年███ 日的 1403 時，SCP-354 中出現了無法辨認的單一實體。與 Epslion-38 觀察哨的通訊在同一日斷線，於是機動特遣隊 ███████ 被派往處理該實體。特遣隊成功達成目標，並尋獲了 Epslion-38 觀察哨所有人員的屍體。基金會在此之後為收容 SCP-354 而劃設了 Area-354。

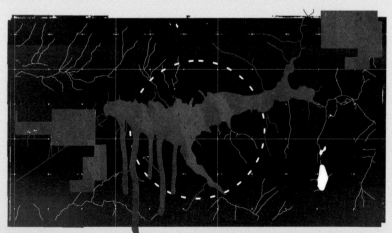

SCP-354 的位置

出現自 SCP–354 的異常個體列表摘要，紀錄至編號 354–20 事件以前。

SCP-354-1： 毀滅 Epslion-38 觀察哨的一號實體。外形類似一隻巨大蝙蝠。已遭機動特遣隊██████摧毀。

SCP-354-2： 外形類似針鼴但體格與棕熊媲美的哺乳類動物。體表覆蓋的針刺十分銳利。一般子彈似乎無法造成傷害，但牠也未能突破池塘周邊的封鎖線。已利用凝固汽油彈將之摧毀。

SCP-354-3： 能夠離地漂浮的黑色金屬球體。它能夠射出高劑量濃縮的強力輻射線，立即令受曝者失能並隨後死亡。SCP-354-3 最終遭時任區長██████博士以重錘打擊而喪失功能，便以自毀爆炸重創██████博士並在建築體上留下些微損傷。██████博士現已完全恢復且因其英勇事蹟獲得表彰。

SCP-354-4： 混合人形與蜥蜴特徵的生物，高約 4.6 公尺。成功突破封鎖線上的防壁以及 Area-354 的外圍線。槍砲效率極低，幾乎沒有對其造成任何實質傷害。之後出動的機動特遣隊 Omega-7「潘朵拉之盒」成功將其摧毀。

SCP-354-5： [資料刪除]

SCP-354-6： 外觀類似於印度裔男性。由於當時池邊封鎖線上的隔離牆仍未完整修復，SCP-354-6 在有任何突破機會之前就遭到立即射殺。區長██████博士並不讚賞針對 SCP-354-6 進行如此急躁的處決行為。而後續測試中發現 SCP-354-6 實際上與一般人類無異。

< 資料損毀 >

SCP-354-14： 該生物的大部分身體都沉沒在池水之中，但有五隻類似章魚的觸手離開池面伸向封鎖線。有數名 D 級人員被觸手抓住並拖入池中。SCP-354-14 在受到槍砲造成的大量傷害後退回池中而銷聲匿跡。被該生物擄走的人員至今都仍未尋獲。

SCP-354-15： 一類似貓科動物，全身由青藍色晶體組成的生物，該晶體在後續測試中證實為冰。牠有能力跳上隔離牆的頂端而且敏捷得可以躲過大部份槍砲射擊。持續帶有敵意，重創了所有與之相遇的人員。在 SCP-354-16 從池中出現時，直接成為遭遇牠的第一名接觸者，而在交戰時遭到終結。

SCP-354-16： 一類貓科全身由紅黑色黯淡石材組成的生物，該石材在後續測試中證實為部分固化的岩漿。在遭遇 SCP-354-15 前都沒有展現出任何敵意，也沒有嘗試突破隔離牆的封鎖。牠在成功終結 SCP-354-15 後，自身的活動力也隨著體溫冷卻而逐漸減少。牠已完全固化且至今都維持不動，目前正收納於██████博士的辦公室作為裝置藝術。

SCP-354-18：一架金屬人形機械，有數名 D 級人員將它稱為「終結者」。該項目有一種隱形機制使其不被肉眼看見。它也十分善於戰鬥，在設施內大鬧的過程裡殺死了 Area-354 裡百分之九十的警衛人員。它在離開池面約六十分鐘後失去動力而停止運轉。已拆解該並將其電池丟棄。其餘結構目前仍在研究當中。

區長▇▇▇▇▇博士備註：這已經是我們第三次仰賴潘朵拉之盒來處理從 SCP-354 冒出來的東西。不過亞伯當然不會抱怨……誰都看得出來他很享受跟 SCP-354-11 的戰鬥。也許我們該設立機動特遣隊 Ω-7 熱線之類的聯絡方式？

文件編號 354-3-A ▶

區長▇▇▇▇▇博士備註：池裡最後一次出現東西已經是二十二個月前的事了。在此之前，兩次浮現事件間隔最長都沒有超過八個月。我猜這有兩種可能性。其一是這灘血池已經「死」了，或者說「失去動力」──無論正確的形容詞是什麼，總之是那個意思；其二則是它正在「蓄積力量」來讓某種龐大的東西浮出水面。O5 認為第一個解釋的可能性較高，於是調走了我們百分之三十的人手還削減了百分之二十五的資金提供。我只能祈禱他們做了正確的決定，因為如果後者才是真實情況的話，我們很快就會遭遇一些棘手的怪物，而且到那時我們的武力也將完全不足以做出應對。我擔憂的是我們全員的安危。

文件編號 354-4：事件紀錄 354-20 ▶

在 ［資料刪除］ 的早晨，Area-354 團隊整群一同撤離了該設施。然而，工作團隊在關閉管區電力後，又從設施內帶走一定數量的補給物資與載具，顯示該次撤離行動可能並非出於緊急意外。機動特遣隊 Theta-12 被派遣前往調查撤離行動的原因，並盡可能與該管區的工作團隊取得聯繫。但是在機動特遣隊▇-12 還沒成功聯繫上 Area-354 和撤離人員時，管區內的炸彈就已啟動，導致設施徹底毀壞以及 ［資料刪除］ 死亡。機動特遣隊▇-12 接獲命令繼續嘗試聯繫撤離人員，並允許在遭遇敵對行動時終結任何不願配合的人員。隨後有一組來自 Area-354 的護衛車隊被發現高速駛向 Area-354 的南方。機動特遣隊▇-12 最後的音訊紀錄顯示該護衛車隊上乘坐的是 Area-354 工作團隊，而且原有的指揮體系全面崩潰──全副武裝的 D 級人員和研究員一同向機動特遣隊▇-12 開火。機動特遣隊▇-12 遭到殲滅，該群前任 Area-354 員工在此後音訊全無。

　　隨著 Area-354 被摧毀，血池收容站在其原址上建立了起來。這一新設施的基本地圖存放於 ████ - ██████ - █ 與 ████ - ███████ - ██。相較於先前設施以 SCP-354 浮出體的研究與無害化為主要工作，新設施則是從建造之初就完全以 SCP-354 與浮出體的收容為目的，收容對象甚至包含任何該項目可能直接產生的非預期效應。如此設計的原因很大一部分在於新任站長 〔資料刪除〕 認為 354-20 事件就是肇因於 SCP-354 本身產生的精神或心理攻擊導致的。

關於 〔資料刪除〕 的採訪

████博士：我錄音沒問題吧？

████特工：沒問題，就錄吧。

██████博士：很好，很好。（停頓）那麼我們從頭開始。血池收容站發生了什麼事？

████特工：現在重新想想其實很怪……居然從來沒有人想到要抽乾那個池子。然後當████████博士想到這個主意……這聽起來實在是個好點子，至少那時候是這樣。

████博士：這個點子為什麼會這麼有魅力呢？

████特工：畢竟那是一條出路。這個 SCP 項目……我讀過文件裡的說法。那完全是個笑話。他們把它寫得像是這座池子已經完全在控制之中。

████博士：也就是說你們其實沒有做到控制嗎？

████特工：池面上蓋著塊半公尺厚的水泥板。但是一直都有怪獸在試著突破它，然後有時牠成功抓到空隙就溜進了建築物裡。每次都會有人死。我看過 〔資料刪除〕 一個人的腸子。你能想像那個場景嗎，老傢伙？

████博士：所以對你和其他血池收容站的駐守人員來說，把它抽乾就像是個好方法，讓你們可以脫離 SCP-354 造成的各種困難。

████特工：（████████特工起身，椅子發出摩擦聲）困難？那東西不只是——

████博士：請坐下。我們還在錄音。（停頓，████████特工就坐）那麼，O5 同意抽乾 SCP-354，那之後又發生了什麼事？

SCP-354-15 和 SCP-354-16 之間的對峙。

█████特工：他們把一些非必要人員撤離到幾公尺外的另一個地方，只留下基本的戰術防禦組和負責操作儀器的人。大部分都是 D 級人員，還有些特工負責確保事情都按照計畫進行。

█████博士：而你就是那些特工之一。

█████特工：對。

█████博士：那抽乾池子的計畫進行得如何？

█████特工：技師把一台裝上所有水管的巨大幫浦搬了進來。我們打開了水泥板，但是……（停頓）

█████博士：但是……？

█████特工：你有沒有在作夢的時候覺得整個夢境都好真實，但你知道那是一場夢，而且不知怎麼的就是有種感覺，覺得要趕快醒過來，不能一直待在夢裡？

█████博士：很難說。

█████特工：你一定有，我們全都做過這種夢。這就是我們把水管放進去打算開始抽吸時出現的感覺。所有的一切都開始變得很不真實。感覺像是我們不能在那裡多待一秒。

█████博士：你是唯一有這種感覺的人嗎？

█████特工：不，所有人都在同一時間感覺到了。那種感覺直接來自那該死的血池！

█████博士：拜託降低音量。你們啟動幫浦時發生了什麼事？

█████特工：我們沒有啟動。我們沒辦法。它不准我們那麼做。

█████博士：什麼東西不准？

█████特工：就是那個池子！

█████博士：拜託，請你降低音量。

█████特工：至今為止，它只要把怪物丟過來就滿足了。它一直都只是在玩而已。但現在我們把它關起來，甚至還打算處決它！它現在生氣了！

█████博士（廣播）警衛，把█████特工壓制住。

█████特工：我的夥伴有一次測量了整個池岸，然後跟第一次發現時的照片互相對照。你知道他發現什麼嗎？（█████特工抓住█████博士）

█████博士：警衛！

█████特工：它在成長！那個血池在變大！它每天都在變得更大更強，而我們現在激怒它了！把你的髒手拿開——

█████博士：給他一針鎮靜劑。我們明天早上再繼續，只要他到時候已經清醒了。

╭ **報告結束**
╰▰▰▰▰▰▰▰

由其中一名受害者創造的 SCP-513-1 的圖像。

SCP-513

牛鈴

報告者__ BEEFWIT

日期__ ■■■■■

圖像__ TATIANA KVITKOVSKY

翻譯__ FREDERICA BERNKASTEL

來源__ SCP-WIKI.WIKIDOT.COM/SCP-513

特殊收容措施 ▶

　　SCP-513 應懸浮封存於一立方公尺的明膠塊內部，並收容於隔音、溫濕控制的收容間之中。應逐日檢查明膠塊是否有劣化或損壞的跡象。在地震、爆炸或 2 級以上聲波事件後，必須立即進行追加的緊急檢查。檢查人員進入 SCP-513 收容間內部期間，應全程配戴耳塞與運作中的降噪耳機。

　　若明膠有任何劣化跡象（如撕裂、破損、斷裂、液化或發霉），SCP-513 應立即從中移除，並由一隊經外科手術致聾的 D 級人員將其懸浮封存於新的明膠塊中。過程中嚴禁任何人員進入收容間內。

　　任何接觸 SCP-513 的有生命個體，都需要受到至少兩名維安人員隨時監控。嚴禁

REC>>513

對曝露於項目影響下的受害者投用鎮靜劑或使其失去意識。任何陷入昏迷的受害者都應立即處決。

D級人員一旦出現精神衰退的初級跡象就要立即處決。其他人員可在其自行要求下再行處決。

如果可行，應在目擊的瞬間立即抓捕 SCP-513-1。

描述 ▶

SCP-513 物理上是一枚不起眼的生鏽牛鈴。由於表面大量的鏽蝕，已經無法觀測到上頭是否有任何標記或雕刻。以化學或機械方式移除鏽跡的嘗試全都失敗了。

SCP-513 是站點 –▇▇▇▇執行收容區重建措施期間，由▇▇▇▇▇▇▇特工所發現的。SCP-513 的鈴丸由數條膠帶牢牢固定，項目初次回收時周遭還有一張紙條（參見附錄）。

SCP-513 產生的任何噪音都能使聆聽者產生強烈焦慮感，而這一效應和受害者先前的狀態無關。暴露於其影響下的受害者表示，他們感覺到自己被某種看不見的實體監視著，並出現了心律與血壓竄升的狀況。在暴露於影響下的一小時後，受害者在打開門扉、經過鏡面、轉頭或任何使視覺感知突然改變的動作時，將會能夠瞥見 SCP-513-1。根據報告指稱，SCP-513-1 一旦遭到目擊便會移動到視野之外，並在隨後消失的無影無蹤。在詢問受害者周圍的人員後證實，未接觸 SCP-513 者並無法看見 SCP-513-1。

每隔十四至二百三十七分鐘，SCP-513-1 便會再度出現。這種「跟蹤」行為必然會導致受害者的重度睡眠不足──根據報告，SCP-513-1 經常現身於受害者的住家並加以

騷擾。能在 SCP–513–1 現身前入睡的受害者則表示，項目會在其入睡期間發動身體攻擊，並在受害者驚醒後一如以往的立即消失（參見實驗紀錄 513）。睡眠剝奪與 SCP–513–1 行為造成的精神壓力，無一例外地將會誘發受害者的妄想症、攻擊性、過度警覺與抑鬱症。目前除了一起案例外，所有測試案例都以受害者的自殺告終。

　　對 SCP–513–1 外觀的描述基本是不可信的。考慮到疲憊狀態、精神惡化以及破壞性的過度警覺，受害者根本不能提供完整的目擊報告。然而至今所有訪談結果都顯示，SCP–513–1 是一個高大、憔悴且雙手異常巨大的人形實體。

附錄→ 從站點 – ▇▇▇ 發現的文本

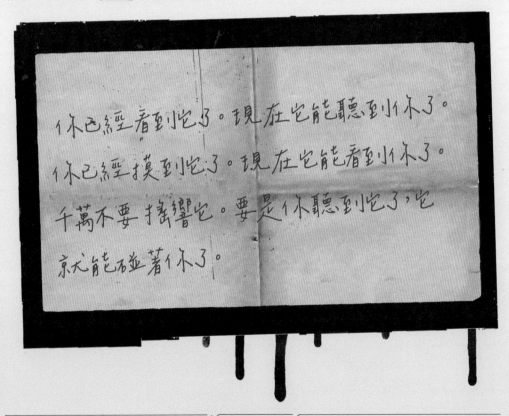

報告結束

SCP-020

隱形黴菌

報告者__ AELANNA

日期__ ▮▮▮▮▮

圖像__ DMITRY DESYATOV

翻譯__ COCUKI

來源__ SCP-WIKI.WIKIDOT.COM/SCP-20

特殊收容措施 ▶

　　SCP-020 的樣本被收容在第 12 號生物研究區的密閉設施裡，一系列密封培養收容室之中，且該設施只能透過氣密鎖通道進出。由於培養收容室必須始終維持密封，SCP-020 的營養劑供給將由全自動機器人系統進行。

　　設施中安裝著完整密封的監視器監控系統，且必須每日檢查其性能。所有進入設施的人員必須穿著 Level-5 的生化防護服並配備獨立氧氣供應系統；離開時必須接受全套的真菌消毒程序。

SCP-020 是一種高傳播性的菌類有機體，並且能夠影響任何活體生物的感知與行為。SCP-020 的樣本能夠透過一種未知的效應使它能完全隱形於任何肉眼觀察，包含透過顯微鏡觀察。SCP-020 只能透過攝像或錄影才能被看到。

一旦 SCP-020 佔領了一塊區域，通常會是普通民宅，它會開始散布孢子來影響在它附近活動的人類。受感染者會開始提高屋內的溫度與濕度，來創造一個更加適合 SCP-020 生長的環境。受感染者也會變得更傾向與他人交流，且時常會邀請熟人到自己的住所作客以利擴張傳染範圍。由於那些黴菌與孢子對於受感染者是不可視的，它們有時也會直接生長在屋內的人們身上。

當一棟住宅中的孢子與黴菌過於密集時，屋內受感染者的健康狀況將迅速惡化，最終導致死亡。而當急救員或醫療人員接觸到任何已死亡的受感染者屍體，或當屍體被運送到當地的殯儀館時，將會導致更大規模的黴菌擴散。

SCP-020 最初是在 [資料刪除] 被發現，在當地臥底的 SCP 探員記錄到當地醫院內的人員發生了巨大的人格變化。一批收容團隊被遣往當地進行調查，發現將近 ███位鎮民被感染，占該鎮總人口的大多數。該鎮的人口被基金會遏止並全數消滅，再以一場突如其來的森林大火為由焚化了整座城鎮。

迄今為止，已有十二起 SCP-020 的爆發被紀錄，相關的調查目前正在進行中，以確定這些爆發的來源和策畫可能的預防措施。

SCP-020 感染的情況

節錄自機動特遣隊 Eta-2（「非禮勿視」）在［資料刪除］進行首次針對 SCP-020 的收容行動的音訊紀錄。

……

T2- 隊長：第二小隊正在前往紅色屋子。

指揮官：收到，一號無人機偵測到一個熱訊號源。

……

T2- 隊長：第二小隊就定位，現在準備破——（髒話）！

T2-2：門被打開了！

就在此時，一位平民婦女出現在門口處，手持一把菜刀。監控影像顯示那名婦女的臉部有將近三分之二的面積覆蓋著黴菌。

平民婦女：噢……你們好啊，先生們……不介意的話，要不要進來坐坐呢？

T2- 隊長：爬到地上！放下妳的武器！

平民婦女：別傻了！快進來……坐坐嘛……

T2- 隊長：不准動！立刻放下武器！

平民婦女：我們……我們只是希望有人能來家裡作客……拜託你們……快請進吧……

T2-2：放下妳（髒話）的武器！

推測在當時，受感染的婦女注意到 T2-4 持有一把已點燃的焚燒型武器，便持刀向隊員襲來。

平民婦女：［資料刪除］

T2- 隊長：開火！開火！

槍聲，尖叫聲。

┤ 報告結束 ├

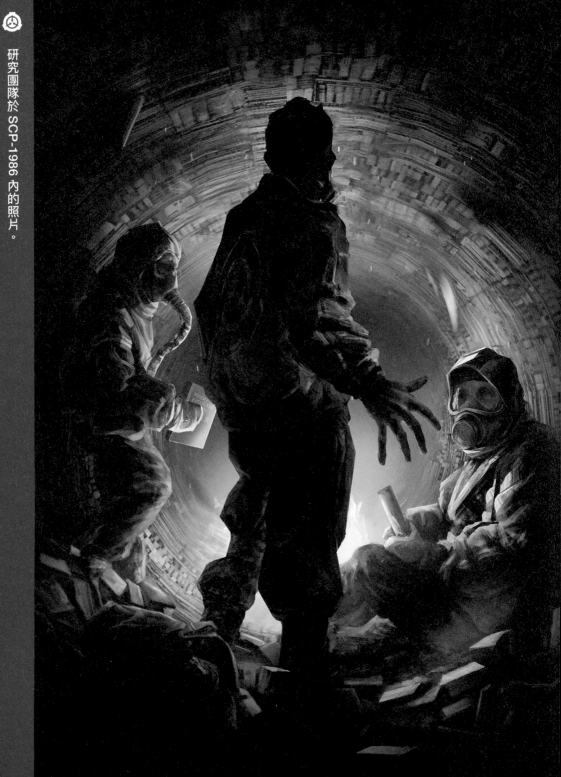

研究團隊於 SCP-1986 內的照片。

SCP-1986

虛擬圖書館

報告者__ REQUITEFAHRENHEIT

日期__ ▨▨▨▨

圖像__ SERJ PAPADIN

翻譯__ THEVICIOUSONE

來源__ SCP-WIKI.WIKIDOT.COM/SCP-1986

特殊收容措施 ▶

　　由於 SCP-1986 位於人來人往的公共建築中，且無法移動，安全部門需在隱蔽中對其進行維護，防止大眾知曉該物體的存在。守衛需偽裝成圖書館雇員。只批准非致命的安全防衛手段。

描述 ▶

SCP-1986 是一個約二公尺寬的圓柱形隧道，裡面排列著無數書籍的。雖然隧道的深廣程度未知，干涉合成孔徑雷達（ifSAR）確認它的深度可達到 274700 公里，或至少一光秒 [1]（探險隊已確認至少 4441 公里的深度）。進一步推測，隧道也許是無限的。[2]

隧道內的書籍通常與已知的作品相似，但在風格、人物、情節和主題上有本質性的區別。作者通常完全不為人所知曉，偶然會出現真實的作者。這些作品內容範圍從多少有些不尋常到完全無意義，雖然在字面上至少是可理解的（參看回收作品名錄）。所有現存與已消失的語言都出現在這些書本中。任何書籍上都找不到出版資訊。藉由年代測定技術並對其進行語義學分析，這些書籍來自於它們看似的那個歷史時期。書籍的排列沒有發現任何可辨識的規律 [3]。

隧道牆壁由普通石灰岩築成。嘗試破壞牆壁，顯示出隧道是非歐幾里德式的——即穿鑿地板者會從天花板出現（以拓撲學表述 [4]，可將其比作三重圓環）。試圖從別的方向進入隧道的嘗試是失敗的；假若不從其入口進入，則隧道不存在。

發現報告 ▶

一九八九年，布宜諾斯艾利斯的阿根廷國家圖書館中，一名館員在一處未使用的地下室裡發現了 SCP-1986。基金會人員對察覺該 SCPs 存在的市民使用了 B 級記憶刪除，並以緊急建築修復的名義，將地下室隔離。

註記→在發現該物體的圖書館員自願接受記憶消除之前，他將阿根廷作者波赫士（Jorge Luis Borges）作品《巴別圖書館》（The Library of Babel）介紹給基金會人員。值得注意的是，波赫士曾在同一圖書館工作。無法對他進行訪問，因為他已死於一九八六年。以下是該小說節選：

……一個聰明的圖書館員根據那些例子可以發現圖書館的基本規律。那位思想家指出，所有書籍不論怎麼千變萬化，都由同樣的因素組成：即空格、句號、逗號和二十二個字母。他還引證了所有旅人已經確認的一個事實：在那龐大的圖書館裡沒有兩本書是完全相同的。根據這些不容置疑的前提，他推斷說圖書館包羅萬象，書架裡包括了二十幾個書寫符號所有可能的組合（數目雖然極大，卻不是無限的），或者是所有文字可能表現的一切。一切：詳盡的未來歷史、大天使們的自傳、圖書館的真實目錄、千千萬萬的假目錄、那些目錄是謬誤的證據、那些真實目錄是謬誤的證據、巴西利德的諾斯替教派福音、對福音的評價、對福音評價的評價、你死亡的真相、每本書的各種語言的版本、每本書在所有書中的竄改……

回收作品名錄 ▶

以下是從 SCP-1986 中所回收之部分作品的清單。

若發掘出其他值得注意的樣本，請聯繫檔案管理員進行評估，確認是否收錄其中。

1. 光秒是一個借用了光速恆定不變的概念，再加上秒的定義而成的大尺度距離單位，被定義為光在真空中一秒所行走的距離。

2. 一名圖書館員在試圖追查一份草稿來源之時，偶然發現了 SCP-1986。測量顯示隧道每小時約消耗四百立方公尺空氣（大致一差壓 25Pa（N/m2），以及每秒十公分的通風速度）。尚不明確空氣被吸往何處。

3. 一名研究員提出一個令人玩味的比較：在隧道中搜索一本能辨認的書，就像穿越實數軸尋找有理數一樣。

4. 三重圓環是無邊際的三次元緊縮模型。將一個立方體的三對相反平面相互連接，即可得到該物體（在連接第一對平面後，立方體看起來像厚墊圈，在連接第二對後——厚墊圈的平整面——它看起來像中空的圓環，最後一個連接步驟——將中空圓環的內面和表面連接——在三次元空間中是不可能達成的，只能在四次元空間中實現）。

標題：夏娃福音

作者：無

語言：約西元前 1100 年 - 西元 200 年的阿拉姆語

發現深度：75 公尺

描述：是聖經新約外傳的一部分，聲稱記錄了夏娃遭逐出伊甸園之後的生活，將夏娃描述為因自由意志和原罪的本質，而產生激烈的思想鬥爭。

標題：蚱蜢愛撒謊

作者：豪索爾尼・阿本德森（Hawthorne Abendsen）

語言：現代英語

發現深度：77 公尺

描述：一本描述平行世界的小說，該世界裡美國贏得了第二次世界大戰（但和我們所經歷歷史的方式不同），看似由一名在納粹贏得戰爭的世界裡生活的作者所寫成。對二十世紀小說的研究發現，這是一部虛構作品，也是菲力浦・迪克所寫的真實小說《高堡中的男人》的核心劇情。

標題：簡氏戰艦，2061 年版

作者：多人

語言：時代混亂的英語

發現深度：889484 公尺

描述：一本現代海軍服役及建造中的船艦、飛機和武器系統的參考書。許多艦船和武器系統都是完全未知的。以五行打油詩形式寫成。

標題：午夜蠕蟲

作者：愛德格・艾倫・坡

語言：現代英語

發現深度：433 公尺

描述：此前未發現的短篇小說集。一名警覺的研究員發現，本書曾在羅伯特布洛奇的「收集愛倫坡的人」之中被提及（但沒有詳述）。所有故事皆涉及自私的本性。

標題：一圈被割斷的舌頭

作者：莉莎‧帕拉狄諾（Lisa Palladino）博士

語言：西元 1850 年左右的巴西語

發現深度：44 公尺

描述：以美國婦女參政運動為主題的論文集。涉及迄今未知的「觸覺 - 嗅覺執行」（tactile-olfactory implementation）的變體，通常稱為「撓撓聞聞」。

標題：聖徒傳記以及興高采烈的表情回應

作者：迪克蘭‧麥克馬納斯（Declan McManus）

語言：現代巴斯克語

發現深度：1119 公尺

描述：一部歌劇劇本：阿拉斯加救火員因大雪困在消防站，餓得發瘋，不得不吃了他們的大麥町狗。對話完全由反問句組成。

標題：洪水之前，墮落之後（或大洪水以前，逐出伊甸園之後）

作者：無

語言：約西元前 1725 至西元前 1490 年的古腓尼基語

發現深度：4441113 公尺（注意：這是目前發現埋藏最深的書籍）

描述：神話中的牛頭怪和斯芬克斯之間的一系列問答。回答由問題中的字母拆解顛倒而組成。

標題：治療成年型嬰兒猝死綜合症：一種診斷方法，第十六版

作者：帕拉斯‧班奇克（Pallas Benchko）博士

語言：約西元 950 年左右的冰島語

發現深度：3303 公尺

描述：注意：實際上診斷的是多餘幻肢症候群。以無韻詩譜曲（不押韻的抑揚格五音步）。

報告結束

照片資料收集自亞利桑那州弗雷德里克斯堡。

Keter

SCP-165

圖勒大漠的蠕行餓沙

報告者__ FRITZWILLIE

日期__ [redacted]

圖像__ NIKITA POSTUPKIN

翻譯__ VOMITER

來源__ SCP-WIKI.WIKIDOT.COM/SCP-165

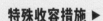

特殊收容措施 ▶

SCP-165 存放於武裝生物收容區域的特定設施內，它們應被視為有傳染性的病原生物。處理它們時應遵照最高規格的無菌與隔離措施。

在 SCP-165 的所在區域周遭設置有多架現場微波產生器，可以用於限制該項目組成的沙丘無法跨越其收容區域的邊界。應每隔九天以體重至少七百五十公斤的活體家畜餵食 SCP-165 一次。

　　SCP-165 的生物部分類似於常見的寄生蟎蟲，體長約七百五十微米[1]並有八隻腳，基因體接近家蟎，但主要差別在於它們有一種將一粒沙子黏到自己背上的類寄居蟹行為。儘管這一行為背後的目的仍有待研究，但可以明確知道的是成百上千億隻 SCP-165 的集群可以形成不小的沙丘。

　　SCP-165 與〔資料刪除〕的相似僅限於表面。〔資料刪除〕的集群本質上具有原蟲特性，而且明顯表現出一種基金會仍未掌握的集體智能與意識。SCP-165 的集群則是由互相競爭覓食而非合作的個體蟎蟲組成。正如蚊子，它們偵測獵物時仰賴的是空氣中二氧化碳與糖微粒的化學刺激。這些蟎蟲或滾或躍過另一隻蟎蟲來前往獵物所在地，它們的腳只在爬過另一隻同類時才有功能。一旦這些蟎蟲接觸到動物血肉，它們就會在啃咬的同時釋放一種成分，類似蚊科和蚤科毒液的化學物質來麻痺獵物。受害者被它們簇擁時，通常不會注意到其實有數以百萬計的蟎蟲「輪番上陣」，每一隻都從受害動物身上大口大口地咬走身體組織。

　　這些蟲群通常看起來就像圍繞在受害者本體或肢體周遭的一陣沙塵旋風。現存的 SCP-165 集群已經足以在短短數分鐘內把常見動物的肢體啃噬殆盡。同時它們毒素也有足夠的麻痺效果，可以讓睡夢中的受害者在肢體遭遇啃咬時，也不會醒來。

　　這些蟎蟲帶有極強的抗藥性，只有最危險的殺蟲劑才能造成有效殺傷。它們會躲避高溫並經常尋找可供躲藏的陰影，在入夜後活躍程度才達到顛峰，此時的它們將前往狩獵正在睡眠的大型獵物。它們無法耐受高溫的特性是目前最佳收容策略的基礎。

---

1. 微米是長度單位，一微米相當於一米的一百萬分之一。

　　有跡象顯示美國政府早在至少八十年前就已經知道 SCP–165 沙丘的存在。SCP–165 的最初發現地就是如今坐落於亞利桑那州的弗雷德里克斯堡、臨近高華德空軍轟炸訓練區的圖勒沙漠，那裡曾經有一處由德裔移民者組成的小鎮，但如今已經成為遭人遺忘的鬼城。

　　位於偏遠地區的弗雷德里克斯堡的這個小鎮，建成時間大約落在十九世紀晚期，而一九〇八年時就已經化為鬼城。行經該地的美國騎兵部隊表示，城鎮居民都消失無蹤，而且建築物內都空無一物。

　　他們本來打算在廢棄旅館住一晚，但他們的馬之中有七匹在夜裡化為白骨。於是騎兵隊在午夜時出逃，但過程中共有四人脫隊。倖存者聲稱當時屋外的沙子就像洪水一樣湧入室內，而脫隊四人至今為止都下落不明。

　　在一九五〇年代晚期，美軍曾試圖將該地區劃入轟炸機實彈訓練區以根除 SCP–165。儘管這一做法確實減少了 SCP–165 的數量，但單純轟炸帶來的效益在一九八〇年代晚期便到達極限。此時由地面人力執行清理與誘敵的必要性開始浮上水面。於是機動特遣隊 Epsilon–9「吞火人」出動引誘 SCP–165 離開遮蔽物並將其納入收容。特遣隊在弗雷德里克斯堡的入口附近發現了一塊正面朝上的告示牌，上面寫著「Vorsicht vor dem kriechenden, hungrigen Sand」──意思是「小心那些蠕行的飢餓砂粒。」機動特遣隊 E–9 的助燃設備成功的把 SCP–165 的沙粒燒成玻璃，並讓它們的數量再減低至可控範圍。最終，有一批重達四公噸的 SCP–165 沙堆納入收容並轉送至當前的監視收容地──武裝生物收容區域 Area–14。

報告結束

SCP-2816

核能複製品

報告者__ PICKYERPOISON

日期__ ▮▮▮▮▮

圖像__資料已刪除
翻譯__ ATPES
來源__ SCP-WIKI.WIKIDOT.COM/SCP-2816

特殊收容措施 ▶

SCP-2816 目前位於站點 –28 的一個儲物櫃中。新增的 SCP–2816–1 實例在被發現後，應被置於站點 –28 中 5C 號儲藏室的一臺監視器前。

描述 ▶

SCP-2816 是一套尺寸各不相同的畫筆，在被回收時已被使用大約八年。項目散發出少量電離輻射，但不足以造成傷害。當進行創作時，SCP-2816 可被用作一套普通的畫筆，但嘗試臨摹任何已存在的繪畫會導致最終成果變為一個SCP-2816-1實例。

SCP-2816-1 實例最初不會展現異常性質，但是當一段時間未被觀察後[1]，繪畫的內容將會發生變化。第一次變化是 SCP-2816-2 的出現，以坐姿或站姿出現在繪畫中的某處。SCP-2816-2 會在繪畫發生其他變化之前，在畫作中閒置長達二十四小時。繪畫只會在不被觀察的情況下發生變化，如果繪畫在變化過程中被觀察，它會暫時停止變化。SCP-2816-2 有時候是可見的，通常是在改變繪畫內容的過程中。當 SCP-2816-2 處於活躍狀態時，任何對繪畫的人為改變都會導致 SCP-2816-2 停止在繪畫中出現，並停止所有進程。

SCP-2816-2 是一個身穿白色 C 級防護服的人形。在 SCP-2816-2 首次出現之後，繪畫將在未被觀察時出現其他變化。SCP-2816-2 將檢修繪畫內的建築，並添加安全設備和救生裝備[2]，並在許多案例中將牆壁替換為更堅固的材料，修理破洞、損傷，或用木板蓋住窗戶。此外，SCP-2816-2 會在每一個可見的出口上方放置一個印有「危險」的標誌。儘管 SCP-2816-2 不會修改畫中任何生物，但經過多次修改後，可以明顯看出他們的神色更加焦慮。如果這些生物不在封閉建築內，SCP-2816-2 將在其臉上戴上防毒面具。

在 SCP-2816-2 第一次變化後的五天之內，SCP-2816-1 的環境將開始顯示出類似於核冬天的顯著變化。如果 SCP-2816-2 的準備工作完成了，繪畫中的居民將不受影響；然而，如果 SCP-2816-2 的準備工作未及時完成，繪畫中的居民將會開始死亡。多種死亡原因被記錄到，包括輻射病、低溫、饑餓和脫水。在極少數情況下，死因明顯是由另一位居民的暴力所造成，例如使用鈍器攻擊。居民在有合適機會時，可能會嘗試自殺。

---

1. 被紀錄到的最長時間跨度為 8 天，最短為 38 秒。
2. 添加的物品包括滅火器、防毒面具、急救包、罐頭食品、瓶裝水、蓋革計數器、關於包括溶液栽培和食品保存在內的各種主題教育文獻，以及大面積陰影被標為「危險」的地圖。

附錄 2816-01：記錄 SCP-2816-1 的實例變化的日誌 ▶

測試 1：

臨摹作品：李奧納多·達文西的《蒙娜麗莎》

變化： 一個防毒面具被放置在物件的臉上，且背景中開闊處有些部分被用木板封住。通過木板間的縫隙，可以觀測到天空明顯地變暗，且出現降雪。

測試 2：

臨摹作品：愛德華·霍普的《夜遊者》

變化： 罐頭食品、瓶裝水和生存手冊被堆疊在櫃檯上。餐館後面的門上方放置了一個「危險」標誌。居民看似隨著變化過程而更加焦慮。天空在 SCP-2816-2 用金屬板蓋住窗戶之後變暗且開始出現降雪。

測試 3：

臨摹作品：薩爾瓦多·達利的《永恆的記憶》

變化： SCP-2816-2 將所有鐘錶重設到十二點，並在畫面中心建造了一個充滿食物和醫療用品的簡陋棚屋。整個繪畫變白大約二十秒，在接下來的一小時內只顯示煙塵，隨後出現了一個彈坑。

測試 4：

臨摹作品：文森·梵谷的《星夜》。在 SCP-2816-2 還在準備工作時，畫上了一個筆觸，以阻止其進程。

變化： SCP-2816-2 用木板封住了鎮上大約一半的可見的窗戶，並開始在前景處建造遮蔽體。在 SCP-2816-2 最後出現的三天之後，一大片煙霧遮住了天空且開始降雪。在二十四小時內，所有窗戶未被封住的房屋顯示出被強行進入的跡象。兩具（很可能已經死亡）的軀體以躺姿出現在教堂前面的地面上，但很快被雪覆蓋。

測試 5：

臨摹作品：巴勃羅·畢卡索的《格爾尼卡》

變化： SCP-2816-2 僅被觀測到使所有繪畫中的居民眼睛閉合，並在他們身旁放置了高大的石柱；然而，SCP-2816-2 可能進行了其他操作，但被繪畫的抽象藝術風格所掩蓋而難以察覺。第二個效應出現在 SCP-2816-2 首次出現的兩天之後，所有居民很快被雪覆蓋，只有石柱可見。

報告結束

SCP-662

管家鈴

報告者__ RICK REVELRY

日期__███████

圖像__ Dan Temirov. David Romero.

翻譯__ LOSTWHAT. SCARECROW.

來源__ SCP-WIKI.WIKIDOT.COM/SCP-662

特殊收容措施 ▶

SCP-662 應被存放於其原本的紅色天鵝絨襯箱子中，當不被用於實驗或其他合理活動時，應存放在位於█████████ 的 23C 高價值物品儲存櫃中。儘管根據 SCP-662 所造成的異常效應，項目被認為具有珍貴價值和強大能力，但當項目不被使用時，本身是極度安全的，並且不會造成任何已知威脅。

SCP-662 為一個小型銀色手搖鈴，高四公分，周長兩公分。當中的鈴錘已遺失。搖鈴的內部刻有銘文，內容為「永屬於我 –S.J.W」。項目自身是可受損的，但考慮到其安全性，終結項目的提議被認為是不必要的。由於項目由極高純度的銀製成，因此需要定期進行拋光處理以維持其光澤。

當搖動項目時，項目周圍會響起一聲輕柔的鈴聲（儘管並非從項目本身傳出）。一位穿著英國傳統管家服、自稱為迪斯先生的白種人，將會從轉角等視線範圍之外的最近區域出現。迪斯先生將以適當的頭銜和正確的姓氏對使用者問好，並詢問使用者需要什麼。正如迪斯先生本人聲稱，關於他為何得知使用者的姓氏和頭銜，目前仍是個謎。詳細情況請參閱採訪紀錄 662–L1。

迪斯先生能夠滿足大部分向其提出的要求。但迪斯先生的能力具有上限，無法製造結構非常複雜的物品，例如跑車、豪宅或私人飛機等。若允許他離開視線範圍內並隨後返回，他將能夠帶回較小型、結構較簡單的物品，例如火腿三明治、冰茶，甚至是更高價值的物品，例如魚子醬或金磚。附錄 662–A1 中列入了迪斯先生至今為止能夠帶回給使用者的重要物品清單。

迪斯先生也能夠執行一些瑣碎的工作，例如洗車、準備餐點和清潔浴室。若迪斯先生認為要求不合理或不可能達成，他將會提醒使用者，並提出替代方案。

當迪斯先生處於視線範圍內時，也無法免除任何對他的物理傷害。他在多次實驗中被殺死或受傷，並將一直保持死亡或傷勢直到他離開視線外。當他被再次召喚時，所有他曾受的傷害都將消失，且將穿著整齊的管家服並準備接受命令。

在前文提到的採訪紀錄 662–L1 當中，能夠查閱有關他能夠完成的命令以及他所受的限制的詳細說明。任何 2 級或更高級別的人員能夠查閱關於跟他自我復原能力有關的測試紀錄，以及與搖鈴的性質相關的檔案。所有嘗試目擊迪斯先生消失瞬間的測試都以失敗告終，可能是由於設備的突發故障，或是他成功找到了一個合適的、不被監視的地點。

物品要求：

- 幾乎所有能夠想像得到的三明治種類，但以人肉作為配料的要求被禮貌的拒絕了。

- 飲料，同樣幾乎包含任何種類。和三明治配料相同，人類血液的要求同樣被拒絕。然而，當豬血的要求被允許並完成時，豬血仍然很溫暖。

- 一塊純度為 99.98% 的金磚（迪斯先生帶回了一塊純度為 99.14% 的金磚，並為無法提供所要求的純度而道歉）。

- 純度為 99.24% 的銀磚。

- 核彈（被禮貌的拒絕了）。

- 現代美國軍事級手榴彈，在測試中的表現和預期相符。

- 1963 年產的藍色雪佛蘭敞篷車（被禮貌的拒絕了）。

- 棋盤遊戲《大富翁》，迪斯先生贏了第一輪遊戲。

- 一顆法貝熱彩蛋 [1]（被禮貌的拒絕了）。

- SCP-████████（被禮貌的拒絕了）。

- 一束新鮮的紅玫瑰。

- 一束野生的「ternbusty」花（被禮貌的拒絕了；ternbusty 並非任何已知的花種）。

任務要求：

- 幫莫斯博士洗車：表現的近乎完美。

- 幫████████的██級餐廳清洗一次用餐時段後累積的碗盤：執行效率高出平常許多。

- 幫莫斯博士剪頭髮：項目完成要求，但事實證明迪斯先生並不是一個很出色的理髮師。

- 幫莫斯博士洗衣服：表現出色，並發現衣服清潔效果超出莫斯博士的預計。

- 暗殺奧薩瑪·賓拉登：被禮貌的拒絕了：迪斯先生聲稱賓拉登受到了很好的保護，但不能或不會提供更多情報。

- 在房間內殺死 D 級人員：精確快速的使用摺疊刀刺入其喉嚨並完成任務。

> 附註：除非經過 O5 成員的批准，否則不行再對瓊斯博士的個人物品進行更多測試。瓊斯博士，您已被警告。-O5 ██

---

1. 法貝熱彩蛋（Faberge egg）是指俄國著名珠寶首飾工匠彼得·卡爾·法貝熱所製作的蛋型工藝品。這些蛋雕是由珍貴的金屬或是堅硬的石頭混合琺瑯與寶石來裝飾。「法貝熱彩蛋」後來也成為奢侈品的代名詞，並且被認為是珠寶藝術的經典之作。

採訪紀錄 662-L1 ▶

與迪斯先生的面談，此紀錄與 SCP–662 有關。

莫斯博士

莫斯博士：午安。

管家：午安，莫斯博士。我可以為您效勞嗎？

莫斯博士：首先，我可以知道你的名字嗎？

管家：當然。您可稱我為迪斯先生。

莫斯博士：這是否是你的真名？

迪斯先生：不，先生，這並非我出生時的名字。

莫斯博士：那麼你的真名是什麼？而且你在何處出生？

迪斯先生：很遺憾，我不能憶起我的全名，先生，我的出生地點也是，雖然我相信它是英國的某處。

莫斯博士：你能否記起你是何時出生的，迪斯先生？

迪斯先生：我真的很抱歉再次令先生您失望，但我亦無法想起它。雖然這應該是一段頗長的時間之前，我不認為我是在這個世紀出生的。

莫斯博士：你能否估計一下？

迪斯先生：再一次，先生，我為我貧乏的自我認知表示歉意。我閉關了好一陣子，如您所知。（迪斯先生向手鈴點頭示意，並露出微笑）

莫斯博士：在你的回憶中，你見過有人使用或你使用過的最舊式的交通工具種類是什麼？

迪斯先生：馬匹與馬車，先生，雖然自行車剛開始在有錢人當中形成一陣風潮。它們流行得挺快的，不是嗎，先生？（迪斯先生再一次微笑）

莫斯博士：你不用再稱我為「先生」了；我很享受，但這開始有點刺耳了。

迪斯先生：好吧。

莫斯博士：為什麼你認為你不能想起那些事情？

迪斯先生：我……我不太能說。（迪斯先生在椅子上轉移重心，有片刻看起來有些不適，之後才恢復原來姿勢）

莫斯博士：有沒有可能是你不願或不肯說？

迪斯先生：有這個可能，對，有可能我是不願說，可是再一次，請您原諒，我真的想不起為什麼。

莫斯博士：很好。繼續吧；當你去取物品給你服侍的人時，你去了什麼地方？

迪斯先生：嗯，您看，呀……（迪斯先生的臉扭曲了片刻，猶如他正在承受莫大痛苦，他隨即再恢復為一個較為放鬆的面貌）這個我亦記不清楚。

莫斯博士：為什麼你在我問這些問題時表現得如此畏縮？

迪斯先生：我不知道。

莫斯博士：現在別管它吧，我們終究會找出答案的。接下來，我有個請求。

迪斯先生：很好，我能怎樣為您提供進一步的協助？

莫斯博士：我想要杯冰茶。如果你喜歡的話，也給你自己來一杯。

迪斯先生：請問您想要哪一種冰茶呢？

莫斯博士：給我個驚喜吧。

迪斯先生：沒問題。

迪斯先生站起身走往審訊室的大門，並嘗試轉動門柄。發現門被鎖上之後，他轉身向莫斯博士微笑。

莫斯博士：有什麼問題嗎？

迪斯先生：我必須離開您的面前才能達成您的要求。

莫斯博士：為什麼呢？

迪斯先生：（再一次明顯地不舒服）這就是這麼回事，莫斯博士。

莫斯博士：好吧。開門吧，格雷弗斯特工。

迪斯先生離開房間。他在攝影機與格雷弗斯特工的監視下沿著走廊前進。他在另一扇門前面駐足片刻，搖一搖頭，分別看了攝影機和格雷弗斯特工一眼，然後跑過走廊並轉過角落。格雷弗斯特工沒有跟隨，因他被命令留守在審訊室門前。

在攝影機監視下，迪斯先生快速地往下一個大廳，並繼續穿過建築群的多個大廳，想必是在尋找一個不受監控的出口或區域。最後，他在 2D 通道中間停了下來。

在此時，2D 通道的三個攝影機全部失靈，包括隱藏的兩個。正好三分鐘之後，所有攝影機回復正常，顯露出迪斯先生正站在相同的位置，但手持一個有著兩杯冰茶的托盤。然後他迅速地返回審訊室。

莫斯博士：啊，你回來了。我都開始擔心了。

迪斯先生：抱歉，我回來得晚了，找路出去時有點麻煩。但無需擔心，我遵照您的命令把茶帶來了。希望您會喜歡。

莫斯博士：這是什麼茶？

迪斯先生：南部風格甜茶。

迪斯先生在莫斯博士面前放下一杯冰茶，然後回到他桌子另一邊的座位上。莫斯博士遲疑地聞了聞那杯茶，笑一笑，並啜飲了一口。

莫斯博士：挺不錯，迪斯先生。事實上，我想這是我喝過最棒的冰茶！非常美味！是你自己沖調的嗎？

迪斯先生：我不想令您失望，莫斯博士，但是我不記得了。我猜是我沖的吧，但很可惜，我的記性已經大不如前了。

莫斯博士：你才走了（看看錶）大概十分鐘，迪斯先生。你說你的記憶力糟得記不起十分鐘前發生的事情？

迪斯先生：我記得我找路出去，也記得我拿著茶回來，但就只有這麼多了。

莫斯博士：但不包括你如何或在哪裡取得這些茶？

迪斯先生：很遺憾，不（再一次明顯地不舒服）。

莫斯博士：好吧。我有另一個請求。

迪斯先生：如您所願。

莫斯博士：我想要一塊金磚。

迪斯先生：請問您想要百分之幾的純度？

莫斯博士：百分之 99.98，如果可以的話。

迪斯先生：這應該可以辦到，讓我看看我能怎麼做。

莫斯博士：我們會關掉外面走廊的攝影機，格雷弗斯特工也會進來審訊室和我一起等，這應該能使你的旅程稍為快一點。

迪斯先生：感激不盡，我該動身了嗎？

莫斯博士：去吧。

迪斯先生退出到走廊──雖然莫斯博士如此聲稱了──該處的攝影機並未關上。他停頓了片刻，抬頭望向最近的攝影機，搖一搖頭，並開始像上一次般穿越建築群的多個大廳。在 2B 通道，他停了下來，然後再一次地，通道內所有的攝影機，不論是隱藏的或可見的，全部失靈了。十分鐘三十七秒後，攝影機開始回復正常，迪斯先生再一次在同樣位置，單手持著一條金條。然後他返回審訊室。

莫斯博士：這比上次花了更長時間。有什麼原因？

迪斯先生：嗯，走廊上的攝影機似乎仍然啟動著，所以我必須再次尋找適當的離開路徑。我為這延誤道歉。此外，我無法取得一條純度如您要求的金條，但我向您保證，這一條有著百分之 99.14 純度。

莫斯博士：真了不起。我相信你也知道，我們會對它進行測試。

迪斯先生：我之前並不知道您會測試它，但我想這也是合理的。還有什麼事情嗎，莫斯

博士？

莫斯博士：有。你的下一項任務，我想你給我取來一輛一九六三年的藍色雪佛蘭敞篷車。

迪斯先生：我很抱歉，但那是不可能的。

莫斯博士：為什麼不行呢？我真的很想要一輛。

迪斯先生：再一次地，我講不出為什麼，但我只知道用我的方法無法得到它。

莫斯博士：那些方法是什麼？

迪斯先生：我想不起來。

莫斯博士：好吧，我想要一顆法貝熱彩蛋，任何一顆也行。

迪斯先生：哎呀，嗯，很抱歉地，那也是不可能的。

莫斯博士：而且我猜你無法說出為什麼？

迪斯先生：正確。

莫斯博士：那麼魚子醬呢？任何牌子和種類也成。

迪斯先生：這個我能做到。

　　迪斯先生再一次進入審訊室外的走廊。這次攝影機在確認迪斯先生進入大廳之後就關機了。一分鐘後攝影機被重新開啟，但迪斯先生這時已經回到審訊室。

莫斯博士：這次真是相當快，迪斯先生。只花了三十二秒。而且這些魚子醬相當不錯。

迪斯先生：我很高興您這麼說。

莫斯博士：在我們結束之前還有最後一件事，迪斯先生。

迪斯先生：如您所願。

莫斯博士：我要你刺殺奧薩馬·賓拉登。

迪斯先生：恐怕目前這是辦不到的，莫斯博士。或者一個較近和較沒那麼戒備深嚴的人？

莫斯博士：好吧。就隔壁房間那位男士吧。

迪斯先生：沒問題。

REC>>662

REC>>662

　　迪斯先生再一次進入走廊。目視確認後,攝影機被暫時關上,重新開機後,見到前往下一間審訊室的門已被關上。該審訊室內的攝影機顯示迪斯先生手持一柄軍刀進入房間,迪斯先生接近正在待命的D級人員,並熟練而快速地以刀割開他的喉嚨。迪斯先生看著D級人員逐漸死亡,以避免被他抓著。當D級人員被視覺推定為死亡後,迪斯先生回到他原來的審訊室。

莫斯博士: 工作完成了?

迪斯先生: 的確如此。這是我剛才用的刀子,作為證據。

莫斯博士: 為什麼你可以完成這件事,但另一件卻不行?

迪斯先生: 我答不出來,除了我就是知道某些事是不可能辦到的,而另一些不然。

莫斯博士: 那麼你不知道你從何得知那些事情,比如我的姓氏、我的頭銜、或是某個任

務是否可以完成的？

迪斯先生：就是如此。

莫斯博士：很好，我想我們現在沒事了，但在某些問題上我仍需要和我的同事們商量。請在這裡等候我回來。

迪斯先生：當然可以。

　　莫斯博士和格雷弗斯特工離開房間。莫斯博士在二小時後返回；監控顯示迪斯先生在這期間沒有移動。

莫斯博士：迪斯先生，我的同事們和我對你有點異議。

迪斯先生：那是最不幸的。

莫斯博士：我們覺得這些異議只能通過更深入地測試你才能解決。

迪斯先生：當然可以，莫斯博士。

莫斯博士：具體來說，我們想對你進行內部檢查。

迪斯先生：當然可以，莫斯博士。

莫斯博士：……我們想做次屍檢。

迪斯先生：啊。要我爲你殺了自己嗎？那樣你就能測試我的內部器官，你有更喜歡的我的死亡方法嗎？

莫斯博士：呃。對，如果可能的話？

迪斯先生：當然有可能，莫斯博士。我可以建議將我的喉嚨切開來放血嗎？那把我殺死［資料刪除］先生的軍刀正好在手上，雖然其他方法也當然是可以的，但它們要嘛太久，要嘛會破壞我的器官，這樣它們就不再精確地代表我死前的狀態了。

莫斯博士：我，呃，我猜那會被接受——（這時，迪斯先生拿起軍刀然後將刀刃擱在自己的喉嚨）——等等！

迪斯先生：……好的，莫斯博士？

莫斯博士：在你這樣做之前……你會在之後回來的，對嗎？

迪斯先生：抱歉，莫斯博士，我不是太明白。

莫斯博士：在你被殺死的當鋪事件之後。你在警官█████████搖鈴之後復生了。

迪斯先生：如果您是這麼認爲的話，莫斯博士。

莫斯博士：你會再次復生嗎？

迪斯先生：我不知道，莫斯博士。如果我之前會，那麼大概我之後也會。除非什麼東西改變了。在我切開之前您還有其他問題嗎？我建議您後退，因爲我討厭我的血弄髒您的衣服。死亡的掙扎會很不整潔。

莫斯博士：……不，我想沒關係。繼續吧。

迪斯先生：很好，莫斯博士。如果我沒有復生，我真的很高興能爲您服務。

迪斯先生隨後切開了自己的喉嚨，並流血至死。屍檢顯示在各處都正常，但值得注意的是迪斯先生沒遭受任何可注意的疾病或身體問題，實際上在死亡時接近完美的健康狀態。他胃部的內容物只由南部風格甜茶與正常的胃酸組成。

迪斯先生的屍體隨後被留在手術檯，室內燈光與攝像頭被關閉。所有人員離開房間，而返回時，沒有迪斯先生的痕跡留下，不論是使用過的設備上的血，還是其他諸如被移走的器官的物理痕跡，更不用說真正的屍體。

三分鐘後搖響 SCP-662 導致迪斯先生出現。他沒有展示出受傷的跡象，並再次衣冠楚楚地穿著通常男管家會穿的現代制服。不出所料，他沒能解釋他是怎樣復活的。隨後他被命令給莫斯博士做全身按摩，做了很久直到莫斯博士滿意；莫斯博士聲稱這是「我受過的最棒的按摩，我的背疼徹底消失了。」

回收報告 ▶

SCP-662 是在美國███州的███被發現於一名偷盜慣犯的私人物品中。該名偷盜慣犯當時正嘗試將 SCP-662 賣給上述提到城鎮的當鋪，當時項目被當鋪店員意外「搖響」，隨後迪斯先生從櫃台後方的倉庫出現，並向店員搭話。當鋪店員認為他被這兩個人搶劫，因此反應過度地從櫃台底下拿起一把短管霰彈槍並反擊，迪斯先生受到店員造成的致命傷害，並當場死亡。

該名偷盜慣犯當下成功逃跑，但在對周邊城鎮進行搜查後被基金會特工逮捕。在接受質問時，偷盜慣犯聲稱他在上述城鎮郊區███████墳墓中的一個盒子內發現了 SCP-662。隨後其被重新編制為 D 級人員，並在進行關於 SCP-█████ 的實驗時喪生。

手搖鈴起先未受到基金會注意，直到案件發生，迪斯先生的屍體被送至太平間，當屍體在停屍間消失後，SCP-662 才受到基金會的注意。基金會派出一名特工調查是否為 SCP-█████ 失控或其他未知死後復活現象導致。

當███████警官偶然搖響 SCP-662 後，迪斯先生立刻出現在當地警察局的案件檔案物品儲存室中，並立刻被捕。特工███████以聯邦調查局特工的名義，在項目出現三小時後將其拘留。當被戴上手銬的迪斯先生再次消失後，特工直覺手搖鈴本身可能和這一系列事件有關，並在測試後證明了他的直覺，將手搖鈴帶回了

黑闇異境

███████████████進行進一步的測試。

　因特工███████████發現了手搖鈴和迪斯先生的關聯性，並妥善的處理了現場事件，且發現他並無任何將 SCP-662 納為己有的私用打算，特工███████████被基金會授與了官方的「拍拍背」獎牌，表彰他的無私精神。

報告結束

SCP-1993

誰人之足

報告者__ ESKOBAR

日期__

圖像__ NATALIE LESIV

翻譯__ CHISHIRO

來源__ SCP-WIKI.WIKIDOT.COM/SCP-1993

特殊收容措施 ▶

　　SCP-1993 被存放於一個 5 公尺 ×5 公尺 ×3 公尺的標準收容室內中一個帶聲控鎖的冷藏箱內。該收容室內不得以直接或電子傳輸方式,將任何視覺訊息傳遞到另一地點,同時收容室內應有一個雙向的音訊傳輸裝置與最近的測試場所聯繫。另外,在進行測試前,必須在收容室內設置一個單獨的外科手術檯以及消過毒的外科手術工具。測試期間,一個單獨的 D 級人員將進入收容室並關上所有的門,同時,一位經過授權的研究員將在外部以聲控打開冷藏箱的鎖。

　　任何情況下都不允許未經授權的 D 級人員或任何非 D 級人員直接接觸 SCP-1993;SCP-1993 必須被保存在冷藏箱內才能進行轉移。任何時間都不允許產生SCP-1993 的影像紀錄,任何影像紀錄一經發現必須儘快銷毀。

描述 ▶

SCP-1993 是一條人類的右腿，自膝蓋上方開始一直延伸到髕骨，以一定角度被截斷。經檢查，在腿的腳踝外側發現了一個小型紋身的存在，該紋身內容為一個指標指向東南方的指南針。SCP-1993 本體被觀察到會以一般斷肢的正常速率腐爛。

任何在視覺上與 SCP-1993 接觸的人類將會立刻確信 SCP-1993 是他們在過去的某個時間被切除的腿，而現在身上的腿只是個模擬替代物。受到影響的個體無法說明他們的腿是如何、在何時、何種情況下被切除的，但沒有任何一個暴露在 SCP-1993 面前的個體能夠消除掉這個錯誤的想法。如果個體被允許對 SCP-1993 進行物理接觸，個體將會去尋找能從膝蓋以上截斷自己腿的方法；事故紀錄已表明，個體曾要求了止血繃帶並使用臨時磨尖的金屬片、鋒利的玻璃碎片，甚至他們的牙齒進行了切除操作，切開皮膚、肌肉和筋腱，移除了髕骨並切斷了所有重要的肌腱，包括前十字韌帶。

在其後，個體將會使用任何可用的材料嘗試將 SCP-1993 接在他們的身體上，然而進行如此複雜的微創斷肢與再植外科手術，其結果總是糟糕的，所以一些受影響個體最後選擇使用臨時手段將斷肢接上，比如使用釘書機釘上或使用黏合劑。暴露在 SCP-1993 會導致受影響個體在切除過程中忽略或在精神上壓抑住對疼痛的感知。由於切除過程造成的巨大傷害，一般會導致如失血過多、休克、嘗試用接上的腿行走致使受傷等原因的死亡。如果個體在經歷這個過程後仍然倖存，由於傷口大面積暴露在細菌環境中或傷口接觸了壞疽導致感染，在沒有經過緊急醫療處理的情況下將可能致死。

近期的試驗表明 SCP-1993 的超常現象在過程中的某個時間點，將會從原先的腿轉移到新的被切除下來的腿上。轉移發生的確切時間點無法得知，但原先為 SCP-1993 的那條腿，在新轉移的腿被留下的情況下，可以從收容室中移出，而不會產生異常效果；另一條新腿此時被認為是 SCP-1993。所有被如此移除的物體都在腳踝處有一個指南針紋身。

附錄 1993-A：實驗日誌 ▶

實驗：1993-2

人員：D-65451、D-85165

提供用具：標準外科手術用具（消毒手術鉗、手術刀、碗、自來水）

描述：D-65451 進入實驗場所並被告知接近 SCP-1993。可以聽見測試目標發出喘息聲；儘管有引導，測試目標仍不能描述自己看到的情況，並拒絕做出語言上的回應。D-65451 進入實驗場所約二十分鐘，實驗場所裡傳出人的咕噥聲及滴水聲，最後是一聲巨響。D-85165 被告知進入 SCP-1993 的實驗場所並在其中找到 D-65451。D-85165 按囑咐進入了實驗場所。D-85165 進入後大約二十三分鐘，實驗場所中傳出痛呼、尖叫，以及無法辨認的、重複的金屬撞擊聲。D-85165 拖著 D-65451 離開了實驗場所，D-65451 因失血過多而暈厥，而原本的 SCP-1993 本體被接在了她截斷的大腿末端。D-85165 截斷了自己的腿並接上了 D-65451 的腿，他使用了百德牌的釘書機固定。

没有任何釘書機被允許帶進實驗場所。今後的試驗將對參與人員採取更嚴格的檢查。

實驗：1993-6

人員：D-1951、D-8923、D-2678、D-1864

提供用具：標準外科手術用具，同上

描述：全部四名 D 級人員沒有任何困難地進入了收容室並接觸了 SCP-1993。在接觸的同時，四個個體都拒絕回應語言指令和提供訊息的請求。其後的二十分鐘內，監聽音訊似乎顯示有一場暴力衝突，主要有咕噥聲、滴水聲和喘息聲，不時出現諸如「我的」、「給我」等低語。在第二十六分鐘，錄音裡可聽見尖叫；尖叫持續了三分鐘，接著是兩分鐘的低聲懇求，三十秒後出現了液體噴濺聲，然後沉默。接下來十八分鐘是更多的咕噥聲和喘息聲，然後持續四十五秒的無法辨認的聲音。D-8923 在三分鐘後和先前的 SCP-1993 本體（用膠帶固定在他腿上）一起離開了收容室。DNA 分析確認腿屬於 D-51684。

没有任何膠帶被允許帶入實驗場所，進一步實驗將無限期暫緩。

報告結束

SCP-027

害蟲之主

報告者__ QUIKNGRUVN

日期__

圖像__ MARKIZ DE BALDEZAR

翻譯__ LOSTWHAT

來源__ SCP-WIKI.WIKIDOT.COM/SCP-027

特殊收容措施 ▶

　　SCP-027 的宿主（當前被稱為 027-02）被收容於 5 公尺 ×5 公尺的收容室內。房間地板被架起，底下為一大型碾碎系統，並和強力真空清潔系統連結。從收容室中移出的所有生物中，除了一小部分用於實驗和屍檢，其餘都應被焚化。每天必須清潔和檢查一次碾碎系統和真空清潔系統的電池。

　　027-02 必須始終由至少兩名人員保持監控。項目的任何反常行為、生命徵象不穩定，或項目附近出現任何異常物種，都必須立即回報給 4 級人員。

　　被指派給 SCP-027 的安保人員必須接種所有已知動物傳播性疾病的疫苗，並配備鎮靜槍，在收到命令時制伏項目。

在更完整的了解 SCP-027 的異常特性前，具有 4 級以上權限者不得接近 027-02 兩百公尺以內。

描述 ▶

SCP-027 為一種未知來源的異常現象，並似乎一次只能作用在一名人類對象（當前稱為 027-02）身上。作為 SCP-027 的宿主，027-02 經常會被一群他所吸引的害蟲所包圍。項目似乎沒有任何控制這些生物的能力，且實際上容易受到這些生物的攻擊。已知這類生物也會攻擊距離過近的人。

無論項目移動到何處，通常在兩到三分鐘內，一些類似蚊蚋或蒼蠅的飛蟲群就會在項目周圍形成蟲雲團。不久後，將開始出現爬行害蟲（包含蝨子、蟑螂、蠕蟲、蜘蛛、［數據刪除］、小形和大形老鼠）。項目停留在某個地點的時間越長，該地聚集的害蟲數量越多。當對象離開某個地點時，其中一些生物會跟隨項目離開，但大多數生物會立即分散。

當前已確認 SCP-027 會在首個宿主（對象 027-01）死亡後進行一次宿主的轉移（更多資訊請參見附錄 1）。由於 SCP-027 可能會在項目 027-02 死亡後重複進行此行為，因此所有高級人員都應遠離當前的宿主，直到更完整的了解 SCP-027 為止。SCP-027 也可能在被收容前已進行了未知次數的轉移。當前已經開始對可能的先前宿主進行研究，初步研究表明 SCP-027 可能已存在至少▇▇▇▇年。

當前尚未清楚 SCP-027 是如何選擇或吸引生物，甚至連 SCP-027 究竟是什麼也尚未知。先前的宿主表示從未以任何方式與具獨立意識的實體交流。對目前宿主的研究還沒有定論。

附錄 1：重要事件時間表 ▶

199▇ /04/ ▇▇▇：027-01 在 ▇▇▇▇▇▇▇ 郊外的一個廢棄倉庫內被發現，當時該倉庫已經被老鼠、蟑螂和其他害蟲所佔領，然後將項目收容並編號為 SCP-027。項目為三十多歲的白人男性，身高中等，神情憔悴，外表骯髒，叮咬和咬傷的痕跡覆蓋全身。該項目具心理狀態不佳的症狀，並具有酗酒和使用非法藥物的跡象，以及長期睡眠不足的症狀。

200█/10/████：項目死亡。屍檢報告顯示項目的體內已［數據刪除］，至少有███世代的老鼠在項目的腹部內築巢過。

200█/10/████：項目死亡 140 至 150 小時後，安保官 K███████ F████████ 報告自己因為大型家蠅爬到鼻孔內，並因為難以呼吸而驚醒（後來證實鼻孔內被下蛋）。隨後的觀察將安保官 F████████ 編號為 027-02，原宿主被重新編號為 027-01，並重新編寫 SCP-027 檔案。

［數據刪除］

附錄 2：訪談紀錄 027-201 ▶

項目 027-02 在被確認並搬移至 027-01 先前的收容室不久後，訪談於 200█/10/████ 進行。

項目 027-01

詹姆森博士：早安，F████████ 長官。您現在感覺如何？

項目 027-02：害怕、困惑。大部分是害怕。

詹：可以理解……

項：而且很癢。我覺得我無論何時都想洗個該死的澡。

詹：那麼……呃，比如說，身體裡呢？你有感覺到身體有什麼不同嗎？比如……另一個存在之類的？

項：（思考，搔頭）我覺得沒有，至少我還沒有感覺到任何那種玩意。

詹：自從原宿主死亡後，除了搔癢感，您沒有感覺到其他任何不同嗎？

項：嗯，我覺得沒有。

詹：任何奇怪的聲音或強迫……

項目 027-02

項：（煩躁）不，除了這些蟲子在我身上爬以外，我什麼感覺也沒有！我覺得又髒又害怕，而且……博士，我的家人呢？你得把這玩意弄走，我才能見我的家人！

詹：當……當然。我們將竭盡所能，讓您擺脫 027。天哪……我很抱歉，K████████……

報告結束

SCP-1983

通往無處之門

報告者__ DREVERETTMANN

日期__ ▓▓▓▓▓▓▓

圖像__ PAVEL KOBYZEV

翻譯__ K1S10ROD, ABYSSDREAM

來源__ SCP-WIKI.WIKIDOT.COM/SCP-1983

特殊收容措施 ▶

　　偽裝成化工廠的 54 號前哨站已在 SCP-1983 附近的地區興建。此「工廠」建築將作為機動特遣隊 Chi-13（「合唱男孩」）的營房。54 號前哨站的所有出入口必須隨時被守備著。若有任何對該地點抱有好奇心的平民百姓，人員應查閱文檔 1983-12，以官方說法應付他們。

　　根據 Chi-13 協議，所有機動特遣隊的成員必須擁有堅定的宗教信仰。所有存備的彈藥都必須為銀質或已鍍銀。 SCP-1983-1 的前門應被一天二十四小時無間斷監視，守衛應擊殺任何出現的 SCP-1983-2 實體。在規畫的測試時間以外，所有人員皆須與 SCP-1983-1 保持五公尺以上的距離。

更新：自事件 1983-23，已授權 54 號前哨站的人員撤離，僅基礎數量人員會留下監控 SCP-1983，以免其未來再次活動。先前用於對抗 SCP-1983-2 實體的裝備，則繼續保留在 54 號前哨站的軍械庫。

描述 ▶

SCP-1983-1 是一間位於懷俄明州███████縣的獨棟農舍。在一九六八年一起據稱為「撒旦邪教」的儀式型謀殺案發生後被遺棄。詳情請參照 SCP-████的收容紀錄。

SCP-1983-1 的前門似乎會在開啟時造成空間異常。除了 SCP-1983-2 實體，沒有觀測到任何的物質或光線自門口消散（儘管此異常現象是會發熱的）。

SCP-1983-1 是可以從其他入口進入，包括窗戶、後門，以及 SCP-1983-1 後

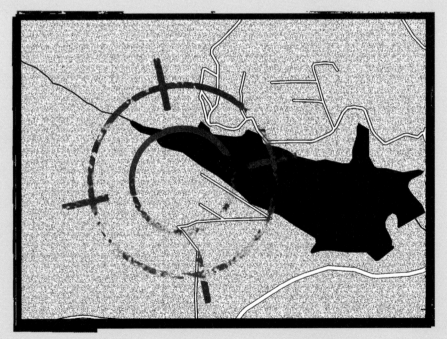

SCP-1983-1 的位置

方被打通的開口。然而，SCP-1983-1 內部似乎不存在起居室空間，應通往起居室的門變為通往該建築物的其他房間。

SCP-1983-1 的內部與外部尺寸並不一致，從 SCP-1983-1 內牆打穿且應通往起居室的洞，轉為通往 SCP-1983-1 外面的圍牆，但止於門口兩側三公尺處。試圖從外面往 SCP-1983-1 的起居室打洞的行為，會導致小部分的異常暴露在外，即使沒有觀測到有 SCP-1983-2 的實體從中出現。由於可能增加 SCP-1983-2 實體的出現數量，O5-3 禁止了對牆壁的進一步破壞。

SCP-1983-2 約 1.8 公尺高，為擁有模糊的人形體態且整體透黑的兩足生物。個體擁有高度攻擊性，將攻擊任何進入視線範圍的人類。當 SCP-1983-2 個體與人類接觸時，它們會以不傷害到任何皮膚與組織的方式，將上肢伸入該人類的胸腔，透過未知方式取走其心臟致死。一旦獲得人類心臟，SCP-1983-2 就會返回 SCP-1983-1 內。

目前唯一已知可消滅 SCP-1983-2 的方法為一邊祈禱一邊朝個體射擊銀質子彈。只要人員的祈禱足夠虔誠，祈禱的形式與信仰對象都不重要。一旦 SCP-1983-2 被殺死，其身體似乎會「蒸發」並在原地留下一小灘硫磺。

SCP-1983-2 是在懷俄明州███████縣發生一系列的神祕死亡個案後被發現。基金會調查員在遇到 SCP-1983-2 後，成功透過跟蹤個體找到 SCP-1983-1。

附錄 1 ▶

> 機動特遣隊 Chi-13 小隊被派遣從 SCP-1983-1 前方入口進入探查其異常現象。小隊沒有回來。而在小隊進入後，前門出現並自動關上了（或者說和門框合上了，這門並不是出現在牆上）。沒發現有 SCP-1983-2 的出現的跡象。

　　第二支突擊隊被派遣進入 SCP-1983-1 以確定第一隊的生死狀況。小隊沒有回來。門沒有關上。不久之後因為新的 SCP-1983-2 出現，特工莫里斯走入前門，前門隨即關上。

　　在一九八九年五月二十三日，D-14134 被配備了一臺以二十五公尺纜線與顯示螢幕相連的閉路影像監視器。他被指示盡他所能地探視周邊環境，並在那之後嘗試返回。在 D-14134 踏進前門的那刻，影像監視器的信號馬上被干預。纜線在被拉緊後繃斷了。

　　數個小時後，SCP-1983-1 的異常效應消失了。在 SCP-1983-1 裡面發現了多名特工的乾屍及文件 1983-15（一份由身處異常效應內的特工寫下的非正式報告）。文件內容如下：

項目編號：未定
項目等級：Keter。上帝保佑。
特殊收容措施：你快要死了，你這個白癡的可憐蟲。

　　我沒在唬你。我是巴萊克特工。我現在正在這天殺的東西裡面；如果你也在這裡面，那我要告訴你，你死定了。在你看到這份檔案的時候，十有八九我也掛了。

巴萊克特工

　　好吧，這有點超過了，讓我們回到收容程序吧。我這有一個辦法——幹你娘的把門給老子關起來，你要知道你再也回不去了。你很有可能已經嘗試過出去，而我們就是知道我們已經出不去了；但是那些東西可以——只要它們稍微努力一下的話。畢竟這就是我們怎麼找到這該死的地方的原因。

　　哈，希望你已經做好這事了。我們在放棄出去的時

候就已經做了。如果你還沒有，那你應該回頭走，然後把門關上。這是你現在唯一要優先做的事。反正不管怎樣你都要死了，那不如在死之前做點好事吧。

描述：

所以，故事是這樣的，如果你聽過了就打斷我吧。基金會收到了報告說美國有一個鳥不生蛋的地方遇到了麻煩。家畜和野生動物神祕地掛掉，還有些人失蹤。遺體的驗屍結果都說是心臟不見了。沒有切口、不是被剖開拿走的，也不是被拔出來的，就是不見了。胸口裡就這樣少了一塊肉。

他們說找到了一種飄來飄去的黑色東西。基金會裡的聰明傢伙們以前見過類似的東西，就想出了殲滅它們的辦法：用銀質子彈，然後你還要一邊向神祈禱一邊射它們呢。沒錯，因為一些我不知道的原因這方法就是行得通。你別管是哪個神，但你他媽的最好虔誠一點。

老子不行了，再也不行了。我看到了那東西的巢穴。

總之，基金會知道了那東西從哪來。就在那鳥不生蛋的該死鄉下屋子裡。自從發生了那什麼謀殺啊、邪教啊、邪教徒的儀式啊，這種狗屎鳥蛋之後，就已經沒人在那住啦。最大的問題就是，那東西總是在房子的前門竄出來。之前有一隊進去就再也出不來啦。不過，那些怪物也沒出來過。任何一個有理智的人都會告訴你，維持現狀就可以了，只要好好地盯著它，只要把所有會動的東西幹掉就可以了。哼，但是基金會顯然不會這麼想。

管你是哪個機動特遣隊來的好棒棒特工。你可能是從「跟隨吾小隊等」來的，又或者像我一樣是個「合唱男孩」。哼，讓我想想，你們把門踢爆之後就一股腦衝了進來，結果就落得如此下場了。哈，你們已經玩完了。

起居室已經夠糟糕的了。它們在那抓住了奧勃良。它們向他出手，奧勃良就馬上跪倒在地了。它們其中一個用……呃……爪子？我猜，拿走了他的心臟。

那東西在這很難被觀察到，我相信你已經發現了它們就像影子一樣。喔，還有，離光源遠點。我知道這聽起來很蠢，可是你要想想——在越光亮的地方你的影子就會越明顯，你的影子會有輪廓；而在暗的地方你的影子就會變得朦朦朧朧的。那些傢伙很難看得到你，更別說要碰到你了。我猜它們會透過你的影子辨識你。我不太肯定，可是這推論已經成為了我的救命稻草，不騙你。

你應該已經試過開門了吧？如果還沒，千萬不要。它只會將你帶到更糟的地方去。那後面沒有任何的怪物，可是……瓊斯他跑太遠了，他……我對天發誓，他融化了。他體內的東西接二連三地掉出來……反正他沒成功回來就是了。這就是為什麼我們把門關了。

我們打算穿過這間房子。我們一開始還亮著燈——直到我們其中三個隊員都因此掛掉時，我們才學聰明了點。但是我們也因此大概的知道了所處的環境。

這地方？超大。它根本不像一個農舍。它像……這地方就像那些東西從不同的地方偷來了零零碎碎的空間殘片，再把它們糊在一起。這邊看起來像屋宇，那邊看起來又像商場，我要發誓其中一處絕對是我以前高中的學校置物櫃。一模一樣，連上面的圖案都一樣。

這裡還有一塊地方是由……呃，不是用東西構成的，它像影子一樣黑，而且通常都在照明良好的地方出現。如果燈光可以透過去，你還可以將手伸進去。不過我不建議你這樣做，托雷斯就是因此離開了我們——有些什麼抓住了他，把他拉了進去。老實說那個洞小得連他的頭都容不下，但是他還是被拉進去了。

所以我說，記得離光源遠一點；還有，在暗處走路時記得留意腳下。

噢，當然了，你是沒辦法離開這裡的。我們早就發現了。任何你能找到的門，不是通往這瘋人院的另一個房間，就是繞回原來的路；而且不用我說，你也知道這是個住不了人的地方吧。所以最後你不是餓死就是被那些東西逮到。可真是難選呢，你說是吧？

這還有一件你可以去做的事。是我沒能做到的，不過也許你會成功。我不覺得這件事會幫助你活下去，但是我覺得這件事……這件事很重要。我們總得有人做這件事，要不然那些東西總有一天會跑出去禍害人間。

這個地方如你所見，充滿了從各處偷來的空間。所以我在想這裡一定有其他的門。我們已經把所有我們見到的門都關上了，但要是又有別的門被打開了，而基金會又沒能及時發現呢？媽的，基金會甚至不知道要把門關上。我只希望他們知道每當有人進來後，那些東西就不會再出去了。當然，前提是進來的人還得要夠聰明，知道要把門關上。

我想我知道如何有效壓制那些東西了——找到它們的巢穴。

我只見過巢穴一次，大概看了幾分鐘吧。我們跟著拿了丹寧的心臟的怪獸們走，走到了一個應該是這地方中央的房間。全部都是影子一樣的物質，我猜它們把所有光源都集中到這裡了。檯燈、手電筒、蠟燭和任何你想像得到會發光的東西。在我們偷窺的時候，它們甚至把更多會發光的東西帶來了。總之，在房間中央有一大堆心臟，全都是被撕開的，無一例外。它們把丹寧的心臟也丟了進去，他的心臟開始跳動，先是輕輕的躍動著，然後激烈顫動——直到心臟被撕扯開，新的個體就從中被孵化了。它先是抖了抖身體，隨即長大成形。最令人發毛的是，就算被撕開了，那個心臟還在不停地跳動著。我發誓我看得連自己的胸口都開始痛起來了。

在這個房間裡還有影子，我不是指那些怪物，而是真的影子，人類的影子，並沒有實體而憑空產生的影子。那些影子是從心臟裡產生的。在怪物被孵化出來的同時，出現了一個新的人類影子，並試圖掙脫離開，可是並沒有成功。

這就是為什麼我落荒而逃。我承受不了這種事，你懂嗎？我可不是為了這種狗屎才受訓的。我聽到了隊員在身後對我說了些什麼，我不知道是他們想叫住我，還是告訴我那些怪物已經發現我們了，總之我和隊友分散了。我在暗處裡找到了一個還算不錯的衣櫃，在那以後我就一直躲在衣櫃裡了。而我是靠著筆型手電筒的光寫下這篇文件的；當我聽到它們往這邊靠近的話，我就會先暫時關掉它。至少這方法直到現在都很靠譜。

　　我已經堅持不下去了。雖說我的槍裡還有好幾發子彈，但是我再也沒辦法祈禱了，說真的，沒辦法，尤其在我看過那個巢穴之後。但是你，你能看到這篇東西也就代表你也是個特工對吧，而且可能比我還強。如果可以，請毀掉那個巢穴吧，請把每一個心臟都破壞掉。這樣做也許就能殺掉它們了，這是我唯一能想到的辦法。你很有可能會因此犧牲——不過既然無論如何你都會死，你還有不這麼做的理由嗎？

　　我現在要嘗試把這份報告弄到起居室那裡去，希望你能發現它。然後老子就要來讓自己的心臟沒有機會落入它們手裡，然後被它們做成下一個那種東西了。

　　祝好運。將死之人向你致敬。

據推測 SCP-1983 已被 D-14134 所摧毀，因此他死後被追授了基金會之星（成為了唯二被授予的 D 級人員之一）。根據文檔 1983-15 的資料，相信此異常效應並非小規模現象，資源已被增加撥放以尋找更多類似的個案。

報告結束

SCP-646

育母蠕蟲

報告者__ DEXANOTE

日期__ █████

圖像__ SERJ PAPADIN

翻譯__ FELREAVER

來源__ SCP-WIKI.WIKIDOT.COM/SCP-646

特殊收容措施 ▶

　　SCP-646 被收容在生化站點 -66 中一個特製的收容單位 9277 中。地板需要每天清洗，而排水溝蓋需要每週檢查。

　　人員應每兩週用溫水和溫和的洗滌工具清洗 SCP-646。清洗後人員應執行基本的低危害去汙洗浴。項目似乎並不需要營養；每日提供十公斤高品質的食用物質以促進其（相對的）活動。

　　所有物種的後代都要檢查和記錄。如果審議研究委員認為該後代值得進一步的研究，人員應依照合宜的協議處理。所有不必要的後代都必須立即銷毀。

SCP-646 是一個巨大半透明、灰色的臃腫生物。測量長度約 5.6 公尺，重量大概在三千四百到三千七百公斤之間。其身體一端有著類似軀幹的結構，可以看出有著突出的肋骨和寬而圓的頭部。七隻有三個關節的肢體平均分布在身體前方；在這些肢體間有著一長排像乳房的器官。身體逐漸變細，形成一個錐形體，有一個像是泄殖腔的孔洞。孔的邊緣不規則的起伏和抖動。透過 SCP-646 的肉體可以看見一些內部器官的陰影（如肺臟、心臟和消化道）。其肉質相當的光滑且有可塑性，而皮膚不斷滲出一種透明、無害的黏液。

SCP-646 正不斷生產無關聯的有機幼體。就本文件而言，SCP-646 處於「分娩」的狀態。當一個幼體被生產下來時，另一個幼體將出現在 SCP-646 體內，然後整個分娩過程又再度開始。生產似乎不會引起任何的不適，而且所有的後代除了它們的起源之外，看起來似乎平凡無奇。有趣的是，卵生生物如鳥類和魚類，是從一顆完整的蛋中破殼而出。接下來會誕生哪一種物種沒有邏輯可循；看來似乎地球上曾存在的所有多細胞生物都能被 SCP-646 誕生出來。

SCP-646 是如何孕育這些幼體是尚不清楚，因為它在生產之間並沒有懷孕期。SCP-646 目前攝入的物質並不足以支付幼體動物或它平常分泌黏液的品質。相關研究正在進行。SCP-646 沒有表現出任何智慧的跡象，除非被主動激怒，否則大多時候是溫順的。

SCP-646 生產紀錄樣本 5122b 19▓▓▓年▓▓▓月▓▓▓日 ▶

時間	物種	普通名	註記
12:23	未知	普通名未知種的鮟鱇魚，雌性	不符合任何有紀錄的物種
12:33	未知	未知動物；10 立方公分的身體，腳長約 4 公尺	保留研究；死亡（內部崩潰）
12:49	真猛瑪象	長毛象	留作研究。收集基因物質以供 SCP-2082 的研究工作。
13:34	黑猩猩屬	黑猩猩	無
13:57	禽龍屬	恐龍	保留研究 - 因為死亡（疾病）

時間			
14:14	歐洲狗獾	歐洲獾	死胎
14:20	未知	未知的水生無脊椎生物	由在場人員立即處決
14:27	獅	獅子，雄性	無
14:33	三葉蟲綱	三葉蟲，未知	保留研究 - 因為死亡（未知）
14:56	白鼻浣熊	白鼻浣熊	無
15:21	真露脊鯨屬	北太平洋露脊鯨	無
15:24	未知	成分不明的紫色膠狀物質	不符合任何有紀錄的物種
15:36	北部長頸鹿	長頸鹿	無
15:42	鴉屬	渡鴉	被用以正在進行的 SCP-1505 研究工作。
15:43	歐洲鯉	鯉魚	無
15:50	未知	不知名的鳥類，可能是駭鳥（Phorusrhacidaep）	保留研究 - 因為死亡（疾病）
16:05	板足鱟目	未知的板足鱟類	保留研究 - 因為死亡（未知）
16:15	未知	未知的哺乳類，可能是貧齒目	死胎
16:22	［資料刪除］	［資料刪除］	［資料刪除］
16:40	未知	未知的馳龍科生物	保留研究
16:52	智人	人類，雌性	保留研究
16:58	未知	未知的盾皮魚綱生物，可能是鄧氏魚屬（Dunkleosteus）	死胎
17:06	傑克森變色龍	三角變色龍	無
17:13	印度野牛	野牛	無
17:21	未知	未知的魚類，有獨特的頷骨結構	不符合任何有紀錄的物種
17:34	黑面山魈	鬼狒	無
17:23	未知	未知的陸生無脊椎動物	不符合任何有紀錄的物種
17:43	未知	未知的原始人種	保留研究 - 死亡（疾病）

注意：除非另有說明，否則所有的後代都要被銷毀。

報告結束

來自收容人員的隨身攝像機的畫面，SCP-906 正在 攻擊一名平民。

SCP-906

三光蜂巢

報告者__ VEERDIN
日期__

圖像__ SERJ PAPADIN
翻譯__ OLDPIPE
來源__ SCP-WIKI.WIKIDOT.COM/SCP-906

特殊收容措施 ▶

　　SCP-906 需被收容在一個表面由耐酸玻璃所包裹 3×3 立方公尺、完全密封、十二公分厚的鈦質收容箱中。溫度必須保持在攝氏五度以下。如果溫度超過此限制，需要撤離至少一百公尺範圍內所有工作人員。包含收容箱所在的附近區域將會被封鎖，直到溫度重新降至攝氏五度以下。收容箱需每隔兩週進行一次基礎維護與充分的腐蝕與空隙檢查。收容箱內的任何損害需要立刻修復。

　　SCP-906 由設置在收容箱的四個角落的四臺電子監視器監控。任何由電子監視器所顯示的不尋常的行為都將導致收容區域被立刻封鎖。只有受監督的 D 級人員負責箱體維護或餵食時，被允許接近 SCP-906。SCP-906 每四十二小時需餵食八十公斤生肉。

SCP-906 是一團扭曲的暗褐色、蠕蟲狀的無脊椎生物們。這些生物似乎以一種相同的模式互相配合，形成了一個集群形式的「超生物」，與軍蟻的方式類似。出於某種當前並不明白的原因，SCP-906 通常會將自己的「身體」構建成一個粗糙的、類人的形態。

在這種狀態下，SCP-906 擁有大體上類似兩足生物的移動方式；當然，在進行長距離的移動時，它將改變其形態為一扁平物體，具有很高的移動效率。

SCP-906 具有分泌一種黏性、高腐蝕性、半透明液體的能力，該液體顏色與它們的皮膚相似。這種物質被證明有近似氫氟酸的強酸性，但是其對於鈦的效果並不顯著，對抗耐酸玻璃與［資料刪除］完全無效。這種物質顯示出擁有在一小時內摧毀牙齒、骨頭、頭髮、指甲、衣服、珠寶和一些種類裝備的能力。

SCP-906 具有捕食性和高侵略性：當饑餓時，它會以它的方式爬上任何活著的生物並用它的酸性分泌物覆蓋那些生物，從而將生物的組成物質溶化成液態的漿狀物，並在之後消化這些漿狀物。任何移走或者干擾進食時 SCP-906 的嘗試，被證明是毫無意義的。當指定的獵物在附近時，SCP-906 將會改變它們的形狀，變成一張流動的「地毯」，並在任何表面上移動去追捕它的目標直到獵物被捕獲。由於 SCP-906 的組成生物體的寬度很小（二公分寬），障礙僅能減慢它的前進。無法簡單通過的障礙物將會被 SCP-906 的酸性分泌物所摧毀。SCP-906 同樣展示出了使用替代路線去抓住獵物的能力，比如通過下水道或者通風管道。

憑藉著目前未知的方式，SCP-906 展示出模仿動物聲音的能力。並且在類人的形態，能夠用一種被描述為「刺耳的、粗啞的」聲音模仿人類說話。SCP-906 使用這種能力去引誘獵物進入難以逃跑的區域，比如深坑或迷宮一般的網路狀走廊。收容失效文件「906-2-10-01A」的目擊者報告，詳細描述 SCP-906 會「嘲弄」潛在的受害者，甚至在攻擊獵物之前發出「聽起來像笑聲」的聲音。這種行為暗示其具有基礎的感知能力，但並不清楚由數千個獨立個體組成的生物如何能夠實現這種能力。

從 SCP-906 大塊的「身體」分離出來的樣本將會試圖回到主體中，並且已知會溶解在回去路程上的一切障礙物。需要注意的是，獨立樣本沒有展現出和完整超生物

相同水準的尋路技巧。

SCP-906 的樣本擁有和地球上的蚯蚓類似的重新組合成多個生物的能力，也就是說，割裂一個 SCP-906 標本會導致每一半都成長成單獨的生物體。

儘管如此，SCP-906 的樣本可以通過焚化、冷凍和瓦解整個身體的方式來摧毀。當任何需要摧毀 SCP-906 的時候，准許使用火焰噴射器或液態氮。然而，如果 SCP-906 的本體質量急劇減少，SCP-906 的樣本會自行分裂其自身，並且在若干個小時的過程中「繁殖」。如果 SCP-906 需要被完全摧毀，所有的樣本都必須被清除，以防 SCP-906 重新組合。為了保持 SCP-906 在一個更加可控的情況，收容箱應隨時保持在攝氏五度以下，這種方式顯示出可以減少 SCP-906 的運動反應時間、繁殖能力和新陳代謝。

附錄 906-05-01 ▶對 SCP-906 的測試導致 D 級人員在一頭牛之前成為目標。在之後的第二個測試，使用相同的方法，將豬、羊、狗、馬放在 D 級人員身邊，SCP-906 又一次第一個選擇了 D 級人員作為目標。第二個被當作目標的動物是豬，再之後是羊、馬，最後是狗。

附錄 906-05-02 ▶根據報告者所描述，在日常的收容箱維護時，SCP-906 向監視的工作人員「說話」，叫了幾次他的名字。項目進行此種行為的原因未知，該工作人員，安東尼‧理查茲博士，報告稱對這一過程感到「非常不安」，並表達了在未來想要調離 SCP-906 的願望。

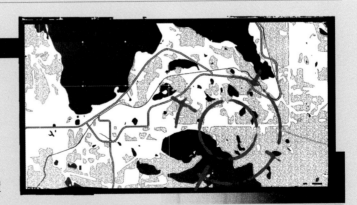

第一次遭遇 SCP-906 的位置

報告結束

測試#■。測試物件：：SCP-004-2。測試對象：：D-■■■■■■。

SCP-004

十二鑰匙與異界之門

報告者___ DEUSPROGRAMMER

日期___

圖像___ DMITRIY FOMIN

翻譯___ VOMITER

來源___ SCP-WIKI.WIKIDOT.COM/SCP-004

特殊收容措施 ▶

　　操作項目 SCP-004-2 到 SCP-004-13 時，必須依循適當的程序。不許在沒有兩名 4 級維安人員陪同的情況下，將上述物件移往他處。無論如何，均嚴禁攜帶其他 SCP-004 部件進入 SCP-004-1，因為上述行為可能造成的影響仍無法確定，且這類實驗帶來的損失會使往後的研究難以推展。萬一 SCP-004-1 內的任何物體突破收容，或者設施本身遭到破壞等情況，必須將以上鑰匙帶入門中、關閉門扉，並啟動站點 -62 的核子彈頭。未經授權即從測試區域移走鑰匙者將被立即終結。

　　基本進出 SCP-004-1 需要 1 級權限；使用 SCP-004-2 至 13 則需要 4 級權限。

描述 ▶

SCP-004 包含兩個部分—— 位於 [資料刪除] 廢棄工廠入口處的陳舊木板大門（SCP-004-1），以及一組十二把的生鏽鋼鑰（SCP-004-2 至 SCP-004-13）。

歷年紀錄 ▶

1949 年 07 月 02 日：三名青少年結伴闖入了████████████附近的聯邦房產並發現了那道門。根據他們的證詞，他們在一個鐵製保險箱裡發現一組生鏽的鑰匙，並試圖找出與鎖對應的門。後來其中一人（SCP-004-CAS01）失蹤，他們在聯繫了郡司法行政官████████████之後受到拘留處分。

1949 年 07 月 03 日：當地警方在距離 SCP-004-1 八公里遠的地方發現了 SCP-004-CAS01 的右手手掌。 SCP-004-CAS01 的其他身體部位則散落在距離工廠三十二公里處。被捕的青少年在筆錄中表示，在用其中一把鑰匙開門的瞬間，SCP-004-CAS01 的身體就被撕裂成好幾塊並消失不見。 SCP 基金會就此接管調查。

1949 年 07 月 04 日：基金會特工████████████從當地警方手中取得鑰匙並開始進行實驗。實驗證實從 SCP-004-2 至 SCP-004-13 皆可用於前述工廠大門（SCP-004-01）上的鎖孔。十二名 D 級人員被指派測試大門的異常效應，其中只有兩人倖存。受試者若使用 SCP-004-7 或 SCP-004-12 以外的鑰匙開啟大門，則其身體將沿多個方向撕裂，碎塊都要在一段時間後才會被發現。在本文寫成的當下，每個受試者都只有兩部分的碎塊被尋獲（使用 SCP-004-█ 的受試者是例外，他的屍塊零星散落在附近），除此之外的其他身體部分，都完全徹底的湮滅了。

兩個倖存的受試者中僅一人（使用 SCP-004-7 的受試者）平安返回。另一人返回時呈現近乎僵硬的狀態，只能勉強走出大門並隨即倒在地上，之後我們還必須看管他以免他把自己的眼睛挖出來（參閱附錄 A：SCP-004 對心理健康的影響）。使用 SCP-004-7 開門的受試者表示自己進入了一個極大的房間——如果考慮那扇門理應

通往的工廠建築大小，則那個房間寬闊得不可思議。該受試者退出後，門板被強制開啟以讓一支 3 級武裝小隊進入該空間。結果顯示其內部大小無法衡量，且除了隊員本身以及門框以外，沒有任何可以被觸摸到或照亮的物體。

1949 年 07 月 16 日：青少年犯嫌與郡司法行政官██████████被處決。

1949 年 08 月 02 日：以「存在未爆彈」為由，將████████劃定為危險區域，並架設圍籬以免一般民眾闖入，並開始就暴露於 SCP-004-1 內部環境是否安全做測試。

1950 年 12 月 01 日：已證實暴露在 SCP-004 環境下會導致時空異常。在另行通知之前，測試將暫停。

19██年 07 月 02 日：原下落不明的 SCP-004-CAS01 屍塊突然出現在 SCP-004-1 外側。儘管距離該人的死亡已經過了幾十年，SCP-004-CAS01 的屍塊卻沒有發生任何形式的分解，觸感尚溫，且血液尚未凝固。現已保存該屍塊以待相關實驗。

19██年 07 月 04 日：最初十二名測試對象之一下落不明的遺體屍塊以類似 SCP-004-CAS01 的形式出現。該部分的遺骸編列為 SCP-004-CAS02 。紀錄顯示 SCP-004-CAS01 與 SCP-004-CAS02 使用的鑰匙都是 SCP-004-██ 。

1999 年 03 月 21 日：考慮到核武器的大規模擴散以及距離第三次世界大戰爆發僅剩██年的現實，已開始於 SCP-004-1 內部建設一座避難設施。以每人每天生活所需的資源量為一份計算，該設施目標將儲備████████份的資源。

1999 年 4 月 21 日：██████████下令擴建 SCP-004-1 內的站點，內容包括可以收容所有易於轉移的 SCP-██樣本的應急倉庫，以及可以儲存全部 SCP 資料的 ██ PB 的資料庫。該設施已更名為站點 -62。

2000 年 09 月 25 日：站點 -62 開始運行。實驗室與收容單元均已建設完畢，可以收容最具危險性的個體樣本。SCP 資料庫開始備份。

2001 年 01 月 25 日：由於時間異常的影響（詳見下文的「時空異常」），所有在站點 -62 工作的人員即日起必須在設施內永久居留。上述人員的親屬應被告知他們死於工業事故。已備妥複製人屍體供喪禮使用。

2003 年 08 月 14 日：美國東北和加拿大發生大規模停電。由於多臺 SCP 供電設

備未能立即開始運作，站點 –62 停電長達了五十三分鐘。駐站人員在這五十三分鐘內無法取得任何形式的照明。人員表示在此期間「感應」到了某種生物還有人群，但他們並未看見或觸摸到任何異常存在。設施內的部分人員在獲准閱讀█████████（附錄A）的許可後，表示他們所「感應」到的生物除了尺寸是人形大小以外，其他特徵都與該附錄中描述的巨大綠色生物相似。

時空異常 ▶

SCP-004 似乎會傳播時空異常。離開設施的人員表示在其內經歷的時間短於實際計時。實際上已在設施中工作數週的人員，堅稱他們只在其中工作了幾天，完整的工作紀錄及生活用品的消耗量也佐證了他們的自我報告。其他時間異常則與 SCP-004-2 到 –13 有關，尤其是 SCP-004-CAS01 和 SCP-004-CAS02 都在使用過 SCP-004-█████後正好████年時重新出現。████████████████ 已被指派調查這些時間異常的各個面向。空間異常包括使用 SCP-004-7 開啟的區域，規模簡直大到不可思議。同樣，二〇〇三年的停電事故暗示有平行位面與站點 –62 存在於同一空間內。

額外註記 ▶

對 SCP-004 的實驗顯示，其中十把鑰匙都能將 SCP-004-1 開啟為一個全新的維度，那裡的物理法則與結構都與我們的世界大相徑庭。遭遇這些險惡狀況的受試者們身體被撕裂，屍塊分別落到了不同地點——其中只有三處證實是在地球上。落入其中二處的屍塊會立刻顯現，落入第三處的屍塊則會正好出現在████年後的未來。剩餘七個地點仍有待調查。

目前的實驗聚焦於兩種研究方向。第一是找到在 SCP-004 險惡環境下生存的方法；第二是 ［資料刪除］ 主張使用 SCP-004-2 至 –13 可以打開 SCP-004-1 以外的門。

　　所有使用 SCP-004-12 的 D 級人員在返回時都處於僵硬狀態且無法言語。其中部分人可能還有足夠力氣嘗試挖出自己的雙眼。十六名受試者中僅四名存活。只有一名在長期心理治療下恢復了言語能力。他向精神醫師表示自己看見了一隻巨大的綠色生物，它的軀體大到超出他的視野範圍。他表示當時感覺到了天生的恐懼，並突然間察覺「彷彿它是深埋在（他的）原初恐懼裡的東西」，接著被強行植入「無法理解的」記憶。該受試者目前患有嚴重的順行與逆行性失憶症。

附錄 B：額外資訊 ▶

項目編號：SCP-004-14

發現日期：1950 年 09 月 02 日

物件來源：該物件是在工廠的其他地方發現的，位於先前未被發現的經理辦公室。

描述：該物件的外觀是一個未上漆的巨大木箱。該木箱可以用 「安全」鑰匙 SCP-004-7 以及其他五把「不安全」鑰匙開啟（詳見文件編號：SCP-004-1）。

　　使用 SCP-004-7 解鎖 SCP-004-14 的瞬間，該木箱以絞鍊固定的蓋子也將自動打開。內部空間的容積恰好比外部尺寸所示的大了五倍。於箱蓋保持打開狀態時放入其中的物品，不會影響木箱整體的重量或其他性質。但隨著箱蓋關閉並鎖上時，箱內物品也會一同不可挽回地消失。鎖在箱內的人員也無法以任何手段營救，然而以此方式消失的人員似乎對 ［資料刪除］ 的夢境造成了顯著影響。

報告結束

SCP-273 燃燒死亡的畫面。

SCP-273

人形鳳凰

報告者__ G FOX

日期__

圖像__ DMITRY DESYATOV

翻譯__ AREYOUCRAZYTOM

來源__ SCP-WIKI.WIKIDOT.COM/SCP-273

特殊收容措施 ▶

SCP-273 被收容於一個 5 公尺 ×10 公尺的收容場之中，出於對於該項目隱私的考慮，該場所有一半遮蔽了起來。所有該收容場的主要建築以及表面材料都必定使用防火以及耐熱的材質。簡單的一張床以及家具被允許放在該收容場所的遮蔽區域之內，並且所有的食物提供要在鄰近區域進行。

在收容場與一旁觀察室的窗戶，皆配備了一公分以上厚的高耐熱玻璃，並且兩塊玻璃之間有著熱絕緣隔層。在收容場和觀察室之內設有熱能和紅外線感測器，每當溫度超過攝氏五十度時將發出警報，此時，所有觀察人員必須從觀察室撤離。

每十二小時必須提供生肉給 SCP-273 進行燃燒消耗一次，每次至少 2.5 公斤。

如果 SCP-273 有要求的話，可以視其表現情況提供別的型式的消耗品。所有提供給 SCP-273 的衣物必須有防火功能，或是廉價的纖維織物。如果有超過十二個小時沒有提供 2.5 公斤的生肉給 SCP-273，它將不會與人進行互動。

根據事故 273-02，禁止提供給 SCP-273 含有超過百分之五十酒精的飲料，並且任何能造成燃燒的觸媒都不該提供給 SCP-273。所有與 SCP-273 進行互動的人員都必須裝備不會致死的防禦性武器。所有會致死的手段都會被禁止。

描述 ▶

SCP-273 外觀看起來像一名有著印度血統的中年女子。檢測其 DNA 生物樣本也顯示，SCP-273 生理上符合人類各方面特徵，儘管它有著某些怪異的特質。例如 SCP-273 並沒有感受到需要進食或是飲水的必要，但是它也可以做這些動作。SCP-273 多數時候皆表現出願意順從基金會的收容，以及配合相關要求。

SCP-273 被一種它稱為「饑渴」的感覺所折磨，這使得它每十二小時需要被特殊餵食一次。這種感覺可以通過遠端燃燒來得到自我滿足，整個過程不會產生可見的火焰，取而代之的是物體會從外側開始氧化直到最後只剩下一堆看來完全燃盡的白色灰燼。而金屬則不會燃燒，除非在某些特殊情形之下（見事故報告 273-03）。

測試時，這種饑渴顯示出其對於生肉的偏愛更甚於其它有機物質，特別是活著的人類。SCP-273 本身沒有表達過它知道如何控制這種自我滿足的方法，並且在燃燒活著的動物時會表現出不安。對於對 D 級人員進行的實驗，SCP-273 所做出的回應，它尖叫了起來並且［資料刪除］在其私人區域的角落之中，接著在十二個小時之內拒絕再次回到前面的公共區域。

附錄 273-01 ▶

在 SCP-273 的死亡事件之中，它的身體成為了一場大火的中心，變為接近直徑一公尺的巨大沖天火柱，並且不斷熊熊燃燒著。在最初的火焰熄滅了之後，SCP-273

的屍體變成了一堆白色的灰燼，並且上面有著由藍色火焰形成的冠冕。這些火焰不會因為缺氧熄滅，且不需要任何燃料維持。

在一段時間之後，SCP–273 的身體將會在這堆灰燼之中重組，並且會消耗周圍任何形式被燃燒過的物質，例如周圍的空氣；在這個過程，我們也觀察到了無機物質的消耗較緩慢。這個新身體從任何方面看起來都和舊的身體一模一樣，並且沒有任何外傷或是生病的樣子。當 SCP–273 的身體完全重生之後，它將重新醒來，並且沒有死亡時的任何記憶。

事件報告 273-01

日期：█████ / █████ / █████
地點：［資料刪除］

此次基金會的收容報告起源於一個達到七十公尺高的細長火柱，並且引起了在█████████████████附近的野火，因為其異常的外形和持續時間，有一支小型的機動特遣隊被派遣到該地區。

在起火地點現場立即發現了二具已經死去的白人的屍體，一名男子和一名女子，他們的死因日後被證實是嚴重的三級燒傷。不久之後，隊員也發現了附近的 SCP-273，它全身裸露並被白色的灰燼覆蓋，站在一頭鹿的屍體前，這具鹿屍散發著不正常的巨大熱能，用手輕觸一下便整個碎裂化為了漫天灰燼。

SCP-273 在這次接觸中表現得很合作，並且跟隨著機動特遣隊離開了現場。之後 SCP-273 被送到了研究站點████以進行評估和收容。

對 SCP-273 進行採訪的部分副本 ▶

採訪者：█████ 博士
前言：在採訪的前一天 SCP-273 已經被收容，並且被關在了站點████的溫控牢房之中。帶錄音功能的錄影機被放置於█████ 博士後面，為這次採訪提供了影像紀錄。

SCP-273：你剛才說到我將會在這裡得到安全的保證，還能遠離人群。

■■■■博士：是的，SCP-273。

SCP-273：謝謝，對了，我的名字是■■■■■■■■■，你可以這麼稱呼我而不是SCP-273。

■■■■博士：我記下了（停頓，傳來翻動紙張的聲音），在你更年輕的時候，你能夠記起的第一件事是什麼？

SCP-273：（長時間的停頓，並伴有急促的抽泣聲）我在火焰和灰燼的包圍之中醒來，我想這就是我的起源。

■■■■博士：你不記得在這之前的事了？這事發生了多久了？你有多大歲數了？

SCP-273：我不是應該一次只回答一個問題的嗎？

■■■■博士：請回答我的問題。

SCP-273：我，我不知道。那是很久很久之前的事情了，很有可能是〔資料刪除〕。

■■■■博士：：那你的年齡？

SCP-273：3■歲，這就是我能夠記得的了。而且（停頓），我想我犯了很大錯，這就是為什麼我現在會變成這個樣子。

■■■■博士：那你現在是什麼？

SCP-273：一個惡魔。

備註→因為某種原因，前面所看到的採訪副本，以上內容最後一行之後的所有內容被刪除了三分七秒。要想查看原文必須要持有 3 級以上人員的許可。從已刪除的片段之中得知 SCP–273 並非自願主動殺死在她被找到的地點附近的那兩具屍體，並且 SCP–273 承認了那是她的朋友。

在與 SCP-273 一同工作或是進行觀察的工作人員都必須要被告知以上事實，並且通知與人形 SCP 一同工作的最基本規範。——■■■■■ 博士

事件報告 273-02

日期：■■■■ / ■■■■ / ■■■■
地點：站點■■

████████特工和████████████進入了273的
收容場想要詢問一些關於████████████的問
題。在那之前，SCP-273從████████特工處得到
了一瓶百加得151蘭姆酒供個人使用。當時距離上
一次常規餵食時間已經過去了十二小時三十七分鐘。
這兩名特工一進入，SCP-273就命令他們離開。但
是他們沒有馬上這麼做，SCP-273表現得很焦慮，
向他們大吼大叫並且對他們瘋狂地打著手勢。在他
們把門帶上的一秒之後，那瓶百加得被觀察到［資
料刪除］。

SCP-273

　　［資料刪除］史無前例的火焰強度對SCP-273
的收容場以及觀察室造成了極為嚴重的破壞。紀錄
到的溫度達到了攝氏████████度。████████特工的
死亡會被作為一般程序的死亡來進行處理。在紀錄
此次事件報告的當下，████████特工正在接受治療
且緩慢恢復之中。SCP-273的灰燼已經被放置於一
個隔絕空氣的防熱保險箱之中。損壞的收容場正在
被修復，預計作為未來收容其他SCP之用。

特工

事件報告 273-03

日期：████ / ████ / ████████
地點：站點████

　　該防火牢籠被發現無法有效地收容SCP-273，牢籠內部及鉸鏈處的嚴重熔
蝕導致了收容被破壞，並且SCP-273重新復活了。有三公斤熟豬肉被放置在房
間之中並且門被鎖死，剛醒過來時，SCP-273表現得有點迷惑，但仍然如同預

期一般地消耗了留下的肉。接著 SCP-273 提出想要回到原本的收容場之中，因當時收容場已經修復完畢，這個提議馬上得到了執行。

附錄 273-03-2 ▶

　　SCP-273 的行為自其上一次死亡事件之後有了徹底的改變。它很少再離開在圍場之中的私人空間，除了「進食」的時候，並且也拒絕進行交談。用████████進行的監視顯示，在 SCP-273 一人獨處時它很少進行移動，不是睡覺就是靠著一面牆坐著。儘管我們沒有觀察到任何預先的徵兆，但它的這個表現顯然是抑鬱症的典型症狀，建議持續對其行為變化進行緊密地觀察。

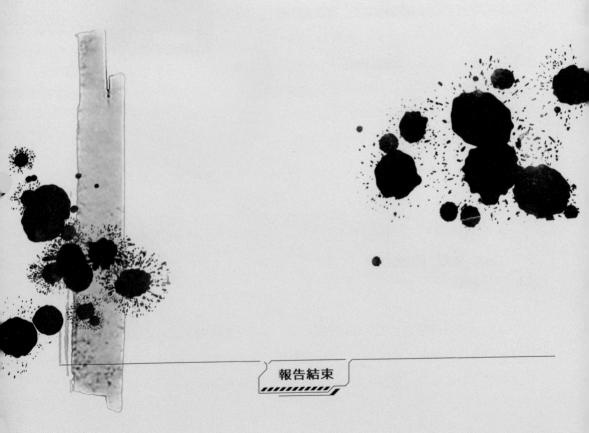

報告結束

黑闇異境

SCP-173

雕像

報告者__ MOTO42

日期__ ▮▮▮▮▮

圖像__ IVAN EFIMOV..

翻譯__ SEMIBREVE

來源__ SCP-WIKI.WIKIDOT.COM/SCP-173

特殊收容措施 ▶

　　項目 SCP–173 始終應被收容於上鎖的收容空間中。若有人需要進入 SCP–173 的收容間，則一同進入者不得少於三人，門將在全員進入後再次上鎖。至少有兩人必須與 SCP–173 保持直接的目光接觸，直到全部人離開且收容間重新上鎖為止。

　　該物件於一九九三年轉移至站點 –19。來源未知。它的組成成分是混凝土與鋼筋，以及些微開朗牌噴漆顏料。SCP–173 具有可動性與極高的攻擊性。該項目在直接視線中無法移動。投向 SCP–173 的視線任何情況都不應中斷。被指派進入收容間的人員將被指示應在眨眼之前警告其他人。報告指出，項目攻擊時會折斷目標頭顱底頸部或勒頸導致窒息死亡。若襲擊事件發生，所有人員應遵守第四類危險物品收容程序。

　　工作人員報告指出，無人的收容間內會傳出石材摩擦的聲響。這被認為屬於正常現象，若此行為出現任何變化都應告知值班的監視者。

　　地板上的紅棕色物質是糞便和血液的混合物，這些混合物的來源不明。必須每兩週清理一次收容間環境。

報告結束

SCP-1471

MalO 1.0.0 版

報告者__ LURKD

日期__ ▮▮▮▮▮▮

圖像__ IVAN EFIMOV.

翻譯__ VOMITER

來源__ SCP-WIKI.WIKIDOT.COM/SCP-1471

特殊收容措施 ▶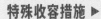

　　應查扣並解析所有已安裝 SCP-1471 的行動裝置,確認是否可能與其它受影響裝置之間存在關聯。在此之後,受影響裝置應在移除電池後給予編號(如 SCP-1471-#),存放於研究站點站點 –45 的 91 號倉儲空間。

　　應監控所有行動裝置的線上應用程式商店,以免任何 SCP-1471 被意外售出。疑似受影響裝置則會受到自主更新的惡意軟體攻擊,藉此癱瘓其功能直到外勤特工前往繳收為止。

　　SCP-1471 是一款容量 9.8MB 的行動裝置免費應用程式，在線上程式商店裡的名稱為 MalO ver1.0.0。SCP-1471 並沒有列出開發者名單，而且似乎能以未知的手段跳過審核機制直接發行。SCP-1471 同時也能阻止其它的程式管理軟體移除自己。

　　安裝 SCP-1471 之後，不會在裝置上顯示該應用程式專屬的圖標或捷徑。SCP-1471 接著會開始每隔三到六小時透過簡訊傳送單張圖片。這些圖片中都有一個編號為 SCP-1471-A 的實體存在於背景或前景。SCP-1471-A 的外觀呈現為一個有著黑色毛髮與犬科頭顱的巨大人形。

　　在 SCP-1471 安裝的前二十四小時，行動裝置收到的照片內景象都是其持有人經常到訪的地點。四十八小時之後，照片開始出現持有人近期到訪的地點。七十二小時之後，裝置收到的照片會變成持有人的即時攝影，而畫面中的 SCP-1471 會與持有人十分接近。

　　暴露於這些連續影像超過九十小時會導致 SCP-1471-A 短暫的出現在受影響者的視野邊界、反射鏡面或兩者的組合。在此之後繼續暴露於 SCP-1471 會不可逆的導致 SCP-1471-A 持續出現於視野中。受影響者稱 SCP-1471 在這一階段內每隔一段時間，就會試圖與他們進行視覺交流，但他們無法理解其內容或意圖。目前能夠逆轉 SCP-1471 效應的已知方法只有在超過九十小時以前讓受影響人不再觀看上述圖片。至今為止仍未接獲任何 SCP-1471-A 做出明顯敵意行為的報告。

SCP-1471 發布在應用程式商店的廣告

紀錄文件 1471-01

MalO
ver1.0.0

免費！
0 則評論

描述→獻給█████████。不必再忍受孤身一人的煎熬了。MalO 提供的刺激互動可以讓你不再空虛而且深深入迷。人際關係帶來的焦慮有時甚至會讓人神經衰弱，但只要使用 MalO 幾個小時你就會馬上忘記那些失望的痛苦情緒。快來加入這一波新世代社交替代品的狂潮。要記得，你投入得越多，MalO 也會對你越積極。你的體驗只取決於你自己的選擇。完全零廣告。好好享受吧！

報告結束

SCP-1660

祕境森林

報告者__ ADAM HENDERSON.

日期__ ▇▇▇▇

圖像__ ROMAN AVSEENKO.

翻譯__ A14192

來源__ SCP-WIKI.WIKIDOT.COM/SCP-1660

特殊收容措施 ▶

　　SCP-1660-1 可以被安全的儲存在站點▇▇▇設施內一個上鎖的安全保管箱內。依據標準行動程序，標準積極行動防禦（用於防爆炸、化學、生物和模因）將隨時部署在區域內。SCP-1660-1 除了在實驗中，應遠離易燃物質。在任何情況下 SCP-1660-1 都不得與火焰相關的 SCPs 接觸，諸如 SCP-▇▇▇▇▇。若發生 SCP-1660-1 在外部點火的情況，測試人員應撤出區域直到所有易燃物質被熄滅。由於只能通過 SCP-1660-1 接觸到 SCP-1660-2，SCP-1660-1 的收容可以被視為對 SCP-1660-2 的收容。任何在測試中出現於 SCP-1660-2 中的動物生命將被捕獲並等待研究或可能的處決。

SCP-1660-1 是一個被精心裝飾的油燈，用銀、珊瑚、鸚鵡螺的外殼製成。其異常效應發生在當有火在鸚鵡螺的外殼裡燃燒時。一旦點燃火焰，無論用什麼東西用作燃燒材料，都會開始散發出大量的煙霧。煙霧會形成一個拱形的「門」，跨度約為█████公尺。「門」的尺寸和穩定度取決於在 SCP-1660-1 所燃燒的材料和材料的數量。若 SCP-1660-1 內的火焰熄滅，門將迅速崩潰。

SCP-1660-2 是一個微型平行宇宙，內有一片████████平方公里的溫帶森林，可以藉由穿過 SCP-1660-1 產生的「門」進入。沿著 SCP-1660-2 的邊界是一道用未知礦物組成的牆，牆體在莫氏硬度[1]中達到█████。試圖用金剛鑽頭鑽探牆壁發現無法損傷牆壁，反而金剛鑽頭不斷變鈍。在樹冠層一公里之上似乎有一層［資料刪除］，在事故████████████之後，所有空中探索將由 UAVs（無人機）執行。試圖向地面下鑽探也發現了同樣未知礦物組成的牆面，位於 SCP-1660-2 的地底半公里以下。

位於 SCP-1660-2 中的植物 ▶

Quercus nigra	黑櫟	普通。
Quercus hypoleucoides	銀葉櫟	該物種比它的普通同類生長要快得多。
Quercus aliena	槲櫟	該物種和它的普通同類相比，可以生長到█████公尺高。
Pinus densiflora	赤松	普通。
N/A	SCP-1660-8 未知苔蘚	一種快速生長的未知種類苔蘚，覆蓋了 SCP-1660-2 內的樹木和牆面。

1. 是目前礦物學或寶石學上慣用的硬度鑑別標準。莫氏硬度標準將十種常見礦物的硬度由小至大分為十級，即（1）滑石、（2）石膏、（3）方解石、（4）螢石、（5）磷灰石、（6）正長石、（7）石英、（8）黃玉、（9）剛玉、（10）金剛石（鑽石）。

位於 SCP-1660-2 中的動物 ▶

Ursus arctos	棕熊	該物種不怕人。
Odocoileus virginianus	白尾鹿	該物種不怕人。
Myotis lucifugus	棕蝙蝠	該物種比起在山洞裡，更偏好吊在樹的粗樹枝上休息。
Poecile atricapillus	黑冕山雀	該物種在嘴部內有微小的凸起，起到作為簡單牙齒的作用。這種變異出現的理由未知，因為此物種和普通山雀吃的食物沒有不同。
Anax imperator	帝王偉蜓	該物種的尺寸變為了■■公釐。在如此尺寸下物種如何通過氣孔呼吸未知。
N/A	SCP-1660-3 未知陸行鳥類	類似鴯鶓的一種大型陸行鳥類。
N/A	SCP-1660-4 未知小型哺乳類	一種小型生物，類似一種有鱗的、蛋生的狐狸，並擁有外耳、溫血和鬍鬚。
N/A	SCP-1660-5 未知無眼貓科動物	物種類似於美洲獅或其他種類的大型貓科動物，缺少眼睛，並擁有像老鼠般向前延伸的耳朵，並有能力進行回聲定位。
N/A	SCP-1660-6 未知巨型龜	除了尺寸外，該生物與箱龜（Terrapene）完全相同，其成年體尺寸可以達到■公尺高，並擁有和比例不相稱的小眼睛。
N/A	SCP-1660-7 [資料刪除]	一種二公尺長的極端危險的爬行類哺乳生物，類似一隻武裝的、生物性發光的［資料刪除］。SCP-1660-7 是一種行為類似狼的群體掠食者，它們不害怕人並有能力爬上 SCP-1660-2 內的樹或牆面上。由於它們不懼怕人類，被觀察到不斷攻擊 SCP-1660-2 內的人員並殺死他們。基於此原因以及［資料刪除］，在任何情況下，人員都不得靠近 SCP-1660-7 物種。

歷史→ SCP-1660-1 是在■■■ / ■■■ / ■■■■■被特工■■■■■——一名基金會間諜回收。在一次由 Marshall, Carter and Dark 主辦的「探險隊」活動中，進入 SCP-1660-2 獵殺當地野生動物（主要是 SCP-1660-5、SCP-1660-6 和 SCP-1660-7）。

黑圍異境

4級權限許可

文件 Alpha SCP-1660-7：來自███████主任的報告

　　你上面所讀過的文章中被省略的、或被精確刪除的內容，是某些十分重要的資訊。

　　SCP-1660-7。

　　它們不只是簡單的某種危險掠食動物。我們說過讓人員遠離它們。

　　它們有智慧。它們的前爪可以像人類的手那樣工作。它們有簡單的工具，會用火，還有一種基於它們自己的生物性發光模式的語言。

　　然而，真正讓我們感興趣的，是它們的岩洞壁畫：原始粗糙的類人個體拿著棒子，從遠處投擲殺死獵物。

　　然後是描繪另一場戰鬥：拿著相同的棒子、新的人物，以及殺戮結束後的場景。以及模仿新類人個體的符號，這個符號被放置於祭祀食物之前。這符號出現在用灰泥或植物顏料塗抹的物體上，或用利爪刻於樹幹上。這個符號是他們神的象徵。

　　兩個環，一個環在另一個環裡面，裡面還有三個箭頭。

報告結束

根據對 SCP-2256 的研究考察以鉛筆素描繪製的圖像。

SCP-2256

高聲之物

報告者__ QNTM

日期__

圖像__ DMITRY DESYATOV.

翻譯__ VIKEN-K

來源__ SCP-WIKI.WIKIDOT.COM/SCP-2256

特殊收容措施 ▶

與 SCP-2256 有關的資訊皆會受到一漸進式逆模因的腐蝕效應所影響。腐蝕發生的速度將根據資訊的詳盡度或準確度，以及其儲存媒介的物理複雜程度而有所不同。深入詳盡的學術論文、照片和資訊如果採用電子式儲存，將會更快速地衰敗；而粗略性描述、鉛筆繪圖與紙本紀錄則將以較慢的速率衰敗。

因此，位於電子資料庫之中的該條目，內容僅應使用概略性措辭來對 SCP-2256 進行描述。關於 SCP-2256 的外觀、理論上的演化先祖、習性、飲食、行為、發聲、生命週期、智慧、於生態中所扮演的角色，以及文化意義等詳細資訊，皆應以紙本形式儲存於站點 -19 的 1-053 號保險庫內。儘管當前尚未尋獲得以中止或消除此種腐蝕

效應的技術，但仍應確實地監控這兩種資料源的腐蝕速率。

雖然這些逆模因效應殘留了下來，並被評估為 Euclid 級，但 SCP-2256 自身已然滅絕，且無須特殊收容措施。

描述 ▶

SCP-2256（Cryptomorpha gigantes）為一種超巨形生物，屬於南太平洋玻里尼西亞群島一帶的特有物種。SCP-2256 為極少數被紀錄到發展出有初級感知性／「逆模因」偽裝能力的物種之一，使牠們近乎不可能被其他有感知能力的存在所察覺或記憶。目前的理論認為，此種進化應是為了躲避掠食者而出現的。

SCP-2256 是曾存在於地球上、體形最大的物種。其外形近似於身形纖瘦、且被垂直拉長的長頸鹿或腕龍，成年個體可生長至身高超過一千公尺。該物種的體重不超過四公噸，因其大部分體重都被以類似的「偽裝」能力所隱藏。憑藉牠們寬闊的中凹型足部，該物種得以直接行走於海面上而不會下沉。

SCP-2256 會單獨或是每二至二千名個體以███████於海面上移動。該項目並不願意接近陸地，尤其是有人類居住的島嶼，通常將停留在離岸至少三十公里遠的位置。由於牠們的身高，於此距離外即可在地平線上看見該項目實體的身影。

獲取資訊 ▶

居住在邁基蒂島（Maikiti）上的玻里尼西亞土著會使用一種名為「特烏科卡」（teúkoka）的藥物，供消遣娛樂和宗教活動之用。該藥物除了具有溫和的致幻效果外，同時也有著強化記憶的功能，抑制了逆模因效應，並使得以此種方式偽裝的個體們能被輕易地看見和記憶。因此，邁基蒂人是數百年來唯一能看見 SCP-2256 的人類族群。在邁基蒂人的神話中，SCP-2256 是被神所賦予守護地平線重任的孤魂，確保著天與水永不交融。其被描述為心存善意且對人友善的存在，但不具有智能且時常怠忽職守，導致了暴風雨與颱風的產生。牠們被稱作「polo'ongakau」，意思是「行走緩慢的人」。

於一九九一年的一項內部生化研究，顯示了特烏科卡與基金會所擁有的 W 級記憶強化劑有著極高的化學相似性。一名基金會人類學家被指派跟隨邁基蒂人的傳奇人物■■■■■，並成為了第一位觀察到■■■■–2256 的外來者。觀察員■■很快地■■■■在島上研究這些生物。例行的收容分析顯現出 SCP-2256 屬於 Safe 級，無須特殊收容措施，或是特別■■■■祕密。

歷史 ▶

SCP-■■■■■很快便被證明無法透過攝影來捕捉其身影。拍攝到該項目的底片，將於接下來■數分鐘逐漸變得透明。相似的衰變■■也影響了錄影帶、錄音帶、賽璐珞片、數位和電子式掃描■■■■■■。觀察團隊不久後便將他們的大部分設備撤回，並使用■與鉛筆繼續記錄。在當時，人們認為此種紀錄形式■能永久保存。

SCP-2256 的種群數目於一九九二及一九九三年有些微地減少，並於一九九四年起急遽下滑。當時觀察到了該情形是由多種促成因素所致：疾病、不孕，以及■■的死胎率。

在二〇〇二年，一臺得以穿透並中和 SCP-2256 逆模因■■的力場產生器問世，使得傳統攝影成為可能。對該生物的第一張也是僅有一張的特寫攝影立即殺害了牠。這被歸咎於對 SCP-2256 的直接觀察將會傷害■■。此種特性的出現被認為是偵測掠食者的一種防禦手段，就如同 SCP-2256 的逆模因偽裝，保護牠們遠離相同的掠食者一樣。對■■■■■產生器的使用立即遭到了限制。

隨後有假說認為，基金會對該物種持續地消極式觀察，強烈到足以對 SCP-2256 造成有害性影響，而■■是驅使該物種■■滅絕的主因。對於該假說的真實性，■■■■■的意見分歧很大，一方認為應該徹底測試牠的■■■，而另一方則關注在如果這被證明是真的，應該做■■應對。有幾個相當極端的選擇被■■■■■，包括■■消滅■■■ – ■■■以保存資料，與完全消除資料以保全■■ –2256。最終沒有確切結論■■■■。

在二〇〇三年，對 SCP-2256 的觀察被顯著地限縮，並且基金會████重心從蒐集█數據轉移到███分析█████資料。然而，SCP-2256 的種群數目仍舊持續████。二〇〇六年十月三十日，最後一名個體死於托克勞群島（Tokelau）附近。

█二〇一〇年，████████發現█此種逆模因偽裝，亦被稱作「衰敗」或「腐蝕」，正在透過████████ – ████████的紙本紀錄傳播。裁至████████，超過████百分之六十的████文件是███████████████，即便使用█大劑量的記憶強化劑也是如此。儘管███系統有著█████████的防護與冗餘，此效應仍舊█████████ ██████████ SCP 的條目本身。

由於████ – ██████滅絕，███新資料███會被創造。三到八年的完全污染████████████████將是███████████。

報告結束

SCP-212

報告者__ DR GEARS
日期__

改良器

圖像___ RUSLAN KOROVKIN
翻譯___ MATCHACOLA
來源___ SCP-WIKI.WIKIDOT.COM/SCP-212

特殊收容措施 ▶

　　使用 SCP-212 前需先取得當前收容站點的首席醫療官知悉同意。任何以 SCP-212 執行手術的個體在接觸前後，皆需提交完整生理與心理測試。拒絕測試將導致個體被處決。

　　非啟動狀態下所有人員皆需與 SCP-212 保持至少 1.5 公尺（5 英尺）的距離。武裝人員將被授權可使用任何必須手段阻止未授權者接觸。當任何人員意外接觸 SCP-212 之後，一旦個體被 SCP-212 釋放，將進行完全隔離、接受測試，以及法規審查。

　　SCP-212 是一臺大型醫療裝置，有三隻巨大機械手臂。這些手臂的附件組成極度多元，但沒有發現儲存電力區域與動力來源。附件視需求滑入及滑出手臂，目前已紀錄超過五百種不同的附件。SCP-212 是以塑膠、鋼，以及其他常見材料組成。暫時擱置了進一步的拆解分析，因先前任何以機械嘗試接觸將引發 SCP-212 的攻擊行為，而任何以有機體嘗試接觸通常將導致該個體的「改良」。

　　當接觸到活體組織，SCP-212 的「手臂」會迅速抓取並約束該物。隨後 SCP-212 會開始「改良」上述組織。此過程極度快速，但 SCP-212 並不會注射任何麻醉藥，或補充任何流失的血液。此過程被描述為「極其疼痛」，並且在進度達百分之四十七時可導致個體死亡。SCP-212 製造的傷口會被標準外科縫線以及一種成分未知的化學「密封劑」閉合。

　　目前已觀察到的改良包括：關節連接處被置換為石墨、生物器官被置換為人造器官、骨頭被添加金屬板、被添加新的或複製的器官，以及牙齒被替換為小型鋸條，且還有許多其他種類。 SCP-212 已證實具有對有機體進行完全「重構」的能力。而「改良」的種類似乎是隨機發生，且有時可能有害或致命，如其中一名骨髓被完全置換為未知膠體的個案，其膠體成分仍在研究中。

　　任何希望接觸 SCP-212 的個體應被告知此治療過程是極具侵入性的，且無法預測將受到何種「改良」。

SCP-212 的改良紀錄 ▶

受試者：
██████████████特工：二十八歲，體重六十四公斤，身高一八三公分，非裔美國人。於██-██-██████提交請求，其後於███-██-██████獲得了批准，並在同一日進行接觸。

改良的細節：
　　下顎骨被替換成超緻密陶瓷製成的顎骨、牙齒也被替換成同材質製成的刀片。脊柱

被移除掉，替換成一條連接到顱骨底部的人造聚合物。

胸腔和髖部的骨骼則都裹上了一層薄薄的陶瓷。肺、眼睛和肝臟被取出「清洗」過後就被植回原位。

受試者現況：服役中。

> 備註：SCP-212似乎會「清洗」某些器官或組織。它會在組織上使用多個「附件」，這些附件分別會對組織進行噴灑、掃描、切割或其他形式的互動，其後就將組織植回原位。經測試後發現這些清洗過後的組織都不再帶有基因上的缺陷，而且比周遭的組織更為年輕。

受試者：

「特工A.A」：〔刪去人員資料〕。於███ - ██ - ███████遭受到嚴重傷害，導致四肢、脾臟、左邊腎臟、右邊肺部及左眼都須要切除。此外還遭受到了顱腦損傷，成因為一塊電路碎片刺穿了頭骨後，進入到大腦的左前額葉中。於███ - ██ - ███████提交請求，其後於████ - ██ - ███████獲得了批准，並在同一日進行接觸。

改良的細節：

出乎意料地，SCP-212並未移除受試者的大腦中的金屬碎片，取而代之的是以各種攝像鏡頭、探測器以及感應器對碎片進行了約七分鐘的分析後，斷定這塊外來物可以保留在現時的位置上。接著SCP-212為使前述的碎片能進一步結合到受試者的前額葉中，而裝上了一個由室溫超導體所構成的框架。最後SCP-212為受試者施用了一種不明的化學物品，讓受試者進入了昏迷狀態，隨後就將自己關閉掉。除了正常的「清洗」外，整個過程中都沒有打算為受試者裝上替代的肢體或修復受了傷的身體器官。

受試者現況：

自███ - ██ - ███████開始，受試者一直處於一種化學物品造成的昏迷狀態，身體情況十分穩定。位於大腦中的外來電路碎片正以幾何速度擴散開去，估計在經過〔數據刪除〕後就會將腦部組織完全取代。

受試者：

　　D 級人員█████████，二十三歲，體重六十二公斤，身高一七八公分，高加索人種（美洲人）。早先曾接觸過 SCP-217，並在病毒完成目的（完全轉換成機械）後進行了消毒。於████ - ██ - ██████批准進行試驗。

改良的細節：

　　［數據刪除］

受試者現況：

　　受試者從收容中突破，壓制了兩名武裝人員，且輕而易舉地繞過了多種安全措施。二小時後成功捕獲受試者，在此期間總共造成了██人死亡及███人受傷，除此之外亦造成 ［數據刪除］ 失去功能。在被捕獲後，受試者提出對自身進行 SCP 分級的請求（推測是為了避免遭到處決）。拒絕了該請求後，受試者被完全拆解掉。拆解出來的組件在經過分析和紀錄後就全數焚化（見文件 ［刪除］ ）。

報告結束

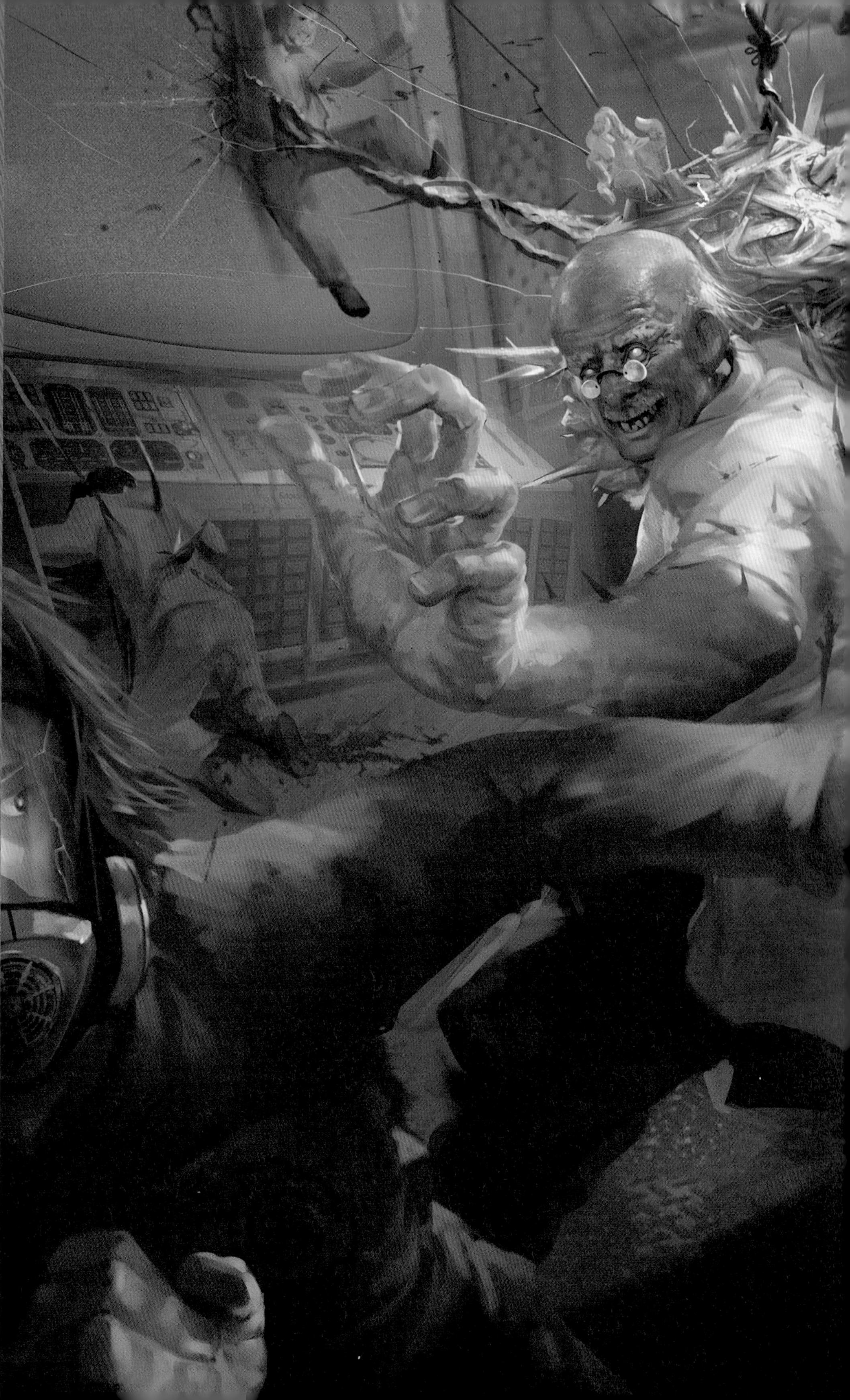

事故162-[redacted]。

SCP-162

刃球

報告者__ DR GEARS

日期__ ▆▆▆▆▆▆

圖像__ ALEXANDER PUCHKOV

翻譯__ LOSTWHAT

來源__ SCP-WIKI.WIKIDOT.COM/SCP-162

特殊收容措施 ▶

　　SCP-162 必須被保存在一密封的鋼製容器內，任何與項目的接觸都應使用厚鋼板手套和重型防護衣進行。任何試圖在沒有適當防護的情況下接觸 SCP-162、行為怪異、表現呆滯的人員皆應被立刻帶出收容區域。所有和 SCP-162 互動的人員皆應接受接受精神穩定測試並連續複試兩週。

　　SCP-162 是由一團魚鉤、魚線、針、剪刀和其他尖銳物品構成的物體，大致為球形，寬度約 2.4 公尺，高度約 2.1 公尺。當待在 SCP-162 附近一段時間後，測試對象報告說有接觸項目的渴望與衝動，在親眼看見項目後，這種慾望可能會持續數週，在許多案例中，這種慾望會轉變為一種癡迷的情緒。注視項目的時間越長，這種慾望也會隨之增加，導致對象會出現暴力傾向，並攻擊任何嘗試阻止對象接觸 SCP-162 的人。

　　觸摸 SCP-162 將立即導致多個魚鉤刺入對象的皮膚中。對象將會極為疼痛，並造成遠大於一般魚鉤的痛楚。掙扎或試圖逃脫者將會使自己更加陷入 SCP-162，並可能導致對象完全被捲入項目內。對象將大量流血，持續長時間後會導致死亡。當前已證實如果是皮膚無法被 SCP-162 穿透的對象（例如 SCP-1063），將對 SCP-162 的強迫性作用免疫。

　　試圖從 SCP-162 中救出對象將導致救援者被一同困住，或造成對象身體的嚴重傷害。受影響者會在多次表達極端疼痛和尋求幫助、表達強烈快感和要求獨處之間「循環」，甚至會抓住並纏上試圖營救他們的人員。在 SCP-162 附近激活 SCP-1114 已被證明為一種能夠使對象擺脫 SCP-162 的有效方法，但 SCP-162 的強迫性作用依然不會消失。

報告結束

SCP-353

傳病者

報告者__ SLATE. PAIR OF DUCKS.

日期__ ██████

圖像__ DAN TEMIROV

翻譯__ VOMITER

來源__ SCP-WIKI.WIKIDOT.COM/SCP-353

特殊收容措施 ▶

應全天候維持［刪減內容］生物性危害管制章程（第 4 級生物性威脅）。對本項目實施檢驗時必須穿戴全套的危害物質防護衣與手套，並使用獨立的氧氣供應源。接觸 SCP-353 前後均應接受除菌淋浴以及除汙噴霧。該收容間應完全埋藏於地下，並以常閉式氣密鎖維持負壓以免意外汙染外界區域。萬一發生收容突破，所有受影響職員皆應立即接受 4 級生物危害隔離。一旦出現一種以上第九類傳染病的爆發風險，則終結措施將成為必要手段。

本項目平常應一天餵食三次，並供給最低限度的生活用品：一張雙人床、一顆枕頭與一件毛毯。拋棄式的手術袍可以在必要時作為衣物提供，但除此之外的物件申請

SCP-353 在嘗試復原時的狀態。

DAN TEMIROV

均應拒絕。若發現該項目出現任何疾病表徵，例如紅疹、疔瘡、嘔吐、病態的皮膚蒼白或病態舉止等，均應第一時間回報。因為 SCP-353 出現疾病症狀時，表示項目意圖對體內的病原體做出行動，所以應立即將其制伏並訊問其意圖。

若 SCP-353 有任何理由必須離開收容設施，應讓項目戴上爆破項圈、定時藥物注射裝置（以注射興奮劑），以及生物危害收容套裝。若 SCP-353 的收容套裝失效，受影響區域應實施包含高溫焚燒在內的緊急滅菌措施。

描述 ▶

SCP-353 的外觀類似於一名二十六歲的正常人類女性，身體能力與智力均落於平均標準。該項目有能力從周遭環境吸收具感染力的病毒或細菌，在自己體內培育並儲存這些病原體，之後再向外傳播以造成毀滅性的疾病大流行。SCP-353 的情緒與紀錄中的感染半徑直接相關，強烈的情緒反應可以導致感染效力大幅上升。

SCP-353 似乎對病原體免疫，但只有在被動儲存時才會免疫。然而，一旦她開始主動培育、控制或者改造存在於體內的傳染病原時，她也將出現程度由輕至重不等的各種症狀。這些症狀只會在項目嘗試改變傳染病原數量或性質的期間持續存在，所以實際也很少有超過數個小時的發病狀態。

檢查已證實該項目有能力在身體裡「儲存」幾乎所有具感染力的細菌或病毒，但項目能夠改造的只有那些在人體內能自然存活的病原體。在本報告寫成的當下，已從 SCP-353 的血液樣本中檢驗出超過一千種不同傳染性疾病的陽性反應，其中包含人類免疫缺乏病毒（HIV）、伊波拉病毒、馬堡病毒、六十七種不同的常見感冒病毒株、單純皰疹病毒、大腸桿菌、霍亂弧菌、鼠疫桿菌、SARS 冠狀病毒，以及瘧原蟲。前述的傳染病原中有至少百分之三十不為當代醫學界所知，極有可能是由 SCP-353 獨力加工製成，項目也因此成為了一項價值不可估量的研究資源。

附錄 353-01 ▶

　　最初遭遇 SCP-353 的地點是南非［資料刪除］，她可能刻意前往當地汲取伊波拉病毒株。基金會人員此後追蹤 SCP-353 至德國德勒斯登，該團隊確定她當時已經成功染上馬堡病毒，並將該病原體傳播至［資料刪除］。基金會最終通過物理手段制伏該項目，拘禁過程中的生命財產損失也已被控制到最小程度。

　　由於她唯一的自稱是「傳病者」，而且拒絕回答任何與她過往經歷相關的問題，迄今為止仍無法辨識出她的真實身分。SCP-353 聲稱她行遍西方世界是在尋求適合加入「收藏」的傳染病源。關於這麼做的原因，她唯一做出的回答是：「因為我能做到。」

附錄 353-02 ▶

　　初期實驗已經證實她可以操縱並改造附近生物體內的傳染病原，而且熟練程度不比在自己體內進行操作時差。不過，她依然偏好在自己體內進行疾病控制，因為這會讓她可以完全掌控改造的成果。除此之外，她能夠控制附近個體的疾病，也就代表她很可能也能夠完全治癒傳染性的疾病。

　　另外，職員應特別注意面對人形 SCPs 時要以 SCP 編號稱呼。如果 SCP-353 拒絕合作，那我們就該制伏然後懲罰她。我們在這裡的工作不是幫她實現扮演邪惡 X 戰警的妄想。── 薩里耶爾維博士

附錄 353-03 ▶

　　考慮到這女孩就是個會走路的病毒炸彈，我建議給她打鎮靜劑，把她綁到臺上，然後用高劑量的利巴韋林、干擾素以及███████████混和的雞尾酒療法把她的全身徹底洗淨。──███████博士

附錄 353-04 ▶

　　全身洗淨？萬萬不可！你知道這女孩居然還保留著一九一八年西班牙大流感的原始病毒株嗎？而且還有半打我們從未見過的病毒？光是就研究的可能性來說……

　　──████████████ 博士

附錄 353-05 ▶

　　允許進行有限度的研究。──O5-████

附錄 353-06 ▶

　　她完全接受所謂「傳病者」的人物設定，在審美偏好中執著於黑色，認為「力量即是正義」，渴求感染而非治癒，還有對於人類生命的蔑視，這些種種跡象都指向極端的病態自戀以及精神病傾向。另一項令人擔憂的表現是，她在操弄控制自己體內的疾病時，即使經常對自己造成伴隨苦痛的症狀卻又表現出明顯的歡愉。我正在申請施行精神檢驗的許可──心理諮商或治療也許能夠有效減少她的非友善行為。──格拉斯博士

報告結束

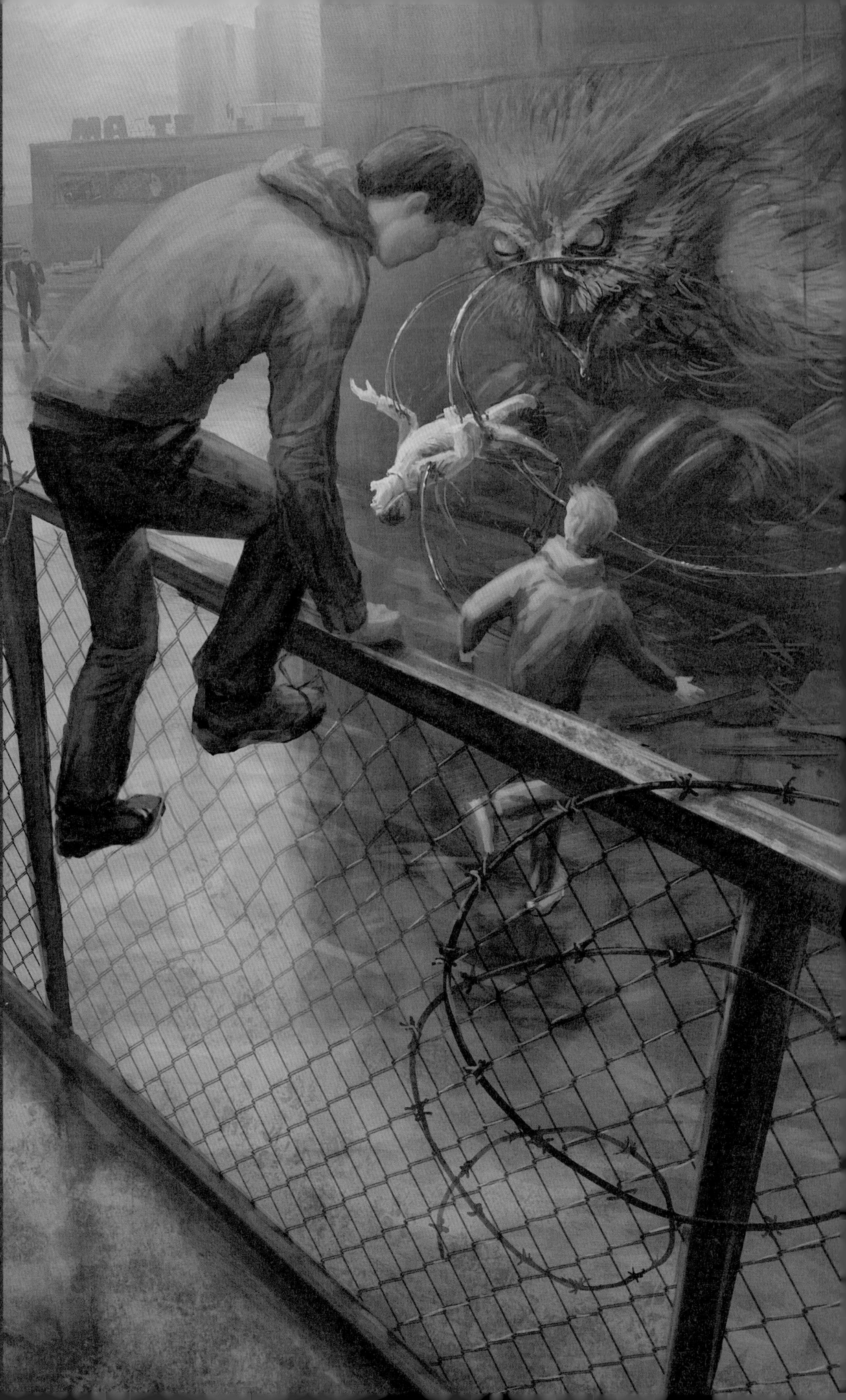

SCP-1155

食人塗鴉

報告者__ REALITYGLITCH

日期__ ▉▉▉▉▉▉

圖像__ ANNA AGAFONOVA. DAN TEMIROV

翻譯__ ASHAUSESALL

來源__ SCP-WIKI.WIKIDOT.COM/SCP-1155

特殊收容措施 ▶

　　SCP-1155 當前收容在臨近▇▇▇▇ ▇▇▇▇▇▇▇市都會區的一家廢棄購物中心的停車場內。購物中心及其停車場都應由偽裝成掩護公司▇▇▇▇▇ ▇▇▇▇▇保安的基金會人員看守。平民不得進入該區域，若有人質詢則以「標準掩蓋故事 47」——「結構不穩／污水池」回應。SCP-1155 必須隨時由運動捕捉安保攝像機監控。若 SCP-1155 被觀察到突然消失，機動特遣隊 Pi-1（「城市滑頭」） 將被立即派出。人員一概不得嘗試直接目視 SCP-1155；對其的觀察必須在有指導的情況下從遠處進行。

　　SCP-1155 所依附的任何物體表面，都必須被標準的「第 2 級封閉移動收容裝置」遮蓋。如果出現無法立即實行封閉的情況，則以交通工具、收容器具或是物體掩

蓋；~~這些措施不可破壞 SCP–1155 圖像周圍半徑三公尺的區域~~。從事故 1155b 發生後，已證實，完全封閉 SCP–1155 有加速轉移事件的趨勢。重新修訂的收容方式要求在 SCP–1155 出現時，應當立即對附近區域進行疏散以避免公眾與之發生接觸，除非 SCP–1155 出現在了某些可視度極高，或是無法對公眾進行疏散的位置。

當前還沒有找到能永久收容 SCP–1155 的方法。每隔二到四個月 SCP–1155 就會轉移到另一城市區域，移動距離從最小十五公尺到最大八百公里不等。這種轉移事件也可能會被以下因素觸發：

- SCP–1155 依附的表面被破壞。
- 打斷其攻擊行為。
- 任何減小 SCP–1155 的收容空間以避免視覺接觸的嘗試。

因此，當前的收容主要著力於快速確認 SCP–1155 的新位置，並將其從公眾視野中隔離。一旦此類轉移事件發生，機動特遣隊 Pi–1 將立即展開行動，動用一切當地資源以最快速度找到新地點，重新執行收容程式並拘留一切目擊者。從其攻擊中倖存的人將被拘留，未受其傷害的目擊者將被施以 A 級記憶刪除後釋放。

描述 ▶

SCP–1155 看起來是一幅街頭塗鴉，描繪了一個有著強壯前肢、爪狀雙手、長著貓頭鷹的頭和羽毛的人形生物。繪畫的姿勢可變，但傾向於擺成一個攻擊性的姿勢，且其眼睛看起來是在追蹤觀看它的人。

任何直接觀看該繪畫的人都會產生一種想對其進行進一步了解的衝動。受害者描述了一種神經質的吸引力並有一種走近繪畫的渴望。這一衝動可被努力克服，特別是在對象已經知道 SCP–1155 特性時。

若對象走進與畫作距離二公尺的範圍內且沒有處在其他人的視線中，他們將突然遭到一股暴力攻擊，受到嚴重撕裂傷、手足被截下、整個或是部分身體軟組織被摘除，

以及頭部穿透性創傷，與被大型猛禽的喙、爪攻擊造成的傷害一致。這種攻擊一般持續六秒，之後 SCP-1155 和受害者都會消失，而 SCP-1155 會在七天內像在通常的轉移事件中那樣出現在另一位置。可以通過使受害者在消失前重新進入他人視線來打斷這一攻擊，但是不建議這樣做（參見事故 1155a 紀錄）。在測試對象身上配備 GPS 來嘗試追蹤受害者被帶去的位置全部失敗。

從預先安排的在一定距離外進行的測試性視線打斷的結果來看，這種攻擊有一確定的模式：受害者先是被壓制住，接著被摘除眼珠和舌頭，然後截去手足。接下來受害者會被剖腹並被摘除胃腸。一般而言，這時受害者就會因為驚嚇和過度失血而死亡，但這僅僅是對攻擊被視線接觸打斷的情況而言；在攻擊結束時，那些和 SCP-1155 一起消失的受害者究竟會遭遇什麼，當前仍然未知。

事故 1155a ▶

兩名在「攻擊中斷」測試中倖存的 D 級人員接受了醫療，並在事件後存活。兩人均語無倫次，不能說出他們遭遇了什麼。但是雙眼在攻擊中被摘除的 D-89786 卻宣稱他仍然看的見，並且描述了一間「食物儲藏室」，裡面放滿之前 SCP-1155 受害者的屍體。

D-89786 在 SCP- ███████ 突破收容時逃出站點宿舍，███████████ 附近的地方執法部門被告知他是一名從精神病院出逃的病人並對其進行追捕。警員 ███████ 報告稱他們看見嫌犯跑進了一條小巷中，但在他們趕到前，一聲慘叫從巷中傳來，而當他們趕到小巷時，D-89786 已經消失得無影無蹤。該小巷是死胡同，且沒有可見的出口。

D-89789（雙眼、舌頭和手腳都在攻擊中被摘除）被成功地轉移到站點 ███████。SCP-1155 被注意到發生了一次突然的轉移，且在多個公共場所被看見呈現出捕獵／追蹤的姿勢。SCP-1155 還在 ███████████ 大廈的一側出現了數小時，並且被無數目擊者看到，所幸這些人並不能靠近它。鑑於收容的困難，站點指揮部決定將 D-89789 帶回本城。SCP-1155 被觀察到在牆、看板、交通繁忙的橋等多個地點多次出現，D-89789 也在這一過程中被觀察到開始越發地不安和激動。最終 D-89789 被送到了

城市邊緣一處偏僻的地點，並被放在 SCP-1155 面前，隨後視覺接觸被中斷。SCP-1155 和 D-89789 一起消失，SCP-1155 在這之後重新回到了之前容易處理的轉移模式。

事故 1155b ▶

在最近一次轉移事件後，機動特遣隊 Pi-1 確定 SCP-1155 出現在一處廢棄的地鐵站中。由於當時沒有足夠的特遣隊員來保證周邊的安全，隊長█████████決定以一臺自動販賣機暫時遮住 SCP-1155 直到更多收容資源被送到。這一舉動使 SCP-1155 立即轉移到附近一處兒童樂園，並在被找到前造成█人死亡。由於該地點的高度公營性，指揮部決定再次引發轉移事件，並最終導致 SCP-1155 轉移到當前的收容位置。在當前位置進行收容代價十分巨大，基金會必須將整個購物中心都買下並隨即將其關閉，但是當前修訂過的收容程序，導致自轉移事件以來，迄今為止最長的收容時間。

筆記→最近的幾處收容位置可能向我們指出了一個令人不安的傾向。以前 SCP-1155 似乎有比較固定地出現在偏僻的城市地區，比如廢棄建築或是安靜的地下通道裡。但是現在看來它可能具有某種人格化的特性，而且變得樂於大膽地出現在某些公共區域，這使得收容變得越發困難。不顧收容團隊的反對，由著這該死的東西自己去吧。每幾年損失一些城市探險者或者愛管閒事的小孩，總好過讓這東西每次在我們鎖定它之前抓走更多人。

—— █████████博士

┌─ **報告結束** ─┐

SCP-722

耶夢加德

報告者＿＿ FAR2

日期＿＿▮▮▮▮▮▮

圖像＿＿ Dan Temirov

翻譯＿＿破曉十二弦

來源＿＿ SCP-WIKI.WIKIDOT.COM/SCP-722

特殊收容措施 ▶

　　因為 SCP-722 的獨特性質，至今還未能嘗試收容措施的有效性。目前的措施旨在維持 SCP-722 於目前的狀態，直到更加可靠和穩定的方案出現。應時刻監視 SCP-722 的腦波活動、心率和體溫，以及 SCP-722 目前棲身的冰川的完整性和體積的變化，尤其是康格爾隆薩克冰川。八個入口分布在冰川上的不同位置，每個入口都以氣閘封閉，在冰川內部安置了消音器。每隔四小時，向冰川內注入液態的氮氣以盡可能降低內部溫度。

　　只有在緊急維護時才允許進入 SCP-722 的洞穴內，進入的隊伍由 D 級人員組成，至少兩個 3 級特工作為保安。任何進入 SCP-722 所在地的人都要身著極地保護服和一

在當前收容措施建立之前 SCP-722 所在據點。

套夜視鏡，因為洞穴內沒有光亮。保安人員應該配備消音飛鏢彈手槍，並且在使用時應極其謹慎。在維護過程中試圖以任何方法傷害 SCP-722 的人應該立即就地處決，無論其安保等級。保安人員應每隔十分鐘彙報一次情況。一旦報告了失誤情況，洞穴內應立即灌滿氮氣直到所有生命跡象消失。

所有進入 SCP-722 所在洞穴的特工都被告誡不要與 SCP-722 有任何接觸，因為其狀態極為不穩定。應不計代價地避開 SCP-722 的遠骨端。若不慎接觸到了 SCP-722，建議特工立即退出當地並向駐地醫務人員報告以進行解毒。

描述 ▶

綠色和平組織拍攝一部關於全球暖化的紀錄片時，在格陵蘭島東部的冰山發現了 SCP-722。在深入康格爾隆薩克冰川南端的一個冰縫中後，他們在冰川中發現了一個隧道網路，這些隧道早已被磨平很久。人員沿著隧道最終到達了一連串巨大的洞穴，洞穴內似乎有一條巨大的蛇形身體。一個小時後探險隊離開了冰川前往附近的 ███████████ 鎮。幾小時內，隊伍中大部分人都出現了各式各樣的疾病症狀，從淋巴結腫大到皮膚迅速壞死的一切病症都包括在內。在夜幕降臨時，隊伍中所有人均告死亡。一個 SCP 偵查人員聞風而至，並且通知了最高指揮部。

所有的報告中都描述 SCP-722 是一條地球上的蛇，擁有驚人的尺寸、長度和腰圍，盤繞在一系列來歷不明的隧道內。SCP-722 棲身的大部分隧道都是完全光滑的，不過有一些部分，尤其是在 SCP-722 頭尾附近的通道中，刻著某種古代北歐文字。所有翻譯這些文字的嘗試皆宣告失敗，而且這些文字似乎早於十一世紀初紅鬍子艾瑞克到達島上建立定居點的時間。歷史上，在這之前格陵蘭島沒有任何居民，因此這些文字的來源仍是謎。

SCP-722 完全處於長期休眠狀態，而且身體的很多部分都已經嵌入了冰川中，可能是由於塌方或者部分冰塊長年累月的融化和重新凍結。一般這種情況下，SCPs 會被列為 Euclid 級，但是 SCP-722 一旦甦醒，其巨大的尺寸（目前估計為八到十二公里）會對附近城市甚至整個世界造成巨大威脅。另外，項目具有強大的自我防衛機制（見

附件文檔 #722-A）。

文檔 #722-A：未知毒素「722」 ▶

SCP-722 的皮膚可以分泌一種目前未能解析成分的強力毒素。基於中毒者不同，症狀也不同，但結果都是死亡。至今所有合成解毒劑的嘗試均告失敗。收集毒素作為樣本或者武器的行動全數失敗，在離開母體之後毒素迅速劣化，在送至實驗室之後已經毫無用處。提取毒素的行動亦可能很致命，無論實施了何種危險防護措施，考慮到人力損失，以及在這個哨站很難獲得更多人員，建議停止任何進一步實驗。

文檔 #722-B：「防禦」機制？ ▶

██████、██████、██████博士和██████特工（3-103-589）都認為 SCP-722 的毒素並非是防禦性的，而是作為武器使用。這個理論基於根據 [資料刪除] 事故的報告 [資料刪除] 而被廣泛認可。冰川最北端的毒霧以及對被毒霧影響者的屍檢，似乎 SCP-722 會呼出低濃度但仍然致命的毒素。地球自然界中的陸地爬行動物並不經常以毒素作為武器，因此已經應研究團隊的要求，注意到了這一點。

文檔 #722-C，備忘錄：暫緩對冰川內部的探索 ▶

禁止一切進入冰川的行動，即刻生效，緊急維護除外。自從 [資料刪除] 事故以來，SCP-722 的腦部活動已經上升了百分之 0.9。任何未經授權而試圖進入冰川的人員都應被無條件射殺，無論其安保等級。特工和無關人員在對待 SCP-722 時極為魯莽——我借此機會提醒你們，我們對付的是會影響世界的重要 Keter 級 SCPs。如果站點 -103 還想繼續運轉，我們就必須保持標準安全方案的實行。我的前任因為某種原因被撤職。如果你們追隨他而去，你們就會和他落得相同下場。—— ██████████ 准將（4-103-002）

████████████ 博士提出了 SCP-722 和其它大型爬行動物中可能有系統的聯繫，特將其分類為巨蜥屬中近似無肢或脆蛇蜥的亞種（包括 Varanus komodoensis，即科莫多龍），並且稱它以巨大的體形和口中的壞疽毒劑作為捕食武器。目前提議派遣一個小隊去提取基因測試所需的活體組織樣本，以及如果可能的話，進一步採集毒素樣本以尋找活體細菌或殘留物。

報告結束

俄羅斯東正教的某名神職人員和回收時的SCP-2121。

SCP-2121

神之絞索

報告者__ DREWBEAR

日期__ ▮▮▮▮▮▮▮

圖像__ DMITRY DESTATOV

翻譯__ ALTALE

來源__ SCP-WIKI.WIKIDOT.COM/SCP-2121

特殊收容措施 ▶

　　SCP-2121 放置在一個高度為 3.5 公尺的方形拱框架中。每一個太陰月（大約二十八天），在任何宗教中具有虔誠信仰的 D 級人員將通過 SCP-2121 被絞死，其方式是勒死而不是折斷脖子。在此期間允許進行採訪，任何重要的回答都將被記錄並包含在主日誌中。一旦該 D 級人員死亡，對象需保存在 SCP-2121 中不少於二十四小時或者直到屍體完全乾燥。之後，屍體的遺骸和任何剩餘的液體都將從密封室中移除並焚燒。除了滿足上述條件的 D 級人員外，只有未與任何重要宗教組織或神話相關的 SCP 項目、異常物、基金會以外知曉異常組織接觸的無神論（在宗教信仰和實踐的標準評定上評分低於五）基金會員工被允許接觸 SCP-2121。

　　SCP-2121 是條絞索，由各種的肉質組織組成。該項目對所有想獲取樣本分析的嘗試具有抵抗力。從視覺上分析，該項目由韌帶、肌腱、部分腸以及一條 1.3 公尺的舌頭綑綁編織成繩子，本身被繫在傳統的絞刑結上。組織結構新鮮，摸起來濕潤，但是無論環境條件如何，它們都不會腐爛或變乾。若每個太陰月不在 SCP-2121 上懸掛至少一名符合上述要求的人員，SCP-2121 會發出語種不明的痛苦呻吟，聽起來像是驚慌失措的叫聲與尖叫組成的混沌雜訊。這一噪音在二十四小時內穩步上升至一百三十七分貝，直到符合條件的個人使用 SCP-2121 懸掛時才會停止。噪音也具有心電感應的特性，任何 1.7 公里的範圍內智力正常的人都能清楚地聽到，包括那些身處隔音室或感覺神經性聽損的人。任何具有虔誠宗教信仰的人將逐漸沮喪，隨著聽取時間增長而試圖上吊自殺。如果受影響的個體意識到 SCP-2121 的存在，他們將試圖用它自殺，即使這不是一種絕對的強迫行為。個體在不使用 SCP-2121 的情況下自殺不會經歷到它的其他異常效應。在 SCP-2121 噪音範圍之外，與之有身體接觸的宗教人士會體驗到較輕程度的相同影響，並表現出各種抑鬱的症狀，自殺意念和嘗試行為的發生率稍微增加。符合上述要求的人通過 SCP-2121 上吊自殺時，保持清醒的時間比在使用正常套索自殺的情況下平均長 3.7 分鐘，且在意識喪失之前的一段時間依舊保持語言能力。使用者發出一種具有宗教性質的聲音，說話內容包括對各種聖人死亡的震驚和絕望，對身分不明和未命名的神明的咒罵和侮辱，同時間又向同一對象懇求憐憫。用於描述未知神靈的言語表現出嫉妒和暴力報復的傾向。一旦使用者死亡身體就會變乾，所有的體液會透過孔口和皮膚毛孔離開身體。雖然大多數的液體會沿著身體向下流淌並聚集一起，但是所有的血液都會流向 SCP-2121，然後被它吸收。SCP-2121 最初由地平線倡議組織代表帶入基金會視線。地平線倡議代表表示，SCP-2121 的具體特性和組織性質無法破壞且不能有效控制。代表的報告表明，SCP-2121 在俄羅斯東北部一個偏遠的村莊附近被發現，據稱那是一處鬧鬼的樹林。當地俄羅斯東正教會的牧師被發現使用 SCP-2121 處決當地的罪犯，在審訊中他透露說這樣做是前任給他的委託，目的在於安撫「惡魔」，使它不會吞噬村民的靈魂。教會紀錄顯示，自從村莊建立和當地的異教部落被消滅以來，SCP-2121 已經在該地區存在了大約五百年。

報告結束

SCP-575

掠食性黑暗

報告者__ DR GEARS

日期__ ▨▨▨▨

圖像__ DAN TEMIROV

翻譯__ WUZ

來源__ SCP-WIKI.WIKIDOT.COM/SCP-575

特殊收容措施 ▶

　　所有的 SCP–575 個體都需被立即獨立隔離並按協議 AL–9O77 （參考高級光照以及緊急收容計畫手冊）進行收容，隨後移至收容區域。如果單個 SCP–575 個體大小超過了安全收容大小，將啟用協定 AL–9O77–B 以分裂並隔離該 SCP–575 個體。

　　收容單元將由兩個密閉房間組成，用氣閘封閉。外層房間——收容間 A ——必須永久保持光照，並有兩臺緊急發電機待命。照明器材每週需要進行一次檢查，每當收容間 A 發生停電，整個收容單位將會被立刻封鎖，直到所有的照明器材恢復。

　　內部收容間——收容間 B ——內外都將塗上一層純鈣。進入收容間 B 的人員都將配備裝有 LED 燈的衣物和緊急時使用的手提泛光燈。與 SCP–575 的接觸僅限於收集

樣本和觀察。SCP-575 的樣本必須和原個體做相同對待，並且所有試驗場地都要包括純鈣塗層和緊急照明措施，與本檔案所寫相似。

所有因 SCP-575 造成的平民死亡事件，都將被歸咎於野獸襲擊或已死亡物件被食腐動物啃食。如果進行更深入調查，攻擊都將被歸咎於連環殺手或薩旦邪教。任何其他資料將以「正在進行調查」名義封鎖。

描述 ▶

SCP-575 是一種未知形態的物質，長相為一團非固體的黑色形狀和結構。SCP-575 極難進行觀察，因為它會在遇光時立即消散。當前測試無法斷定 SCP-575 是有機還是無機的。儘管沒有可探測到的神經系統或有機部分，SCP-575 表現的行為像是一個有思想的活動體。SCP-575 最初出現在完全黑暗中。發生原因尚不清楚，但測試顯示，當 [資料刪除] 發生變化時，SCP-575 會隨著時間推移而產生不同的質變。SCP-575 可以懸浮在空中並改變其密度，讓它能穿過極小的開口。SCP-575 在最初形成後更喜歡居住在非常陰暗、孤立的區域，並將留在那裡直到它在 [資料刪除] 達到「臨界質量」。

SCP-575 會通過吸收有機質來生長。SCP-575 會通過固化自己身體的部分並使用這些「肢體部分」對活體生物進行毆打、切割或擠壓攻擊。尋找獵物和選擇獵物的手段目前未知。當擊倒獵物時，SCP-575 會撕下並壓碎獵物的身體組織，直到它被吸收。SCP-575 無法吸收高鈣物體，所以 SCP-575 的巢穴可以通過大量散落在地上的骨頭、牙齒和鈣粉來辨別。

SCP-575 可以在任何完全黑暗處出現。這似乎是「自發性生成」的一種形式，並且能在 [資料刪除] 後在任何足夠黑暗的地方形成。SCP-575 最初是在███████ ███先生與其家人的房屋內發現的。初次接觸時，SCP-575 早已「消化」了全家人，並將一戶鄰居的部分家庭成員吞食，包括████████ █████████，當時僅為█歲。自初次接觸以來，有█████個 SCP-575 個體被回收，大多數都在住宅和大型建築中，如工廠和學校內被發現。這種偏好的原因尚不清楚，但有兩種說法存在，一種是人類建築習慣可以為其提供更好的巢穴，或者 SCP-575 需要其附近存在的人類。兩種說法目前仍在調查中。

報告結束

SCP-138

永生之人

報告者__未知

日期__███████

圖像__ DMITRY DESTATOV

翻譯__ EMPTYNAME723

來源__ SCP-WIKI.WIKIDOT.COM/SCP-138

特殊收容措施 ▶

SCP-138 需要的收容措施極少。出於人道主義考量,項目目前被施以化學藥劑並保持昏迷狀態。

描述 ▶

SCP-138 是男性人類,推測年齡超過四千歲。項目身高大約 1.5 公分,外觀瘦弱且乾癟。SCP-138 的精確出生地未知。二〇〇六年,在一九二二年發掘的圖坦卡門陵墓附近的埃及墓穴內發現了被封在石棺內的項目。在墓穴內發現活物時,潛伏於國際考古組織內的其中一名特工通知了基金會。項目隨後被迅速移至 Sector 37,交由該處

的首席科學團隊調查。從生理學的角度看，SCP-138 應早已在臨床上死亡。項目的肌肉與內臟嚴重萎縮，而儘管其具有穩定的生物電磁場，他的神經系統卻極度衰弱。同時，項目的身體顯示他曾受過大量的致命傷，有些傷口可能是意外產生，有些則是明顯故意造成，不論是項目自身或是他人所導致。

　　沒有明確的科學證據可以解釋他持續存活的身體狀態。雖然有其他 SCP 項目展現出加速再生的特性，使它們能夠抗拒死亡，但 SCP-138 並沒有這種能力——他的身體並不會自傷害中再生，儘管受到致命傷，仍能單純地持續運作。似乎項目完全不受傷的影響，儘管每個傷口都足以致命。項目僅以古埃及方言溝通。透過平民翻譯員與項目溝通後並沒有得知太多項目的過去，但他似乎是因為未知的宗教理由而被埋藏在墓穴內部。由於他的身體嚴重受傷，SCP-138 總是處於痛苦中，並數次非常堅決地要求人道安樂死。儘管多次嘗試了不同的終結方法（正式與未批准的嘗試皆有），目前仍未成功。下方是項目所受傷害的完整列表。

檔案 138-27：項目 SCP-138 經歷的傷害 ▶

過往的外傷：
- 被割開的喉嚨。
- 軀幹上共十七道傷口：九道刀傷、六道矛傷，還有兩個傷口是由未知的穿刺武器所造成，可能是金屬或木製尖刺。

受批准的安樂死嘗試：
- 嚴重嘔吐（靜脈砷中毒造成）。
- 項目 100% 的身體皮膚受到三級燒傷（註記，SCP-138 在工業焚化爐內存活了二十分鐘）。
- 嚴重內臟系統和神經系統傷害（電刑造成）。

非研究人員進行的非正式安樂死嘗試：
- 氣管創傷（勒頸過久造成）。
- 對頭部的兩發槍擊，造成嚴重顱骨創傷。

報告結束

黑闇異境

特殊收容措施 ▶

SCP-2317 應由收容區域區域 –179 監控在 3 公尺 ×3 公尺 ×3 公尺的收容室內。武裝警衛隊應全天候待命以避免該設施遭遇未授權的侵入活動。

描述 ▶

SCP-2317 是一扇木門和木框,最初安裝在十九世紀美國麻薩諸塞州的褐砂岩地下室中。一旦此門被打開,任何踏過門框的人將被傳輸到另一平行時空中。

0 級權限報告結束

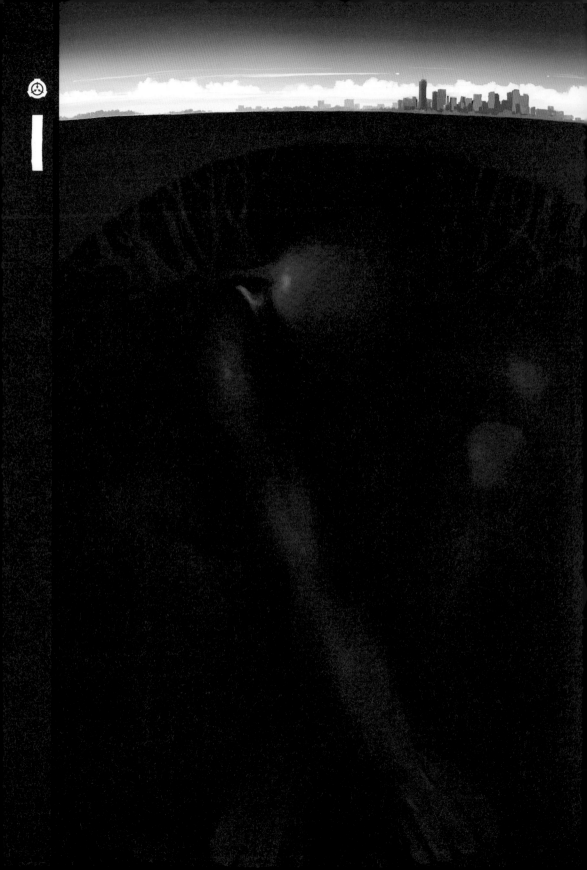

1級權限許可

更多關於 SCP-2317 的資訊僅限 1 級權限（限制訪問）或更高權限知悉

項目等級 ▶ Keter
特殊收容措施 ▶

SCP-2317 應由收容區域區域 –179 監控在 3 公尺 ×3 公尺 ×3 公尺的收容室內。武裝警衛隊應全天候待命以避免該設施遭遇未授權的侵入活動。

所有被指派到 SCP-2317 的人員必須在每兩個月的站點值勤後，接受一次精神性檢查。被指派到 SCP-2317 的人員必須在進入站點之前經歷高規格精神測試。這些人員必須在米爾格倫服從測試獲得至少 72 分、未婚、無子嗣，並且表現出對於基金會的完全忠誠。

站點值勤期間，被指派到 SCP-2317 的人員將佩戴附有變聲器的遮面頭盔以掩蓋身分。站點人員在其他工作成員之前不應移除上述裝備。非值勤時間中，人員僅可獨自在私人空間中活動。

每月應有一名犯有謀殺背景的 D 級人員被指派到 SCP-2317 以執行 220-卡拉巴薩斯程序。在 220-卡拉巴薩斯程序下，須至少有一名保安權限為 3/2317 級工作人員，全時以錄影機進行監控。在該程序後，所有 D 級人員必須回到其居留空間，否則爆炸項圈將被引爆。

描述 ▶

SCP-2317 是一扇木門和木框，最初安裝在十九世紀美國麻薩諸塞州的褐砂岩地下室中。一旦此門被打開，任何踏過門框的人將被傳輸到另一平行時空中。

1 級權限報告結束

2級權限許可

更多關於 SCP–2317 的資訊僅限 2 級權限（限制訪問）或更高權限知悉

項目等級 ▶ Keter

特殊收容措施 ▶

　　SCP–2317 應由收容區域區域 –179 監控在 3 公尺 ×3 公尺 ×3 公尺的收容室內。武裝警衛隊應全天候待命以避免該設施遭遇未授權的侵入活動。

　　所有被指派到 SCP–2317 的人員必須在每兩個月的站點值勤後，接受一次精神性檢查。被指派到 SCP–2317 的人員必須在進入站點之前經歷高規格精神測試。這些人員必須在米爾格倫服從測試獲至少七十二分、未婚、無子嗣，並且表現出對於基金會的完全忠誠。

　　站點值勤期間，被指派到 SCP–2317 的人員將佩戴附有變聲器的遮面頭盔以掩蓋身分。站點人員在其他工作成員之前不應移除上述裝備。非值勤時間中，人員僅可獨自在私人空間中活動。

　　每月應有一名犯有謀殺背景的 D 級人員被指派到 SCP–2317 以執行 220– 卡拉巴薩斯程序。在 220– 卡拉巴薩斯程序下，須至少有一名保安權限為 3/2317 級工作人員，全時以錄影機進行監控。在該程序後，所有 D 級人員必須回到其居留空間，否則爆炸項圈將被引爆。

描述 ▶

　　SCP–2317 是一扇木門和木框，最初安裝在十九世紀美國麻薩諸塞州的褐砂岩地下室中。一旦此門被打開，任何踏過門框的人將被傳輸到另一平行時空中。

對於此平行時空（SCP-231-Prime）的探索十分有限，然而透過 SCP-2317 可直接抵達的區域是一方圓半徑達數公里的鹽地。在 SCP-2317 前大約十公尺的地方立有七根柱子（SCP-2317-A 到 SCP-2317-G），圍成一半徑十公尺的圓圈。每根柱子都約莫半徑一公尺粗、七公尺高，由大理石做成，並刻有錯綜複雜無法理解的浮雕。這些浮雕的藝術形式與任何已知的史前、歷史或當代人類文明都不符合。

附錄 1：220- 卡拉巴薩斯程序 ▶

220- 卡拉巴薩斯程序是一個儀式，必須在每日正午（定義為太陽升到 SCP-2317 上方的時刻）執行。執行 220- 卡拉巴薩斯程序需要以下條件：

[由 O5- ███ 於 ███ － ███ － ███ 的命令，資料已刪除。相關資訊已移至紙本文件 2317-220- 卡拉巴薩斯。存取文件 2317-220- 卡拉巴薩斯的許可，僅限保安權限為 SCP-2317 的三或以上的人員持有]

SCP-2317 的外觀

執行 220- 卡拉巴薩斯程序的任何一點錯誤，都可能導致一 XK 級世界末日情境的發生。當該程序的任何失誤或失敗發生時，所有人員應立即穿過 SCP-2317 並關上他們身後的門。收容室將會立即閉鎖，第 2 級緊急情況將會被發布並通報給 O5 議會。更多指令將依據撒迦利亞緊急命令供站點人員知悉。

2 級權限報告結束

3級權限許可

更多關於 SCP-2317 的資訊僅限 3 級權限（保密）或更高權限知悉。

項目等級 ▶ Keter

特殊收容措施 ▶

　　SCP-2317 應由收容區域 Area-179 監控在 3 公尺 ×3 公尺 ×3 公尺的收容室內。武裝警衛隊應全天候待命以避免該設施遭遇未授權的侵入活動。

　　所有被指派到 SCP-2317 的人員必須在每兩個月的站點值勤後，接受一次精神性檢查。被指派到 SCP-2317 的人員必須在進入站點之前經歷高規格精神測試。這些人員必須在米爾格倫服從測試獲得至少七十二分、未婚、無子嗣，並且表現出對於基金會的完全忠誠。

　　站點值勤期間，被指派到 SCP-2317 的人員將被分發有密封式變聲頭盔以隱蔽自我身分。站點人員在其他工作成員之前不應移除上述制服。非值勤時間中，人員僅可獨自在私人空間中活動。

　　每月應有一名犯有謀殺背景的 D 級人員被指派到 SCP-2317 以執行 220- 卡拉巴薩斯程序。在 220- 卡拉巴薩斯程序下，須至少有一名保安權限為 3/2317 級工作人員，全時以錄影機進行監控。在該程序後，所有 D 級人員必須回到其居留空間，否則爆炸項圈將被引爆。

　　上述段落修正如下：每月一名保安權限為 4/2317 級的工作人員將被指派為「D 級人員」，以作為主祭官的助手。安保權限等級 3 以下的人員將會被告知，該人員僅是從普通 D 級人員庫中挑選而出。所有直接參與 220- 卡拉巴薩斯程序的人員必須被告知此一事實。在沒有明確告知該「助手」其實並非 D 級人員的情況下，任何人員均不得被授權協助 220- 卡拉巴薩斯程序，也不會在違背警衛命令時被處決。

描述 ▶

SCP-2317 是一扇木門和木框，最初安裝在十九世紀美國麻薩諸塞州的褐砂岩地下室中。一旦此門被打開，任何踏過門框的人將被傳輸到另一平行時空中。

對於此平行時空（SCP-231-Prime）的探索十分有限，然而透過 SCP-2317 可直接抵達的區域是一方圓半徑達數公里的鹽地。在 SCP-2317 前大約十公尺的地方立有七根柱子（SCP-2317-A 到 SCP-2317-G），圍成一半徑十公尺的圓圈。每根柱子都約莫半徑一公尺粗、七公尺高，由大理石做成，並刻有錯綜複雜無法理解的浮雕。這些浮雕的藝術形式與任何已知的史前、歷史或當代人類文明都不符合。

附錄 1：220- 卡拉巴薩斯程序 ▶

220- 卡拉巴薩斯程序是一個儀式，必須在每日正午（定義為太陽升到 SCP-2317 上方的時刻）執行。執行 220- 卡拉巴薩斯程序需要以下條件：

- 兩名武裝且帶有 3 級以上保安權限的基金會人員（以下稱為「守衛」。）
- 一名帶有 4 級以上保安權限的基金會人員（以下稱為「主祭官」。）
- 一名 D 級人員，細述如特殊收容措施（以下稱為「助手」。）
- ［資料刪除］
- 一把黑曜石鋒刀（以下稱為「刃」）
- 一對銀製的灑水器與聖水盂，裝滿至少五百毫升由亞伯拉罕信仰的牧師所祝福的聖水。
1. 主祭官、守衛與助手打開並穿過 SCP-2317，進入 SCP-2317-Prime。助手首先進入，隨後是守衛，最後是主祭官。守衛應全時對助手保持警覺，並且應避免致命外力造成的逃亡現象。
2. 自距離 SCP-2317 最近的柱體（SCP-2317-A）開始，主祭官將以平穩、精確的步伐，自 SCP-2317-A 逆時針繞行至 SCP-2317-G。主祭官在每一步

都會透過灑水器與聖水盂朝柱圈的中心施灑聖水。

3. 在完成 SCP-2317-A 到 G 的一次巡禮後，主祭官將會朝助手的額頭施灑聖水，並念誦以下禱文：「████████，████████，████████████████████。」

4. [資料刪除]

5. 助手接著以順時針方向繞行 SCP-2317-A 到 G，朝柱圈中心施灑鮮血與聖水的混合物。

6. 在完成 SCP-2317-A 到 G 的一次巡禮後，助手將走到石柱圓環的中心，並將剩下的血水混合物傾倒於中心處無色的鹽與砂上，並念誦以下禱文：「████████████，████████████████。」

7. 將所有物件收集完畢，安置黑曜石刀，所有人員從 SCP-2317 返回，隨後立即關上門。

執行 220- 卡拉巴薩斯程序的任何一點錯誤，都可能導致一 XK 級世界末日情境的發生。當該程序的任何失誤或失敗發生時，所有人員應立即穿過 SCP-2317 並關上他們身後的門。收容室將會立即閉鎖，第 2 級緊急情況將會被發布並通報給 O5 議會。更多指令將依據撒迦利亞緊急命令供站點人員知悉。

3 級權限報告結束

4級權限許可

更多關於 SCP-2317 的資訊僅限 4 級權限（機密）或更高權限知悉。

項目等級 ▶ Keter
特殊收容措施 ▶

SCP-2317 應由收容區域區域 -179 監控在 3 公尺 ×3 公尺 ×3 公尺的收容室內。

武裝警衛隊應全天候待命以避免該設施遭遇未授權的侵入活動。

所有被指派到 SCP-2317 的人員必須在每兩個月的站點值勤後，接受一次精神性檢查。被指派到 SCP-2317 的人員必須在進入站點之前經歷高規格精神測試。這些人員必須在米爾格倫服從測試獲得至少七十二分、未婚、無子嗣，並且表現出對於基金會的完全忠誠。

站點值勤期間，被指派到 SCP-2317 的人員佩戴附有變聲器的遮面頭盔以掩蓋。站點人員在其他工作成員之前不應移除上述制服。非值勤時間中，人員僅可獨自在私人空間中活動。

每月一名保安權限為 4/2317 級的工作人員將被指派為「D 級人員」，以作為主祭官的助手。安保權限等級 4 以下的人員將會被告知，該人員僅是從普通 D 級人員庫中挑選而出。所有直接參與 220- 卡拉巴薩斯程序的人員必須被告知此一事實。在沒有明確告知該「助手」其實並非 D 級人員的情況下，任何人員均不得被授權協助 220- 卡拉巴薩斯程序，也不會在違背警衛命令時被處決。

描述 ▶

SCP-2317 是一扇木門和木框，最初安裝在十九世紀美國麻薩諸塞州的褐砂岩地下室中。一旦此門被打開，任何踏過門框的人將被傳輸到另一平行時空中。

對於此平行時空（SCP-231-Prime）的探索十分有限，然而透過 SCP-2317 可直接抵達的區域是一方圓半徑達數公里的鹽地。在 SCP-2317 前大約十公尺的地方立有七根柱子（SCP-2317-A 到 SCP-2317-G），圍成一半徑十公尺的圓圈。每根柱子都約莫半徑一公尺粗、七公尺高，由大理石做成，並刻有錯綜複雜無法理解的浮雕。這些浮雕的藝術形式與任何已知的史前、歷史或當代人類文明都不符合。

SCP-2317-A 到 G 皆往砂層地表下延伸兩百公尺，並進入 SCP-2317-H 中。

SCP-2317-H 是一直徑一百公里的球型空間，直接坐落於 SCP-2317-A-G 正下方的地底，並且與 SCP-2317-A-G 的材質相同。SCP-2317-H 中

包含著 SCP–2317–K，稱之為「實體」。

　　以下資訊是由地震波分析、地層雷達和直接觀測所得到：實體似乎呈現一體形極為巨大的肥胖類人生物，其直立身高估計可達兩百公里。如樹枝般的多角自其頭頂發散，且該實體缺乏下顎。其全體覆蓋著數百萬交互重疊的板狀鱗片。該實體背部嵌有七個沉重的鉤爪，每個鉤子都透過巨大鋼鏈與該空間頂端的七根柱子底部相連結。

　　在撰寫本文件時，已有六根柱子的鏈條斷裂或毀損，且僅有一根鏈條保存完整。

附錄 1：220- 卡拉巴薩斯程序 ▶

220- 卡拉巴薩斯程序是一個儀式，必須在每日正午（定義為太陽升到 SCP-2317 上方的時刻）執行。執行 220- 卡拉巴薩斯程序需要以下條件：

- 兩名武裝且帶有 3 級以上安保權限的基金會人員（以下稱為「守衛」。）
- 一名帶有 4 級以上安保權限的基金會人員（以下稱為「主祭官」。）
- 一名 D 級人員，細述如特殊收容措施（以下稱為「助手」。）
- 一隻活體雄性雞，建議裝籠以避免帶入 SCP-2317-Prime 時造成干擾（以下稱之為「雞」）
- 一把黑曜石鋒刀（以下稱為「刃」）
- 一對銀製的灑水器與聖水盂，裝滿至少五百毫升由亞伯拉罕信仰的牧師所祝福的聖水。
- 一個一千噸級核子裝置，於災難性收容失效發生時引爆。

1. 主祭官、守衛與助手打開並穿過 SCP-2317，進入 SCP-2317-Prime。助手首先進入，隨後是守衛，最後是主祭官。守衛應全時對助手保持警覺，並且應避免致命外力造成的逃亡現象。

2. 自距離 SCP-2317 最近的柱體（SCP-2317-A）開始，主祭官將以平穩、精確的步伐，自 SCP-2317-A 逆時針繞行至 SCP-2317-G。主祭官在每一步都會透過灑水器與聖水盂朝柱圈的中心施灑聖水。

3. 在完成 SCP-2317-A 到 G 的一次巡禮後，主祭官將會朝助手的額頭施灑聖水，並念誦以下禱文：「七封印，七戒環，七王座獻給猩紅之王。」

4. 主祭官隨後移動到距離助手一安全距離外，助手將持黑曜石刀並藉其宰殺雄雞進行獻祭。雞的鮮血將會被瀝出並加入聖水盂中，並與內部原有的聖水攪拌混合。

5. 助手接著以順時針方向繞行 SCP-2317-A 到 G，朝柱圈中心施灑鮮血與聖水的混合物。

6. 在完成 SCP-2317-A 到 G 的一次巡禮後，助手將走到石柱圓環的中心，並將剩下的血水混合物傾倒於中心處無色的鹽與砂上，並念誦以下禱文：「鮮血獻給舊日諸神，聖水獻給新世之王。」

7. 將所有物件收集完畢，安置黑曜石刀，所有人員從 SCP-2317 返回，隨後立即關上門。

執行 220- 卡拉巴薩斯程序的任何一點錯誤，都可能導致一 XK 級世界末日情境的發生。當該程序的任何失誤或失敗發生時，所有人員應立即穿過 SCP-2317 並關上他們身後的門。收容室將會立即閉鎖，一次第 2 級緊急情況將被發布並通報給 O5 議會。更多指令將依據撒迦利亞緊急命令供站點人員知悉，且可能引致站點核子彈頭引爆事件。

附錄 2317-2：歷史 ▶

SCP-2317 最初於一九二二年由［資料刪除］發現。項目最終被移至當前稱為臨時性收容區域 Area 17 的位置。項目於一九八二年被移動到收容區域 Area 179，並維持上述狀態。

在其最初被發現時，七條鏈中的四條已經斷裂，三條保持完整；第五條鎖鏈於 _____ 年的斷裂與我們世界的一次 _____ 事件吻合；第六條鎖鏈於 _____ 斷裂，並且巧合地與更嚴重的 _____ 事件吻合，最終導致了兩百萬人的死亡。

現時，對於收容期間回收到的附加文本所進行的分析顯示，直到上述鎖鏈的修復或再接合方法被發現之前，220- 卡拉巴薩斯程序可作為一種有效的維護收容手法。收容程序被修正以便進行 220- 卡拉巴薩斯程序。由於紀錄顯示，_____ 事件的序列在致命性上呈現指數性增長，並可推知最後一根鎖鏈（SCP-2317-G）的斷裂將會導致一 XK 級世界末日情景。

基於此原因，必須盡所有可能確保 220- 卡拉巴薩斯程序的成功執行。

5級權限許可

更多關於 SCP-2317 的資訊僅限監督者議會知悉

特殊收容措施 ▶無意義。
特殊訪問代稱 ▶代號「夢魘攝政紅」

SCP-2317 是一上古實體，被稱為「███████████████，諸界吞噬者」（真名已遭特意塗抹）。艾睿凱聖書指出它被艾睿凱祕士團於公元前一八九四年所捕捉與監禁。相關段落的摘要如下：

> 隨後凱煦沛佘率領其萬員大軍進入雲海彼端的界域，於彼處征伐了名諱當被永世遺忘的吞噬者。接著凱煦沛佘同他的萬員大軍，以名諱當被永世遺忘的可怖吞噬者的第七新娘雅斯沛的骸骨，鍛鑄了七條狡黠的鎖鏈，又以深海鹽鏡之領主、牡蠣之父的珍珠箝制它。凱煦沛佘隨後號令通往遠方國度的門徑被永世封印，以防名諱當被永世遺忘的吞噬者取道重返我們的世界。

當前尚不清楚十九世紀的金箭結社是如何發現並製造出前往「異宇宙－卡帕－艾睿凱煦」的大門，也不清楚他們這麼做的原因。可確定的是前四條束縛吞噬者的鎖鏈乃是意外損壞。金箭結社因極欲修復這類損害而數次破產，最終導致了組織解散，並由我們的創立者接管項目。

　　多項證據指出，<u>最終的收容失效</u>將會在本文件被編寫的下個世紀中某一未知的時間點發生：收容失效的平均時間大約是三十年。所有試圖修補與替換鎖鏈的努力皆已經失敗。所有重新尋找鎖鏈鍛鑄方法的嘗試皆已證明無效。當前的研究方向為制定替代收容計畫，然而考量製造鎖鏈的原始素材（亦即另一吞噬者實體的骨骼與筋腱）已經不復存在的情況，阻止吞噬者進入我們宇宙的可能性幾乎相當渺茫。

　　基金會的主要威脅實為內部人員的<u>絕望與焦慮感</u>。為維持人員士氣，<u>一個偽造的收容程序</u>（220- 卡拉巴薩斯程序）將被制定並對外發布實施。此一偽造的收容程序透過下列方法來達到真實感：

- 加入常見儀式魔法元素。
- 加入普世宗教儀式元素。
- 加入其他已知的神祕組織元素。
- 加入其他已知特殊收容措施元素。
- 加入相似但無關的的神祕實體之參考特性。
- 斟酌程序內容，增加資訊安全保護措施。
- 宣稱熱核武器可有效摧毀異常實體，對組織內人員常態傳播該模因。

　　即便 220- 卡拉巴薩斯程序於實質上完全無效，其目的在於提供積極收容的假象，以便在<u>更穩固</u>的解決方案出現之前，降低工作人員的焦慮感。同時，為確保收容失效後人類種族的延續，相關的準備工作將開始進行。由於相關準備工作與已在進行的其餘<u>數種 XK 級情境</u>防範措施大部分重疊或相同，因此只需要很少的額外資源即可。

　　上述計畫由監督者議會於███ – ███ – ████████ 匿名投票通過。

報告結束

特殊收容措施 ▶

SCP-001 不需要被收容。

如果發生 SCP-001，所有人員，包括 D 級人員，都應得到光榮的解僱，並可以用剩餘時間做他們想做的事情。所有可退役、具智能或非攻擊性的 SCPs 都將被釋放。所有剩餘的基金會站點都將由人工智慧應用部門運行。

SCP-514 的特定繁殖實例將在全球發布。

　　SCP-001 指的是在地球上所有生命死亡前不久發生的事件。雖然 SCP-001 尚未發生，但它能通過從額外普遍基金會和其他類似團體收集的各種信息被發現（參見附件 001-A 以獲取此類通信的清單）。

　　要注意 SCP-001 不是世界末日場景的成因，而只是對將會發生的末日情景的前期反應。根據紀錄，SCP-001 可以在某些關鍵特徵上得到識別。

　　在 SCP-001 事件期間，將可觀察到花朵自發地出現及開花，並覆蓋地球上約百分之九十的可行陸地表面。這些花通常被形容為「充滿活力」、「明亮」、「美麗」，或類似含義的字詞。在全球範圍內，天氣將會變得明朗，且大多數人都認為該環境及溫度是舒適的。全球的空氣污染也會被清除。

　　在 SCP-001 活動期間，全球民眾將意識到地球的命運及其發生的必然性。民眾之中發生的暴力衝突事件也將大幅下降。

　　SCP-001 將在地球上所有生命死亡前二十四小時發生。

報告結束

致　謝

　　SCP 基金會是一個深植於共同創作概念的獨特計畫，甚至很難猜測有多少人為其做出了貢獻，我們非常感謝參與其中的所有人，沒有他們的艱辛創作，這本書永遠不會到達您的手中。

　　首先，當然我們要感謝那些決定分享他們的想法並創造了您在本書中讀到的所有 SCPs 的作者，俗話說：「太初有道……」對 SCP 而言，這個「道」就是文字。我們難以想像那些投入時間和精力來潤飾文字並使其看起來盡可能真實的人的作用。有時，即使是一些小小的編輯也可能產生巨大的變化！

　　我們也應該感謝所有活躍的網站用戶，他們投了贊成票和反對票，進行了討論和辯論，提出了新想法，丟出了棘手的問題，並直接地分享了他們的情感。Wikidot 平臺確實讓作者和讀者之間的交流變得更加容易！

　　說到這裡……我們要向所有那些英雄致以深深的謝意，他們將這個項目從 4chan 的深處拉了出來，並將其變成了我們現在所擁有的——一個對使用者友善的網站，擁有簡潔的評級和編輯系統，舉辦各種競賽來促進活動並捍衛 CC-BY-SA 的授權原則，正是這些原則讓我們首先出版了這本書。謝謝你，Moto42，正是你在二〇〇七年發表《雕塑》（The Sculpture）而讓整個 SCP 宇宙展開。感謝所有的後繼者，將一個祕密組織對抗異常的簡單概念發展成如此宏偉的宇宙觀。

　　SCP 基金會不僅僅是一個傲效官方報告風格的大量故事的集合。更重要的，它是一個由優秀人才組成的社群。一個想法啟發新的想法並帶來靈感。我們要感謝那些利用這些靈感為 SCP 創造出一些東西的人：包括插畫、動畫和配音的人；那些製作角色和角色扮演的人；翻譯成其他語言的人；開發成電子遊戲和桌遊的人。這正是任何事業得以持續發展的原因！共同的興趣推動 SCP 不斷向前發展，開闊了新的視野，並使其越來越受歡迎。我們最深切的願望是我們也能為此做出貢獻。

　　最後但同樣重要的一點是，感謝您，親愛的讀者，支持我們的冒險並將這本書放在您的書架上。

　　儘管本卷已經結束，但您的 SCP 宇宙之旅還未結束。事實上，它永遠不會結束！我們試圖在這三本報告（黑闇異境、紅魔現身、黃色驚恐）中容納盡可能多的 SCPs 檔案，但仍然僅僅觸及了 SCP 寶藏的皮毛而已。還有數以千計的故事——其中一些令人毛骨悚然、令人不安，有些有趣又有益身心，有些則相當發人深省。

　　還在等什麼？就從開始閱讀、投票、討論、創作，用您自己的雙手創造 SCP 基金會的歷史吧！

scp-wiki.wikidot.com

LIST OF ARTISTS

肉蟻小姐	facebook.com/MsZowie
Alex Andreev	artstation.com/alexandreev
Alexander Demianenko	artstation.com/demianenko
Alexander Puchkov	artstation.com/rpo6obwuk
Allen Williams	instagram.com/i_justdraw/
Dan Temirov	artstation.com/dante
Darja Kogn	artstation.com/ventralhound
David Romero	artstation.com/cinemamind
Dmitriy Fomin	artstation.com/fomincgart
Dmitry Desyatov	artstation.com/dekades8
Egor Polyakov	artstation.com/egorpolyakov
Genocide Error	artstation.com/deadlineart
Ivan Efimov	artstation.com/efimov
Jack Hainsworth	artstation.com/jackhainsworth
Julia Galkina	artstation.com/xgingerwr
Pavel Kobyzev	artstation.com/starwolf
Roman Avseenko	artstation.com/razgriz
Ruslan Korovkin	artstation.com/lironka25
Ruslana Gus	artstation.com/rilun
Serj Papadin	artstation.com/serj_papadin
Thomas Frank	artstation.com/thomasfrank
Vladislav Orlowski	artstation.com/drunkengopher

STRANGE 01

SCP基金會：黑闇異境

編　　者｜Para Books

封面設計 / 版型設計｜陳璿安 chenhsuanan.com

內文編排｜林家琪

責任編輯｜陳瀚

行銷企畫｜呂玠忞

總 編 輯｜林獻瑞

出 版 者｜好人出版 / 遠足文化事業股份有限公司

　　　　　新北市新店區民權路 108 之 2 號 9 樓

　　　　　電話 02-2218-1417　傳真 02-8667-1065

發　　行｜遠足文化事業股份有限公司（讀書共和國出版集團）

　　　　　新北市新店區民權路 108 之 2 號 9 樓

　　　　　電話 02-2218-1417　傳真 02-8667-1065

　　　　　電子信箱 service@bookrep.com.tw　網址 http://www.bookrep.com.tw

　　　　　郵撥帳號 19504465 遠足文化事業股份有限公司

　　　　　讀書共和國客服信箱：service@bookrep.com.tw

　　　　　讀書共和國網路書店：www.bookrep.com.tw

　　　　　團體訂購請洽業務部 (02) 2218-1417 分機 1124

法律顧問｜華洋法律事務所　蘇文生律師

印　　製｜凱林彩印股份有限公司

　　　　　電話 02-2796-3576

出版日期｜2024 年 11 月 27 日

定　　價｜1000 元

I S B N｜978-626-7279-96-0

I S B N｜9786267591024（PDF）

I S B N｜9786267591031（EPUB）

國家圖書館出版品預行編目 (CIP) 資料

SCP基金會：黑闇異境 / Para Books 作. －－ 初版. －－
新北市：遠足文化事業股份有限公司
好人出版：遠足文化事業股份有限公司發行, 2024.11
面；　公分. －－ (Strange；1)
譯自：SCP foundation artbook：black journal.
ISBN 978-626-7279-96-0（平裝）
874.57　　　　　　　　　　　　　　　　113013871